奇·怪

大帝之劍

大帝の剣

貳

神魔咆哮篇

凶魔襲來篇

夢枕獏

緋華璃—譯

豪氣推薦！

翻開第一頁時，就已注定接下來的欲罷不能！

新銳導演／**陳正道**

刀劍相擊的萬點火星、血肉淋漓的腥香氣息、詭譎科幻的天馬行空再加上時而點綴的異色奇趣之處，造就了這個你無法歸類的故事，讓人驚訝作者對於書中森羅萬有元素的掌握能力！書中文字已十足的影像化了，各個支線都有稜角銳利的主角形象塑造，而且架構似乎有越來越龐大的趨勢。你無法猜測故事接下來的走向……就像你翻開第一頁時，就已注定接下來的欲罷不能！

夢枕獏的下一步究竟要如何出招？讓人滿心期待！

名部落客&作家／**麗子**

維持夢枕獏一貫的極致白描手法，《大帝之劍》鋪陳出讓讀者宛如身歷其境的閱讀享受！不論是風景、對白、動作、武力過招……全都像是即時現場演出般地躍然紙上！

看似嚴肅、複雜的戰國背景故事中，夢枕獏卻大量運用了天馬行空的想像力與奇幻元素，讓《大帝之劍》刺激卻動人，也引出了懸疑氣氛，讓讀者心癢難耐，甚至還有令人驚異又精彩的「科幻」情節！

而以往只能在史實或是鄉野物語中出現的人物，在《大帝之劍》中活靈活現的登場，更讓人覺得格外親切呢！而即使《大帝之劍》是部巨著，卻因為格外輕快的節奏、耐人尋味的故事內容，令人對夢枕獏的下一步究竟要如何出招，滿心期待！

夢枕獏老師所帶來的故事依舊吸引人！

奇幻作家／**護玄**

「我就像個最普通不過的當代百姓，聽著傳聞與見證眼前時代的神秘與豪氣。」這是在閱讀之後，最先浮在心中的想法。

背景是發生在江戶時代，不相干的主、配角們所發生的故事，在各種環境下一一被聯繫起來，看似普通的年代卻含有著奇異絢麗的內在。

不管是忍術的神祕或是劍術的豪邁，在此都華麗上演，當然也有藏匿於後、正在發生的科幻，每次閱讀都會發現不同的微妙趣味！

夢枕獏老師所帶來的故事依舊吸引人。

讀下去，你就會懂。

人物介紹

萬源九郎

高大壯碩、皮膚黝黑的浪人劍客，除了腰間隨興地插著兩把大小各異的刀外，背上還揹著一把讓人難以忽略的巨劍。雖然平常看起來吊兒郎當，嘴角總是掛著戲謔的微笑，但是當他拔劍時，沒有人能躲過他的攻擊！因為答應護送小舞前往中土世界的中心，成為小舞的保鑣。

小舞（蘭）

擁有清澈眼神的少女。因為她驚人的身世祕密，成為伊賀忍者欲殺之而後快的目標。但在小舞的身體裡，卻住著另一個神祕的靈魂……

牡丹

身材頎長，容貌美得跟女人沒兩樣的美劍士。其實他就是人稱「天草四郎」的耶穌教徒——益田時貞。他為了找尋傳說中伴天連魔王的三件神器，隱姓埋名，想藉以獲得魔王的力量，再度掀起狂瀾。

宮本武藏

傳奇劍豪。於「島原之亂」時討伐天草四郎，卻沒有成功。從此之後一直在尋找天草四郎的下落。

佐佐木小次郎

傳奇劍客，在與宮本武藏決鬥時輸了，被武藏殺死。沒想到他的屍體被某個「東西」附身，居然再度復活！而這次他唯一的使命，就是找到武藏再進行一次生死決鬥！

祥雲和尚

不知來歷的和尚，投靠玄覺寺之後，因為擁有高超的醫術和神奇的未卜先知能力，而成為地區附近知名的人物。但只有玄覺寺中人才知道，祥雲在寺廟中，從事著可怕的修行——「萬匹殺生」。

目錄

神魔咆哮篇

凶魔襲來篇

神魔咆哮篇

序章

1

那是一個相當寬敞的房間，房間裡彌漫著淡淡的焚燒味。

榻榻米的邊緣全都織入了金絲銀線，房間的四面牆壁都是紙門，紙門上描繪著色彩斑斕的極樂圖。

佛陀端坐在八葉蓮花上，菩薩圍繞在祂的四周，有的正在打坐，有的手持吉祥花，或站或坐，各自擺出不同的姿態。佛陀和菩薩都是以金黃色線條描繪成的。無數的天女在祂們頭上飛舞著，有的天女抱著琵琶、有的天女抱著笙、有的天女抱著琴，各自演奏著不同的樂器。佛教世界和中國神話世界在這一張畫中渾然天成地融為一體，呈現出極樂之境。

除此之外，在祂們的周圍還有以特國天、多聞天、增長天、廣目天等四大天王為首的八方眾神，眾神之間則畫了鳳凰、玄武、白虎、青龍等神獸。不僅如此，畫裡到處都有無數叫不出名字來的花卉、人物、異獸、天女、眾神……

這些全都以佛陀為中心描繪而成的。

除了焚燒的煙味之外，這個房間裡還確實地彌漫著一股由香爐散發出來的線香味道。

這是一個非常安靜的房間，就連燈光也十分微弱。

靠近房間的中央放著兩盞行燈❶，搖晃的燭光讓房間裡的每一個角落看起來都像在浮動。

一個年輕的男人就坐在那個房間的正中央。

那是一個膚色白皙、頂多二十出頭的男人。身上佩帶著閃閃發光的武器。

穿在身上的盔甲上還有黃金的裝飾，而且一點傷痕都沒有。顯然，他的盔甲和武器從來沒有在戰場上使用過，一次也沒有。

在那個年輕男人的身後有一道七摺的屏風。屏風上只糊了金箔，除此之外什麼圖案都沒有。

「秀賴大人……」描繪著佛陀的紙門後方傳來低沉的呼喚，是個男人的嗓音。

佛陀往旁邊滑開，門後方露出一個人影，那是一個身形矮小的男人。

男人跪在陰暗的走廊上，縮著身子，把頭磕在地板上，然後誠惶誠恐地稍稍抬起頭來，往房間裡張望。

濃而嗆鼻的煙味從紙門的空隙竄進房間裡。

走廊上很暗，但那裡確實有受到白晝之光照射。陽光是從某處照射到走廊上的，但待在四面都被紙門包圍著的那個房間裡，看不見光線的來源。

「小的是真田❷的申……」身形矮小的男人維持縮起身子的姿勢，向年輕的男人稟報。

「本丸❸也已經化為火海了嗎？」年輕的男人問道。

這個年輕的男人就是豐臣秀賴❹。

「是的。」申回答。

❶方形紙罩燈座。
❷日本武家氏族。原是上野國的小領主，後來與武田信玄合作，在出兵統領信濃時亦有很大的功勞，獲武田信玄重用。一五八二年武田勝賴在天目山之戰大敗後，真田氏曾一度臣服於織田信長麾下。織田信長死後，遭到德川家康攻擊，最後在真田昌幸的維持下，臣服於豐臣家之下。一六〇〇年，真田氏的信幸、信繁及昌幸因為各支持不同勢力而一分為二。一六一五年，信繁在大坂夏之陣戰死。
❸城堡的中心部分。
❹日本武將豐臣秀吉之子。

「我這邊也已經準備好了……」秀賴說道。

秀賴當時只有二十二歲。

「遵照太閤❺大人的遺言……」

申繼續保持跪坐、頭磕在地板上的姿勢，宛如滑行般進入房間之中。

「母親大人呢？」秀賴口中的母親大人，指的是他的母親，也就是淀君。

淀君的母親阿市是織田信長的妹妹，後來淀君成為豐臣秀吉的妾，還生下了秀賴。

「夫人已經在別室等著秀賴大人了。」

「我明白了。」秀賴點頭，他蒼白的臉上顯得更無血色。「女人呢？」

「那個叫作月讀的女人已經在門外待命了。」

「月讀？」

「她是從我們真田忍者群中選出的佼佼者，如果是這個女人，或許有可能突破德川❻的包圍，和我們一起逃出去也說不定……」

「之前那四個女人呢？」

「應該已經由石田❼大人的家臣們分別護送前往飛驒❽、筑前❾、土佐❿、日向⓫了。」

「這樣啊……」

「那麼，事不宜遲……」申說到這裡，終於抬起頭來。

那是張比普通人小上一號，彷彿任何人都可以一把捏碎的臉。

「月讀……」申出聲呼喚。

走廊上，有個全身包裹在黑衣裡的女人跪坐在申之前跪坐的地方，姿勢也跟申剛才一模一樣。

「妳過來。」經申這麼一喚，月讀也和申一樣，保持頭磕在地板上的姿勢，讓身子往前移動。

「把頭抬起來吧！」聽秀頼這麼說，月讀這才把頭抬了起來。

秀賴情不自禁地倒抽一口大氣，因為一個貌美如花的女人正用她漆黑的雙眸望著秀賴。

「奴家名叫月讀，」女人低下頭去說道，然後又抬起頭來：「是來幫大人您留下後代的……」

那是一張清麗不可方物的容顏，在若雪肌膚的襯托下，那雙黑眸顯得更為明豔。

「太閤大人留下的遺言還真是荒唐啊……」秀賴試圖抬起嘴角、露出笑容，但是並沒有成功。

「開始吧。」

秀賴語聲方落，月讀便靜靜站了起來，走到仍舊坐著的秀賴面前，在秀賴跟前跪了下來。

「不用把衣服脫掉嗎？」

「奴家的作法是用嘴巴取秀賴大人的種……」

「用嘴？」

「是的，請您面朝上地躺下來，奴家會把您的衣服打開，然後用嘴巴接住您的種。」月讀以低沉且非常冷靜的語氣說道。

中默默轉身，背對他們兩個人。

秀賴無言地照她所說的仰躺下來。

❺這裡指豐臣秀吉。
❻這裡指德川家康。他終結了戰國時代，建立統治日本長達兩百六十四年的江戶幕府，統一全日本。
❼這裡指石田三成。他是日本戰國時代的武將，負責運作豐臣的政權。
❽指日本古代飛驒國的範圍，包括現在的岐阜縣高山市、飛驒市、下呂市大半部分。
❾日本古代的令制國之一，大約為現在福岡縣的西部。
❿日本古代的令制國之一，大約為現在的高知縣。
⓫日本古代的令制國之一，大約為現在的宮崎縣。

月讀把秀賴盔甲上的草摺⑫往上撥開，用手解開秀賴褲子上的鈕釦，然後用手指撫摸秀賴的私處。

只可惜，那裡始終委靡不振。

月讀用手握住，然後再用嘴含，以唇舌舔弄了好一會兒之後，月讀才抬起頭來。

可是秀賴的私處還是軟趴趴的，了無生氣。

「我辦不到……」秀賴宛如呻吟一般地說道。

只見月讀慢條斯理地站了起來，慢條斯理地，把自己身上穿的衣服全部脫掉。

月讀的裸體在行燈的燭光中浮現出來，宛如月光一般，還帶著淡淡的幽藍色，乳房雖小，但是形狀渾圓優美得恰到好處，前端的乳頭尖尖地往上翹起。

月讀再次跪在秀賴身旁，把秀賴的手拉到自己的乳房上，再把他的另一隻手拉到自己雙腿之間說道：「請您盡情地蹂躪我吧……」

然而，秀賴的手卻只是停在月讀的雙腿之間，一動也不動。

月讀不管他，逕自把臉埋進秀賴的雙腿之間。

不知道從什麼時候開始，月讀的右手指間抓著一種細長條的帶狀物，好像是用什麼草揉製曬乾而成的東西。

月讀把那個長條形的東西含在自己的嘴巴裡，然後再慢慢從嘴巴裡拿出來。

原本乾燥的條狀物，如今閃著濕亮的光澤。

月讀的右手拿著那個細長條狀的東西，左手握著秀賴的那裡，然後輕柔而準確地把那個東西的尖端塞進秀賴的尿道裡。

那個細長條狀的東西上彷彿塗了什麼潤滑劑似的，一下子就潛入秀賴的尿道裡。

「唔……」秀賴發出了低沉的呻吟聲。

整個細長條狀的東西幾乎全都沒入秀賴的尿道裡，只剩下一小截尾巴還留在外面。

月讀再次將秀賴委靡不振的那裡含進嘴巴裡。

「喔、喔喔！」秀賴忍不住發出了叫聲，腰也挺了起來。

月讀的頭還在秀賴的雙腿之間蠢動著。

「妳、妳做了什麼？」

秀賴伸出手，抓住了月讀的胸部，另一隻手則在月讀的雙腿之間撥弄著。

「喔、喔喔喔！」秀賴叫出了聲音，彷彿是要宣告自己已達到悅樂的頂點。

月讀這才慢條斯理地把頭從秀賴的雙腿之間抬起來。

秀賴的那裡濕淋淋的，高高聳立著。

月讀從她脫了一地的衣物裡取出一個細細的竹筒，把秀賴射在自己嘴巴裡的東西吐了進去，然後再用手指把殘留在嘴裡的細長草葉挖出來。

「奴家剛剛也到了……」正當月讀這麼說的時候，秀賴也同時坐起身子。

「再、再來一次。」秀賴按住月讀正打算穿上衣服的手。

「趴下！」秀賴發出命令。

月讀聞言，雙手雙腳撐在榻榻米上。

秀賴原本蒼白如紙的臉上總算浮現出一絲血色，雙膝著地，跪在月讀的後方。

秀賴的那裡依舊挺立著。

⑫從盔甲的腰部垂下來，用來保護下腹、大腿的部分。為了行動方便，常常會垂直地割開成好幾條。

「把屁股抬高！」秀賴繼續發出命令。「再高一點！」

真是一幕驚世駭俗的光景。

秀賴從喉嚨深處發出了野獸般的嘶吼聲，往前深深一刺。他抱住月讀的臀部，開始用力擺腰。

2

是夜——

森林裡，有兩道黑影一閃而過，身手宛如野獸般俐落。

不光是在深夜的森林裡疾行，就連眼睛似乎也很習慣黑暗，精準地一一避開沿路上的障礙物，絕不製造出不必要的聲響。原來是申和月讀。

「對方追上來囉……」申一面加快速度，一面壓低了聲音提醒。

「我知道。」

「一個、兩個……一共有三個人呢！」

「是的。」

「月讀，妳先走，我來對付那三個追兵。」

月讀只考慮了一下，便點頭應允：「那就交給你了。」

「前面不遠處就是和小助會合的地方，妳先設法趕到那裡去……」申的語聲未落，身體已經往旁邊跳開了。

沙……伴隨著森林裡的草叢發出一點聲響，申的身影隨即消失在那片草叢裡。

他把自己隱藏在腳底下的草叢裡。

不一會兒，月讀的氣息也逐漸消失在黑暗的遠方。

申屏住了呼吸。黑暗中，有三道氣息從後方逐漸逼近。

就在這個時候，三個追兵的氣息突然也全都消失在黑暗裡了。

看樣子，那三個追兵已發現前方有人埋伏，而且這三個追兵還是很擅長隱身之術的高手。讀不到他們的氣息。

申在黑暗中屏住呼吸，在五月的森林裡搜索著對方的氣息。

綠葉在申的頭上彎彎曲曲地縱橫交錯，每當微風過隙，新綠的味道就會融解在夜風中，飄散開來。

申靜靜地用鼻子吸入這股新綠的味道，然後再靜靜地用鼻子呼出來。

追兵似乎還不打算採取行動——抑或是，已經採取行動了呢？

申的腦海中浮現出些許的疑念。

冷不防，申感覺到一陣痛楚。一陣非常輕微的痛楚，來自於左手背上。

申舉起左手，在黑暗中定睛一看。

月娘高高掛在森林之上，月光宛如一匹薄薄的布幕，從林間的葉隙篩落隱隱約約的光芒。還好申早就受過嚴格的視力訓練，只要還有那麼一點點微弱的光芒，就可以看得見東西。

有一隻蟲停在手背上。那是一隻小小隻的蚱蜢，還是隻幼蟲，只有一截小指頭那麼大。

那隻蚱蜢現在就停在申的左手背上，嚙咬著申的手背。

申用右手的食指把那隻蚱蜢彈開。

嗯……申又屏住了呼吸。

因為他看見又有一個小小的黑點正停在自己剛剛才把蚱蜢彈開的右手背上。

這次是一隻螞蟻。那隻螞蟻咬了申的右手背一口。又是一陣輕微的痛楚。

申用左手的食指把那隻螞蟻捏死。
接下來是脖子，脖子上好像有什麼東西在爬的感覺。伸手一抓，是一隻天牛。
問題是，這種天牛是體型比較小的花天牛，花天牛只會聚集在花朵附近才對。
不對勁……
到了這時，申總算感覺到事有蹊蹺。
他曾經在深山裡的繡球花上看過好幾次這種小小的天牛，但都不是在晚上，這種蟲應該是在白天活動的才對。
撇開現在是深夜不說，那種蟲為什麼會聚集在自己的身體上呢？
正當他百思不得其解的時候，右耳突然感覺到有異物入侵。
「什麼？」抓出來一看，同樣又是一隻天牛。
不知道從什麼地方飛來的天牛，剛好就停在自己的右耳上。
而且那隻天牛顯然正要鑽進自己的右耳裡，就在那千鈞一髮之際，被他逮個正著。
蟲子們彷彿是被什麼人操縱著，對申發動攻擊。
「呿！」申扯下身邊的草葉，用牙齒咬碎後，從嘴巴裡取出咬碎的草葉，塞進兩隻耳洞裡，防止蟲子的入侵。
才剛把草葉塞好，背後又傳來一陣刺痛。而且是從兩個地方傳來的。
不知道是螞蟻還是什麼東西，從領口鑽進衣服裡，正在噛咬他的背。
「什麼？」申咬緊了牙關。
肯定是有什麼人正在利用蟲子對他展開攻擊，不會錯的。
在這之前一直隱藏得很好的氣息，開始變得有些不穩了。

一旦氣息不穩，就會被藏身在黑暗中的敵人察覺到自己的所在方位。

話雖如此，他也不能離開自己所在之處。因為只要他一動，敵人馬上就會知道他的藏身之處。

申從懷裡拿出一個竹筒，把竹筒內的東西撒在自己周圍。

過程中，蟲子還是不斷地聚集到他的身體上。然而，這時申已經無暇去理會那些蟲子了。

不一會兒，申的周圍開始燃起熊熊火焰。

嗶嗶啵啵！

申在預先撒在周圍的火藥上點火。

那一瞬間，從申藏身的草叢裡竄出了一道黑影，往正上方一跳。

三道金屬的光芒朝那黑影飛去，銳利的金屬射進木頭裡的聲音隨即傳來。

那看起來像人影的東西，原來是布包起來的粗枝。

同一時間，那道黑影竄出來的草叢裡，又有另一個身影往旁邊移動了。

又有一道金屬光芒朝黑影飛去。

在金屬的光芒射在那道影子上之前，影子就改變了移動的方向。

影子繼續往旁邊跳開，轉瞬之間便跳到樹上，躲進樹幹陰影的死角。

申雖然暴露了自己的行藏，但也掌握到發射武器的對手藏身處了。

申快步跑過粗壯的樹幹，一繞到樹幹背面立刻沿著樹幹的背面往下滑。

那是從對方的角度看過來，絕對看不見的動作。

在滑落到一半的時候，申整個人攀住樹幹，停止了所有的動作。

身體輕盈到一個令人瞠目結舌的地步。

首先，他先頭下腳上地貼著樹幹滑落，然後再用兩隻手撐住樹幹，一口氣煞住上半身往下掉的速度，接著再把身體轉過半圈，以重新朝下的兩隻腳踩住樹幹，完全停住往下滑落的身體。沒有發出半點聲音。

這不是身體輕就辦得到的，如果沒有過人的彈性，如果沒有經過嚴格的鍛鍊，根本不可能有這樣一氣呵成的流暢動作。

當他停止一切動作的瞬間，申感覺到某種東西朝他的背後——也就是應該沒有敵人在的方向，直撲而來。

脖子上的寒毛在那一瞬間全都豎立起來！

申把頭大幅度地往旁邊一甩。

一個菱形金屬穿過他前一秒鐘腦袋還在的地方，深深沒入樹幹裡。

申踩著那棵巨大的山毛櫸老樹，如履平地地沿著樹幹往上爬，把身子藏入茂密的枝葉裡。

呵呵呵！

低沉的笑聲從黑暗的最深處傳了出來。

「如果你以為三把手裡劍都是從同一個方向飛過來，表示那裡有三個人的話，那可就大錯特錯囉……」

看樣子，可能是三個追兵中的一個，早就繞到旁邊去了。為了不被申發現，剩下來兩人之一便故意同時射出兩把手裡劍吧！

如此一來，射向申的手裡劍就變成三把了。

「話說回來，你的動作還真快啊！我聽說在真田的忍者裡面，有一個名叫申的忍者會使用猿飛之術，該不會就是你吧？」對方問道。

可是申並沒有回答。

他在想：對方為什麼要在雙方正打得如火如荼的時候刻意和他搭話？

答案只有一個。

那就是為了把申的注意力引開，好讓另外兩個追兵能對他發動攻擊。

「還有一個人跑哪兒去了？」當那個聲音響起的瞬間，旁邊的樹枝發出沙沙聲響，劇烈地上下晃動。

樹梢上站著一個黑影。那道黑影利用樹枝的反作用力，高高地盪向半空中。

申瞥了那道黑影一眼，只見那道黑影繼續往黑暗中飛去。

只是幌子。

一旦申把注意力轉到那道影子身上，做好應戰的準備，攻擊就會從別的方向過來了。

申不等那道影子從空中發動攻擊，也不打算坐以待斃，反而縱身一躍，主動朝那道影子飛了過去。

幾乎只用了一瞬間就作出判斷。兩道身影在空中撞擊出火花。

鏗鏘！

空氣中響起金屬與金屬相互撞擊的聲音。其中一道影子往地面墜落，另一道影子踢了往下墜落的影子一腳，借力使力地跳上更高的夜空中。

往下墜落的身影直接重擊在地面上，發出了一記悶響，之後就再也不動了，宛如一塊黑色的石頭。

申高高站在細細的樹枝上。

那根樹枝在風中靜靜晃動著，申的身體配合樹枝晃動的頻率，微微上下輕點著。

「真有一套……」從黑暗中的某個角落又傳來那個聲音。「只可惜，你已經無處可逃了……」那把聲音的話都還沒有說完，申腳下那根樹枝上下搖晃的振幅突然變大了，申的身體也大大搖晃了一下。

原來是申利用自己的體重，故意讓樹枝的反作用力震盪得更形劇烈。

冷不防，有個宛如黑色石子的東西對準申的眼睛直衝而來。

那並不是真正的石子，而是某種生物。

翅膀振動的聲音傳來了。原來是金龜子。

一隻金龜子飛舞在半空中，往申的臉上撞過來。

就在那隻金龜子快要撞上申的眼球之前，申左手一揮，把金龜子抓在掌心裡。

那只是一隻很普通的金龜子，以現代的方式來稱呼，就是大綠麗金龜。

待申回過神來，周圍已經交織著無數的振翅聲了。

「聽說伊賀⑬有一群叫作土蜘蛛眾⑭的忍者，我記得其中有一位叫作蟇翁的人是使『蟲』的高手……」申從樹上出聲問道。

「老朽就是你口中的蟇翁。」那把聲音乾脆地回答。

「忍者會自己報上姓名嗎？」

「我們可不是一般的忍者。」蟇翁自豪地說道。

圍繞在申四周的振翅聲變得愈來愈密集了。

敵人有兩個，除了蟇翁之外，還有另外一個人。

那個人應該就埋伏在樹上。而且就在申剛才躲的那棵樹上的某個地方。

他打算把那個男人引到樹上，所以才故意在月光下暴露自己的行藏。

他打算在對方現身的瞬間，一口氣解決掉他。

如果是一對一的決鬥，就算對手是土蜘蛛的蟇翁，只要沒有意外，他也有自信不讓對方占到便宜。他深厚的修鍊足以讓他做到這個程度。

問題是，對方遲遲不肯攻過來。就連追擊申的氣息都沒有。

沙！

就在這個時候，底下的草叢裡發出了聲響。不是蟇翁，而是另一道影子，從草叢裡竄了出來。

「什麼?!」申在一瞬間就明白對手在打什麼算盤了。

蟇翁打算在這裡牽制住申，好讓另一個人去追月讀。

這時，蟲子大軍也從四面八方往申的眼睛直撲而來。

申用兩隻手揮開那群蟲子，同時躍向半空。

咻！樹枝大幅度地彈跳起來，枝頭上已經不見申的身影。

申的身影出現在半空中。

咻！咻！

申踩著樹枝，快速地在樹上移動，拚命追趕著那道拔足狂奔的影子。

申的速度要比對方稍微快了一點。

那道拔足狂奔的影子前方，響起一陣細微的爆炸聲，同時迸發出紅色的閃光。

原來是申一面在樹上趕路，一面把閃光彈丟到那道影子的前方。

申從樹上飛身而下，站在那道瞬間停止所有動作的影子前。

⑬東瀛忍術中最有名的流派之一，與甲賀流齊名。大本營在現在的三重縣伊賀市和名張市一帶。

⑭一指日本傳說中的巨大蜘蛛精，一指不肯歸順於日本天皇的古代土豪，本書說的應該是將兩者說法合而為一，成為能使妖術又不肯歸順於朝廷的一種地下組織。

「休想過去！」申飛快地衝向影子。
影子往旁邊逃開。
就在申快要追上影子的那一剎那，左側傳來一股劍氣。
鏗鏘！申拔出劍來，格開了瞄準自己的攻擊。
「你才別想過去！」一抹瘦骨嶙峋的黑影出現在申的眼前。
那抹黑影的髮絲在傾瀉而下的月光中閃耀著銀白色的光芒。
是一個老人。老人顫巍巍地迎風而立，看起來弱不禁風，彷彿隨時都會被風吹走一般，右手握著一把細細的短劍。
究竟老人是如何靠那麼瘦弱的身體發出方才那樣凌厲的攻擊呢？
呵！呵！老人——蓁翁笑了。
先前那道影子又重新去追月讀了。
申才想要去攔住那道影子，一動念，馬上就被老人悠然地擋住了去路。
「可惡……」申拔劍出鞘。
「終於拔劍啦！」
「讓我來會會你吧！」
「總算要拿出真本事來啦？」蓁翁好整以暇地微微一笑。
從他微笑的口中，爬出一個黑黑的東西。那是差不多有人類手掌大小的蜘蛛。
一隻……兩隻……三隻……四隻……從蓁翁口中爬出四隻蜘蛛，在他臉上爬來爬去。
「你想做什麼？」申開口的同時，從之前那一道影子悄然遠去的黑暗中，傳來金屬與金屬互相撞擊的聲音，而且只響了那麼一次。

然後是沉甸甸的肉體撲倒在草地上的聲音。然後是，沉默。

「哼……」

蟇翁屏住呼吸的反應跟申反手握劍的動作剛好發生在同一瞬間，分毫不差。

從那道黑影消失的黑暗中，傳來了逐漸逼近的腳步聲。

那種絲毫不加掩飾的腳步聲，並不是忍者的走路方式。

那個人影停下腳步，開口說道：「申，趕快解決這個老頭，然後走吧！」

「小助……」申喊出他的名字。

那個人影——也就是小助，右手拎著一個圓球狀的東西。

那是一顆人頭。

小助拎著那顆人頭的頭髮，隨興地晃過來又晃過去。

「你在搞什麼？左等右等等不到你的人影，我只好過來看看發生什麼事了。沒想到你居然在這種地方，跟這樣的糟老頭玩得不亦樂乎……」

「他是土蜘蛛的蟇翁。」申說。

「是嗎？」小助拎著那顆人頭走了過來，站在申的身邊，反覆打量蟇翁。「我聽說土蜘蛛裡的某人曾經和伊賀的破顏坊一起深入大坂城，把德川家的公主救了出來，原來就是你啊……」

德川家的公主……指的就是秀賴的妻子千姬，同時也是秀忠的母親。

「看起來也不怎麼樣嘛！老爺爺，你繼續在這種地方磨磨蹭蹭的沒問題嗎？」小助突然轉向申說道：「申，我們來交換吧！」

「什麼?!」

「你先走，等我收拾了這個老爺爺之後自會追上去。」

「別開玩笑了。」

「有什麼關係嘛！你先走就是了，偶爾也該輪到我玩玩了……」

小助說完，隨意地把手裡拎著的人頭扔到蟇翁腳邊。

「快趴下！」小助大喊一聲。

就在申把身子臥倒在草叢裡的時候，人頭發出一聲巨響，四散紛飛。

小助也趴在距離他不遠的草叢裡。

「真有意思……」草叢裡的小助瞪視著前方，臉上浮現出一抹笑容。

申順著小助的視線往前方看去，只見蟇翁還好端端地站在那裡，雖然有稍微往旁邊移動一下，但是幾乎沒有離開原來的地方。

他到底是使用了什麼樣的妖術，才能夠在剛才的爆炸裡毫髮無傷呢？

蟇翁的身體看起來就只像是在風裡輕輕搖擺著。

「快走吧！申。那個少了你就不能成事了。雖然也可以交給其他人來處理，但還是你對那方面最有研究了……」小助說。

「你叫蟇翁是吧？就由我來陪你過兩招吧……」小助從草叢裡站起來。

申只遲疑了短短的一瞬間。「好吧！」申沒把手裡握著的劍收回劍鞘，直接站了起來。「交給你囉！小助……」說完，申便開始拔足狂奔。

「來吧！讓我見識一下你的本事。」小助說道。

蟇翁望著只剩下一個人的小助，喃喃低語：「真是愚蠢啊……」

「少廢話，放馬過來吧！老爺爺。」

小助紮穩了馬步，直挺挺地站著，面向蟇翁說道。

第一章 獸王

1

「噗吱」一聲，手起刀落，一顆狗頭滾落在地面上，發出沉甸甸的悶響。

那是武藏以俐落的劍法砍掉了從權三肚子上的狗頭。

儘管鮮血宛如噴泉般湧出，掉在地上的狗頭依舊惡狠狠地齜牙咧嘴著，一副要把武藏碎屍萬段的樣子。

惡夢般的光景。如果是膽子比較小的人，可能已經暈過去了。

下一個瞬間，權三也對武藏發動了攻勢。

權三的左手——也就是那隻熊掌，以驚人的氣勢掃向武藏的身體右側。

無論是再怎麼有膽識的人，在砍下狗頭的那一瞬間，應該都已經用盡了所有力氣和畢生膽量，所以接下來應該會使不上力才對。

如果在這個時候受到攻擊的話，或許連一招半式也抵擋不住。

然而，這個叫作武藏的男子是個奇人，潛藏在他體內的力量遠遠地超出了正常人的想像之外。

那隻熊掌往武藏的頭部右半邊襲來。

如果是一般人的脖子遭受這種攻擊，腦袋肯定會跟身體分家，不可能還留在脖子上。

但如果是武藏鍛鍊過的粗壯脖子，或許還有可能撐得住也說不定。問題是，就算腦袋瓜子還僥倖地留在脖子上，臉頰和脖子也免不了會被削掉大量的皮膚或肌肉。

如果不慎被熊的爪子抓斷了脖子上的血管，光是大量出血就足以致人於死地。

武藏的劍在砍下狗頭的時候已經移到了左邊，根本來不及把劍收回來保護自己的頭。

儘管如此，武藏依舊沒有選擇逃跑，反而還朝權三跨出一步。

腳步一跨，脖子一縮，武藏抬起右肩，硬生生地接下了那隻熊掌的攻擊。

石破天驚的一擊，就落在武藏的右肩上。

因為跨出了那一步，所以避開了爪子的攻擊範圍。

以人類的身體構造來比喻的話，等於是手腕到手肘間的那一段揮在武藏的右肩上。

武藏的肉體硬生生地接下了這樣的一擊。

施力的點變成是落在手臂上，所以威力是有減低一點點沒錯，但是打在武藏身上的力量，依舊比人類的力量大了好幾倍。

能夠承受住此般攻擊的武藏的肉體，早已非常人能比。

何況，他以極不合乎人體工學的姿勢承受這樣的攻擊，居然還能不倒下，繼續站在原地。

為了接住權三的攻擊，武藏站到太靠近權三的位置，所以沒有揮劍斬殺對方的空間。

在權三與自己的肉體之間，只剩下握著劍柄的雙拳，武藏便用拳頭格開權三的身體。

被拳頭格開的權三，主動往後方跳開。

把權三推開的武藏也往後跳了一步。

雙方瞪視著彼此。

呼！武藏大大地吐出一口氣。

然後，武藏吸滿一大口氣，厚實的胸膛高高地向上凸起。

「你這傢伙，並不是我要找的那個男人呢……」權三惡狠狠地瞪著武藏說道。

權三的下半身已被不斷從腹部湧出的血給染紅了。

沒過多久，匪夷所思的事情發生了。從他腹部湧出鮮血的速度居然有慢慢減緩的現象。

「你明明就不是那個男人，身上卻有那個男人的氣味……」權三喃喃自語。

只不過，失去狗頭的權三已經分辨不出味道來了。

權三到底有沒有感覺到肚子上的狗頭被砍掉的痛楚呢？

他看起來就好像渾然未覺一樣。

權三望著滾落在地面上，依舊齜牙咧嘴咆哮著的狗頭。

「白虎……」

就在那一瞬間，一直以來都像隻瘋狂野獸的權三雙眼，似乎突然發出一絲人性的光芒。

武藏和權三互相看了對方一眼。

「好小子，我會記住你的……」

權三死盯著武藏不放，然後慢慢把身子蹲下去，抱起白虎滾在地上的頭。

「我會再回來找你的……」權三對武藏丟下這句話，一步一步往後退。

跟武藏之間拉開了足夠的距離後，權三才轉身背對著武藏，大步離去。

武藏這時也大大地吐出一口氣，握著劍的雙手指節早已泛白，可見他是用了多大的力氣去握的。

武藏緩緩地吐出一直提著的那口氣，把劍收回劍鞘裡，斜睨了旁邊一眼。

霧隱才藏在從葉隙篩落下來的陽光中，正襟危坐地跪在地上，望著武藏說道：「真不愧是武藏大人……」才藏深深地低下頭去。「那傢伙一直像隻跟屁蟲似的跟著在下，怎麼甩都甩不掉，多虧有武藏大人，才救了我一命。」才藏抬起頭來直視著武藏。

武藏的嘴角微微往上勾。

「你還真是一個特別的忍者啊！一般人早就直接腳底抹油、溜之大吉了吧！你居然還等在這裡要跟我道謝嗎？」

「是的。」

「那傢伙到底是什麼來歷？」

「在下也不知道。」才藏回答。

「可是對方好像認得你呢……」

「只不過是前一陣子在伊吹山⑮裡見過一次面罷了，在下也不知道那傢伙為什麼要一直纏著在下。」他也不知道那個權三為何在找一個很像舞的女人。

才藏目睹了他跟破顏坊一行人的決鬥，也看到他生吞活剝伊賀忍者，所以他看起來並不像是半藏⑯那邊的人。

那他到底是誰？

只不過，這些細節就不必一五一十地告訴武藏了。

「喔……」

「不過呢，這麼一來，在下就欠武藏大人一個人情了。他日如果有機會的話，在下一定會還您這個人情的。」

「如果我要你現在就在這裡吃我一劍的話，你會乖乖地讓我砍嗎？」

「在下就是因為現在還不能死，所以才千方百計地逃命啊……」

「真是個怪裡怪氣的忍者啊……」武藏又笑了。

那是一種很討人喜歡的笑容。

平時總是擺出難以接近的表情，一旦露出笑容，卻又讓人忍不住受他吸引。

「武藏大人好像在找一個人對吧？或許在下可以幫上您的忙喔。在下記得，您說過您要找的那個人把他的靈魂賣給了伴天連的魔王……」

「嗯。」

「那是個什麼樣的男人呢？」

「我記得我也跟你說過，如果我告訴你，就不能讓你活著離開這裡了。」

「那可真是傷腦筋呢！如果不能活著離開這裡，就算聽了也幫不上半點忙。」

武藏的嘴角又往上勾了一勾。

「你真的很有意思呢！每次跟你說話的時候，總是會不小心多說個幾句……」

「您要找的人到底是誰呢？」

被才藏這麼一問，武藏抿緊了雙唇，望著才藏。

「益田時貞⑰……」

「益田時貞?!」

「嗯。」

「如果您要找的是耶穌教的那個男人，他不是早就在島原的時候死掉了嗎？」

⑮位於岐阜縣和滋賀縣的交界處，是伊吹山脈的主峰。是滋賀縣內高度最高的山峰，也是日本百大名山之一。自古以來就被認為是一座靈峰，位於琵琶湖國家公園範圍內。

⑯服部半藏，是日本戰國時代至江戶時代初期，德川氏麾下的武士一族。「半藏」是服部家用來代代相傳的名號。德川家康將召募自伊賀地區的武士編成伊賀同心軍團，交給服部家的第二代正成指揮。一般若沒有特別說明，半藏指的就是第二代的服部正成，乃德川十六神將之一，又稱「鬼半藏」。半藏麾下的伊賀同心士兵中有不少人是伊賀的忍者，因此在世人的印象中，服部半藏之名代表著德川氏有名的忍者軍團。

⑰天草四郎的本名，是江戶時代初期的基督徒，也是島原之亂的始作俑者，據說在德川幕府攻陷原城時自盡身亡。

才藏口中的「島原的時候」，指的是島原之亂⑱。而益田時貞也就是大家所熟知的天草四郎。當時，武藏應該也在島原參與討伐。益田時貞早已被逮捕下獄，並處以死刑了才對。

「問題是，他的確還活著。」

「怎麼可能？」

「那個男人可是把靈魂賣給耶穌教的魔王了喔！他正打算取得渡海傳入我國的三件神器，得到超越人類的力量，也就是魔王的力量……」

「哪三件神器？」

「我已經知道其中之一是什麼了。」

「是什麼？」

「那是名為『猶大的十字架』的東西。」

「既然名為『十字架』，也就是說……」

「就是做成十字形，用來代表耶穌神祇的印記。我聽一個叫作福田屋庄兵衛的男人說，那個『猶大的十字架』就藏在聖母瑪利亞的神像裡。他在島原的時候，臨死前提到了這件事，說是那塊土地的主人，也就是一家叫作有田屋的油行老闆，偷偷地擁有那尊神像……」

「對了，這裡有個叫作市松的男人被殺了，聽說就是那家有田屋的掌櫃呢！還有人在市松被殺的那一天早上，看見一個穿著牡丹花紋的小袖，外觀像個娘兒們的武士往他橫屍地點的方向去了……」

「那個穿著牡丹花紋小袖的武士……八成就是……」

「益田時貞……」

「嗯。」

「話說回來，聽說當時的確散落了一地聖母瑪利亞像的碎片。照這樣看來，益田時貞八成已經拿到『猶大的十字架』了。」
「八成是這樣沒錯。」
「換句話說，益田時貞可能已經得到魔王的力量了……」
「不能排除這個可能性呢！」說完這句話，武藏閉緊了嘴巴，望著才藏，壓低了聲音說道：「我說得太多了……」
「我明白了，一旦有這個武士的消息，不論是我本人，還是我手底下的人，一定會在第一時間通知武藏大人。」說完，才藏也抬起頭來看著武藏，然後慢慢把視線移到武藏腳邊。
武藏腳邊的地面上，有被什麼東西濡濕的痕跡。
那東西從武藏的右手指尖，一滴一滴落在已然濡濕的地面上，是紅色的液體。
血。
原來，武藏吃了權三一記熊掌的右肩似乎受了點傷，鮮血便從他的右肩流經衣袖內，滴落在地面上。
「武藏大人……」才藏出聲喚道。
武藏不讓他有繼續說下去的機會，逕自打斷他的話頭。
「看樣子我得去有田屋一趟，了解一下事情的來龍去脈。這一、兩天我都會住在那家木賃宿裡。如果你有什麼事要告訴我，就上那兒去吧！」
「然後呢？」

⑱發生在日本歷史上江戶幕府時代的一次抗爭，參加的人多為基督徒。此役為幕末之前的最後一次內戰。

「我也不知道，可能會往飛驒的方向去也說不定。」

「往飛驒的方向？」

「嗯。」武藏用力點了點頭。

2

火焰熊熊燃燒著，妖異的橙色火苗宛如靈蛇吐信一般，纏纏綿綿地攀附在柴薪上，猛烈燃燒。

兩個男人在黑暗中注視著那道火光。

其中一個男人擁有巨大的昂藏之軀，身高六尺五寸五分，換算成現代的單位，將近有兩公尺高。

年齡大約落在三十歲左右，看起來像是個浪人。而且是個肌肉結實、皮膚黝黑的巨漢。

不過他的皮膚似乎不是因為曬太陽才變黑的，而是原本的膚色。

男人的下半身穿著一條鬆鬆垮垮、沾滿了旅途的塵埃的褲子。上半身的衣服原本有兩隻袖子，但被他從肩頭的地方撕掉了，兩條肩膀就這麼裸露在外。

從肩膀延伸到手臂的肌肉，結實到令人嘆為觀止的地步。光是上臂的肌肉，就比一般尋常女子的腰圍還要粗。

男人的脖子也很粗壯，頭上頂著一頭鳥窩般的亂髮，眼睛長了漂亮的雙眼皮。鼻子雖然有點塌，不過形狀看上去還算好看。不可思議的吸引力，從男人的嘴角眉梢展露無遺。

這個男人就是萬源九郎。

隔著熊熊火焰，另一個男人就坐在源九郎的對面。

那是個身量矮小的男人，看上去大概四十過半，將近五十歲了。一臉窮酸相，臉有點扁扁的，像是先被上下輕壓，然後再扭過似的。兩隻眼睛中間一點空隙也沒有。看起來既不像武士，也不像浪人，但也絲毫沒有百姓或町人的氣息。

明明看似漫不經心地盤腿坐在地上，卻散發出「隨時準備做出其他動作」的氣息。

這個男人的名字叫作申，是一名忍者。

申和源九郎正坐在森林裡，一棵巨大且年老的杉樹樹根上。

兩人從森林裡撿來枯枝，在樹下燒起火堆。

源九郎在火堆旁盤腿而坐，背靠那棵巨大且年老的杉樹樹幹。大刀就放在他身體的右邊，小刀則插在腰間，與平常無異。

這時他拿起大劍斜靠在右肩上，兩條手臂在胸前交握，彷彿在擁抱那把大劍。

在他那頭恣意生長的蓬鬆亂髮裡，隱約可見一抹紅色。

那是一根珊瑚製成的髮簪。

明明滅滅的火光映照在源九郎和申的臉上。

除此之外，在那堆火焰的旁邊，其實還有另外一個人，只是這個人並沒有在注視火光。

那是一個女人。名字叫作舞──或者也可以稱呼她為蘭。

女人的年紀大約二十出頭，此刻正躺在火堆旁，把頭枕在源九郎粗如樹幹的腿上，沉沉睡著。

被半藏的追兵──亦即土蜘蛛一族偷襲時的傷口，此刻正以驚人的速度迅速癒合著。

不過，蘭為癒合傷口所付出的代價就是長時間的睡眠。

這天晚上也是，吃完晚飯之後，蘭馬上就躺了下來，立刻發出鼾然入夢的鼻息聲。

時間過得飛快，這已經是土蜘蛛蛭丸突襲過後的第二個晚上了。

耳邊只剩下火焰燃燒聲和頭上的樹葉被風吹動的聲音，偶爾會傳來小動物穿過森林的聲音。

蘭靜靜發出呼吸聲。

「這整件事還真是不可思議啊！」申突然低喃起來。

「什麼事？」源九郎抱著那把大劍問道。

「還不就是小舞小姐嘛……」

「舞……你是指蘭嗎？」

「是的。躺在那裡的明明就是我認識的小舞小姐，這點是絕對不會錯的。可是她本人卻說她是蘭，而不是舞……」

「嗯。」

「她到底是故意這麼說的，還是小舞小姐真的認為自己是名為蘭的人呢？」

「這個嘛……你覺得呢？」

「源九郎……」申呼喊了源九郎的名字，似乎是有什麼問題想要問他。

「什麼事？」

「閣下真的打算要將小舞小姐送到那張莫名其妙的地圖上所畫的地方嗎？」

「這是我們的約定。」

「約定？」

「我應該已經有告訴過你了吧！她在地上畫了那張莫名其妙的地圖，拜託我送她去那個地方。問題是，我雖然知道那應該是異國的某個地方，但那到底是什麼地方？到底要怎麼去？我其實還沒有半點頭緒……」

「所以你才要去江戶？」

「嗯，我想如果到了江戶，總會有人知道那裡是哪裡吧……」

「就連小舞小姐也不知道嗎？」
「她只是把地圖畫出來，指出她要去的地方，但是到底要怎麼去，她似乎也毫無頭緒。」
「既然如此，報酬要怎麼算？」
「當然是用這個女人的身體支付囉！」
「什麼?!」申目露兇光。
「不要擺出那麼可怕的表情嘛！申……」源九郎說道，聽不出來是認真的還是在開玩笑。「到時候再說囉！反正接下來也還不知道會發生什麼事……」
「有必要為了到時候再說的報酬，把命都給賭上嗎？」
「那你又是為了什麼呢？申。你不也是賭命在保護她嗎？」
「我們可不是為了到時候再說的報酬……」
「如果不是為了到時候再說的報酬，那是為了什麼？」
被源九郎這麼一問，申一時答不上來。
「看吧！你不也是為了到時候再說的報酬在拚命嗎？」
「才不是……」申緩緩開口：「無論她是要你帶她去唐還是天竺⓳的盡頭，我們都不可能讓你帶小舞小姐去那種地方。」
「但這不是舞，而是蘭想去的地方。」
「還不是一樣。」申說話時凝視著源九郎。「我問你啊……源九郎……」
「什麼事？」

⓳唐亦即唐朝，泛指中國；天竺則是古代對印度的稱呼。

「針對小舞小姐的討論可以先告一個段落嗎？」
「為什麼？」
「因為比起來，我對你還比較有興趣……」
「對我？」
「沒錯。你的臉孔模樣、膚色、身體構造……橫看豎看好像都跟我們不太一樣。」
「你也這麼覺得嗎？」
「什麼意思？」
「我父親並不是這個國家的人。」源九郎娓娓道來。
「喔？」
「我父親是個黑人喔！」源九郎繼續抱著兩條手臂，將視線投向漆黑森林的深處。
「真的嗎？」
「真的，我父親是被耶穌教傳教士帶到這個國家來的人。」
「耶穌教？」
「沒錯，他是被一個叫范禮安⑳的耶穌教傳教士帶來這裡的。你難道沒有聽說，那個叫織田信長的男人身邊曾經有個黑人嗎？」
「經你這麼一說，我倒是想起來了。」
「那個黑人就是我父親。我父親被范禮安從異國的大地帶到這個國家來，跟無數的異國珍品一起獻給信長……」
源九郎口中的傳教士范禮安是基督教的耶穌會義大利籍傳教士。歷史上的確有這號人物，他也留下好幾筆進獻黑人給織田信長的紀錄。

據說信長對這個黑人感到十分好奇，還曾經命令他當著來訪的眾賓客面前脫衣服洗澡，看看能不能把黑色的皮膚洗白。

被范禮安獻給信長的黑人原本聽從信長的指揮，後來在本能寺之變㉑的時候改投到二條城㉒的織田信忠㉓麾下，在與明智光秀㉔的大軍對峙時，一直奮戰到最後一刻才被逮捕。

「這並不是人，而是動物……」據傳光秀撇下這麼一句話後，便釋放了這名黑人。

接著是一陣漫長的沉默，在這陣沉默之中，申一直望著源九郎。

過了好一會兒，申終於打破沉默：「所以說，閣下手中那把特別的異國大劍，也是范禮安帶進我國的東西囉？」

「這把劍嗎？」源九郎用右手輕撫著懷裡的劍。

「嗯。」

「大概是吧！」

「雖說是異國的劍，看起來還是很不錯呢！」

的確，如申所言，那把劍可不只是形狀特別而已。它比一般的劍大上一圈，非常有特色。劍柄是以黃金打造而成的，上頭還鑲嵌著象牙的細緻雕刻，黃金的部分是獅子形的雕刻，上

⑳Alexandre Valignani（一五三八年—一六〇六年），耶穌會義大利籍傳教士。
㉑日本天正十年六月二日，織田信長的得力部下明智光秀在京都發動本能寺之變，使得幾乎統一日本、結束戰國亂世的織田信長在事變中喪命，日本歷史也從此改寫。
㉒位於日本京都府中京區的一座平城，建設於江戶時代初期，曾經是德川家康的寓所。
㉓織田信長的長子。
㉔出身於美濃國的土岐源氏支族，原為織田信長的家臣，後來發動本能寺之變，殺害其主人信長。

頭也鑲嵌有寶石。

皮革和木頭製成的劍鞘上刻有螺鈿的圖案，用一條皮帶背在背上。

「這可是國王的寶劍呢！」源九郎自豪地說道。

「國王的寶劍？」

「就是異國的國王所擁有的寶劍啊！」

「異國？」

「好像是一個叫作『馬其頓王國㉕』的國家，是該國國王所擁有的寶劍。」

源九郎口中的馬其頓王國，是在西元前四世紀後半成形的國家。起先是由攝政王菲利普二世掌握了該地區的統治權，後來他的兒子亞歷山大國王才建立出一個國家，其版圖西抵希臘，南至埃及，東將現在的印度西北部全都包含在內，是一個強大的帝國。

「那把異國國王的寶劍為什麼會傳進我國呢？又為什麼會落在你手中呢？」申不禁問道。

「你管這麼多。就像你不肯告訴我舞的來歷一樣，我有一、兩件不能告訴你的事也不算過分吧……」源九郎反唇相譏。

「也是……」申的頭低低地點了一下，這個話題便到此為止。

接著又是一陣沉默。

「今晚是第二個晚上了呢……」在漫長的沉默之後，源九郎突然冒出這句話。

「你是從小舞小姐被襲擊的那個晚上算起嗎？」

「沒錯，你不覺得對方差不多又要採取行動了嗎？」

「說的也是。」

「虧我們還故意露宿在這種荒郊野外……」

源九郎的意思是：露宿在荒郊野外遭受襲擊時，就不用擔心波及到其他無辜的人。

「如果不來，你會覺得很失望嗎？」

「有一點……」源九郎的語聲未落，突然就睜大了一隻眼睛，望向森林深處的黑暗中。

從那片森林的黑暗中傳來幾不可辨的微弱氣息，緩步靠近。

最後，那絲微弱的氣息轉變成清晰可辨的腳步聲了。

「看樣子來了。」源九郎喃喃低語，把大刀拿在手裡。

踩在草地上的腳步聲愈來愈靠近，終於在火光映照得到的地方停了下來。

一道人影就站在那裡。

「與四郎……」申忍不住發出了小小的驚叫聲。

3

與四郎……

不久之前他才跟申一起尾隨鼴鼠的半助深入土蜘蛛的大本營，和申一樣都是真田那邊的人。

後來他們被土蜘蛛的驀翁發現，在躲避土蜘蛛眾的追擊時，不小心失散了。

申好不容易全身而退，可是卻遲遲等不到與四郎的歸來。

兩天前的晚上，與四郎卻和土蜘蛛眾那一夥人聯手偷襲了舞。

「申……」與四郎口齒不清地說著話，火光映照出他蒼白的臉色。

「與四郎……」

㉕古希臘西北部的一個王國。

「申，救救我……」

「什麼意思？」

「前兩天晚上發生的那件事，並非出自我的本意，我被土蜘蛛操縱了……」

「那現在呢？」語聲未落，申已經站了起來，擺好備戰的姿勢。

「我現在是清醒的。」

「你以為我會相信你嗎？」申一面慢慢吐氣，一面緩緩說道。

「嗯。」

原本抱著大劍席地而坐的源九郎，這時也把蘭的頭從膝蓋上移開。他慢條斯理地站起來，把拿在右手的大刀插在腰間，再把還收在劍鞘裡的大劍扛在肩上。

「我可以證明我是清醒的……」與四郎說道。

「怎麼證明？」

「我現在就在你面前切腹。」

「你說什麼？」

「我要切腹！」與四郎說完，立刻當場跪了下來，用兩隻手把身上的衣物往左右兩邊扯開，緊實的腹部就這樣裸露在夜涼如水的寒風中。

與四郎拔出繫在腰際的刀，那是比大刀還要小一號的忍者專用刀。

白刃在火光的映照下，散發出妖異的光芒。

與四郎用他那空洞無神的眼神凝望著申，直接用雙手握住那把刀的刀刃部分。

為了讓刀子更容易深入自己的肉身，與四郎反手握住刀刃，把尖端向著自己。

「你想做什麼？」

的事。

「不是跟你說我要切腹嗎？」

太奇怪了……哪有人為了證明自己是清醒的就要切腹？這分明是腦筋不正常的人才會做的事。

「申，他要切腹你就讓他切嘛！這種畫面可不是常常看得到的呢！」源九郎用一種沒什麼大不了的語氣說道。

「那我切囉！」與四郎的語聲未落，刀子的尖端已經插進了腹部的左側，深度直達內臟。

等刀子全部插進去之後，與四郎由左而右用力橫切。

可能是肚子裡的內臟纏住了刀刃，刀子似乎切不太動的樣子。

大量的血液從他肚子上的傷口泉湧而出。

刀子被他拉到無法再動的位置。

「你看。」與四郎望著申，露出一個淺淺的笑容。「我很清醒吧！」

但如果是正常人，在自己的肚子上還插著一把刀的狀態下，怎麼可能發得出這麼正常的聲音？聲音很正常。

與四郎繼續把刀子往旁邊拉。只見他全身都在發抖，看樣子是用上了吃奶的力氣。

「源九郎，你可不要這樣就被唬住了喔！」申用一種非常冷靜的語氣提醒著他。

「這還用你說嗎？」源九郎肩上扛著大劍，豐厚的唇畔浮現出一抹笑意。

「好戲現在才要上演吧！」源九郎抬頭望著上方杉樹高聳入雲的枝椏，喃喃自語。

眼前是與四郎切腹的駭人光景。

申和源九郎都很清楚，那只是敵人為了分散他們的注意力所佈下的陷阱。

與四郎手中的刀子終於從肚子的這一頭移動到那一頭，切出一道長長的傷口。

「這還是我第一次切腹，沒想到會這麼痛呢！申……」

與四郎的嘴唇往左右延展，試圖擠出一抹微笑的弧度，但是眼淚卻不聽使喚地從他的眼睛裡不斷地湧了出來。

就在這個時候——

沙……源九郎頭上傳來了細微的樹葉摩擦聲。

「在上面！」語聲未落，源九郎已經拔出了大劍。

有個東西正從蘭的正上方落下。源九郎拔出大劍，把那個東西往旁邊一掃。

鏗鏘！

伴隨著尖銳的金屬撞擊聲，那個東西被源九郎的劍格開，劃破了寧靜的夜空，插在旁邊的樹幹上。

那是一柄塗成黑色的刀刃。

「交給我處理。」

語聲未落，申的身影已飛離地面，攀附巨大杉樹的樹幹上。他像隻猴子似的沿著樹幹往上爬。

源九郎的左手握著劍鞘，右手握著大劍，所以方才那一劍顯然是用單手揮的。

放眼當今世上，應該找不到幾個人有能力光用一隻右手，就可以隨心所欲揮動這把顯然比一般日本刀還要重上好幾倍的大劍。

因為那需要異於常人的腕力與臂力。

沙！沙！

似乎有什麼東西正在頭上的枝葉裡蠢動著。

劍氣閃來閃去。杉樹的枝葉一根、兩根地掉了下來。

看樣子，申正在頭上的枝葉裡，與某人進行無聲的戰鬥。

「好、好痛！」與四郎號叫著。

他把反手握著的劍重新握好，站了起來。

「好痛啊！」與四郎一面吼叫，一面朝源九郎跨出一步。

一大團內臟從傷口處跑了出來。與四郎突然踩向火堆，往源九郎的方向猛衝過來。

「喝！」源九郎見招拆招，垂直劈下一劍，與四郎的頭顱頓時被切成兩半。

「好痛噢！」喃喃呻吟的與四郎突然兩眼翻白，腳一攤，在源九郎的跟前趴倒在地，一動也不動了。

就在這個時候，頭上的樹葉又響了。

有一團人頭大小的黑影從樹上落下，發出潮濕的聲響，掉在緊挨著蘭身邊的地面上。

那團黑色的圓形陰影一掉到地面上，馬上就改變了形狀。

似乎有什麼東西在表面蠢動著，定睛一看，原來是由無數水蛭聚集成的陰影。

「哼！」源九郎一腳把那團水蛭踢到火堆裡。

那團水蛭發出令人渾身不舒服的聲音，起火燃燒。

水蛭燒焦的臭味在夜晚的空氣中彌漫開來。

那團水蛭一面燃燒，一面還不死心地在火堆裡蠕動著。

這座山裡一向少有水蛭。他們就是知道這一點，才會選在這裡露宿的。

「很好，接下來還會有什麼東西掉下來呢？」就在源九郎抬頭望著樹上自言自語的同時，之前倒在地上的與四郎突然動了起來。

與四郎爬了起來，右手裡握著刀，衝向沉睡中的蘭。

內臟從肚子上那道裂口一路垂到大腿上，腦漿也流出了大半。
與四郎甩著那堆內臟，往蘭的方向猛衝過去。
源九郎往前跨出一步。再一步。跨出兩步之後，站穩，把劍往旁邊一揮。
咻！
空氣撕裂的聲音響起，與四郎的頭被源九郎的大劍砍了下來，高高拋到半空中。
「源九郎，下面！」樹上傳來申尖銳的叫聲。
下面的「面」字都還沒講完，一道巨大的黑色影子已經從樹上跳了下來。
是個人。
「什麼?!」
那個人正拿著寒光森森的利刃往正下方俯衝。而蘭就在他的正下方熟睡著。
就算源九郎在半空中把俯衝而下的那個人劈成兩段，他那不停往下墜的屍體也會跟利刃一起掉在蘭的身體上。就算只把利刃格開，那個人的身體也會從正上方直擊蘭的身體。
該怎麼辦才好？方法只有一個。
「喝！」源九郎第一次用兩隻手握住那把大劍，由下而上，刺穿了掉下來的那道人影。
就在那道人影快要撞上蘭的數寸之前，源九郎的大劍率先貫穿了那道人影，他利用這劍勢，將那道人影固定在半空中。
像這樣將上方落下的東西固定在半空的招式，已非人體所能使出的。
源九郎的臂力再次地打破了人類的想像。
「嗯?!」就在源九郎發出這樣的聲音同時，被大劍貫穿的人突然動了。
那不是迴光返照的動作。

而是神智非常清醒，具有自我意識的動作——源九郎的掌心透過大劍感覺到了這點。
那不是人類的動作，是令人毛骨悚然到極點的怪異舉止。
就在血從那個人的身體滴落到底下的蘭身上之前，源九郎先把劍往自己的方向拉近了一些。
被大劍貫穿的人沒有先掙脫大劍，直接就往劍柄的方向滑動。
他移動到距離源九郎的臉只剩下不到一寸空間時，突然有道金屬光一閃。
原來是被大劍貫穿的人影企圖用他手中的金屬把源九郎的臉切成左右兩半。
只不過，源九郎把脖子往後一縮，避開了他的攻擊。對方接著又由上方攻來。
「哼！」源九郎把頭一甩，避開第二次攻擊。
刀鋒驚險地擦過插在源九郎頭上的髮簪，往斜下方撲了個空。
「哈！」源九郎把大劍往旁邊一揮，將那道人影從劍上甩下來。
於是人影發出沉甸甸的聲音，重重摔在地面上。
沙！伴隨著這一記脆響，又有另一道人影掉了下來。
「那傢伙是蛭丸！看樣子光用劍刺他是刺不死的。」中發出了警告。「我在樹上也用劍刺過他兩次，但還是刺不死他。」中從樹幹上一躍而下，回到地面上補充說明。
從源九郎的大劍上滾落到地上的人影——也就是蛭丸——全身都包裹在黑色的衣服裡。
申說得沒錯，眼前的這道影子看上去雖然是個人，但是姿勢卻非常怪異。
盤踞在地上的那個肉體看上去異樣地臃腫癡肥，就像是骨頭全部取出後的人類身體。
在那團狀似人體的肉球上，長著一張人的臉。
那是一張紫色的臉，而且光溜溜的，一根毛都沒有。
在那張臉上，只有眼睛綻放出異樣的光彩。

「失敗了呢……」蛭丸以一種濕滑黏膩的嗓音說道。
說時遲，那時快，蛭丸的身體突然又想往蘭的方向移動。
只可惜曾經被源九郎的大劍貫穿過一次、在樹上還被申的刀砍過兩次的身體，已經做不出那麼靈活的動作了。
「想得美！」先反應過來的反而是源九郎。
他把大劍插在地上，拔出腰間的大刀，先發制人。
在蛭丸撲到蘭的身上之前，源九郎的大刀已經由上往下，再次貫穿了蛭丸的身體。
蛭丸也再一次揮動手裡的劍。
源九郎一面抵擋他的攻擊，一面提起大刀，讓蛭丸浮到空中，然後再重重地往下刺。
源九郎利用這個方法，終於把蛭丸的身體固定在地上了。
而且還不是普通的地面。
是燃燒著熊熊烈焰，底下全都是柴火的地面。
「哇啊啊！」蛭丸發出號叫聲，一面扭動身子，但是不管他再怎麼扭動身子，也無法從貫穿身體的大刀上逃脫。
因為大刀早就深深插進地底了。
「哇啊啊——！」蛭丸繼續發出號叫聲，身體扭來扭去，在貫穿過自己肉體的刀身上蜷成一團，似乎是想要用身體把頭包起來，在烈焰中保護自己的頭部。
空氣中彌漫著肉體被燒焦的臭味。蛭丸一動也不動。
或許是承受不住高溫的焚燒了吧，蛭丸的身體在熊熊火焰中逐漸癱軟下來。
「咳咴咴咴！」蛭丸繼續在火焰中掙扎，從嘴裡吐出綠色的黏液。

他一面扭動，一面瞪著源九郎。眼神極為兇狠。

最後，那道兇光倏地從蛭丸眼中消失，他終於不再扭動了。

看樣子他死了。

「你看這個。」申喊了源九郎一聲。

他站的地方正好是源九郎剛剛切下的與四郎頭顱前方。與四郎的腦袋在申的腳下滾動著。

源九郎走近後，申用刀子的尖端撥開了與四郎後腦勺的頭髮。一隻特別巨大的水蛭赫然出現，那和兩天前晚上，蛭丸朝源九郎丟過來的水蛭是同樣的品種。

如今這隻巨大的水蛭還死命地吸附在與四郎被割斷的後腦勺髮根處。

申用刀子把那隻水蛭刮下來。

水蛭的腹部長出無數白色的觸手，牠大概就是靠那些觸手從與四郎的後腦勺鑽進他的腦袋裡吧！

「看來與四郎是被這隻水蛭操縱了……」

申用刀子的尖端刺穿了從與四郎的後腦勺刮下來的水蛭，丟進火堆裡。

「呼……」申輕輕吐出一口氣。

「今晚應該到此為止了吧……」源九郎喃喃說完這句話後，拔起插在地上的大劍，收回劍鞘裡。

4

源九郎和申再次隔著火堆相對，兩人無言。

空氣中似乎還殘留著水蛭燒焦的異臭。

源九郎在離這裡稍微有一段距離的森林裡挖了個洞，把與四郎的屍體埋進去。埋葬完與四郎之後，兩個人又各自盤踞在火堆的這一頭與那一頭，面面相覷。

由於補充了新的柴火，所以火勢一點都沒有減弱。

蘭依舊把頭枕在源九郎的膝頭上，沉沉睡著。

源九郎從剛才就一直把玩著手中的珊瑚髮簪，一面凝視火焰。

「我說，申啊……」源九郎說話時，目光還是直勾勾地望著眼前的火苗。

「什麼事？」申抬起臉來回問。

「你也差不多該老實招了吧？」

「招什麼？」

「這個女人的來歷跟這支簪子的來歷啊。」

「這我可不能說。」

「說啦！」

源九郎把視線移向始終保持沉默的申臉上，凝視著他的表情，似乎是要窺探他的反應。

「這個女人跟豐臣秀賴是不是有什麼關係？你至少可以告訴我這一點吧！」

源九郎的話都還沒說完，申的臉色已經變了。他以萬分凌厲的眼神瞪著源九郎。

「看樣子我把你嚇著了呢！這也就表示，他們之間的確有某種關聯囉！」源九郎無視於他的瞪視，興味盎然地說道。

「你這麼說有什麼根據嗎？」

「呃……這個嘛……因為這張紙片上寫著豐臣秀賴的名字。」源九郎從懷裡取出一張小小張的紙片說道。

「什麼?!」

「唉……這都要怪剛才那個叫作蛭丸的傢伙啦。他不是一刀揮向我的臉嗎?就在我躲開他的攻擊同時,他的利刃也劃過這根簪子……」

「……」

「當我把與四郎的屍體埋葬好之後,有點在意簪子,就把它拿下來看看,結果發現簪子上的珊瑚好像快掉了,東摸西摸後珊瑚整個脫落了,這張紙片就從裡頭掉了出來。」源九郎邊說、邊用指尖撥弄簪子上的珊瑚。

「這個女人的父親……該不會就是秀賴吧……」

源九郎說了這句話,申立刻悄悄把手放到刀子上。

「瞧你這副表情,肯定是被我說中了吧!」源九郎依舊不知死活地說道。

申也依舊無聲地怒視著源九郎。

「如果這個女人是秀賴的女兒,那所有的事情就全部說得通了。真田的人要保護這個女人,或伊賀忍者要除掉這個女人,都是合理的……你不要擺出這麼可怕的表情來嘛!申。事到如今,我就算知道了這件事,眼下的情勢也不可能產生什麼太大的變化吧!」

聽源九郎這麼說,申總算輕輕吐了一口氣。只不過,他放在刀柄上的手還是沒有收回來。

「你還真是勞碌命啊!申……」源九郎笑道,用右手夾住那張紙片,伸到火堆上。

「你再不說的話,我就要鬆手囉……」

「快住手!源九郎。你要是敢鬆手的話,我就殺了你。」

「那你就給我老實招來,交代清楚我就不鬆手。」

源九郎把那張紙片拿得更靠近火焰一點了。

「源九郎！」申低吼發出警告的時候，源九郎已經把那張紙片收回來，重新放回簪子裡了。他漫不經心地把那根簪子丟向坐在火堆另一頭的申。

申放開緊握刀柄的手，在半空中接住那根簪子。

「我本來不打算在抵達江戶之前把這根簪子交給任何人，但現在就先還你吧！」

「為什麼？」

「你不是一直在心裡盤算著要怎麼把這根簪子從我手中搶走嗎？我要是一不小心賠上這條小命就太不值得了。」

申沉默不語。

「總而言之，我會先把這個女人帶到江戶，接下來的以後再說……」

源九郎再次把雙手環抱在胸前，將大劍擁入懷裡，閉上了眼睛。

申凝視著閉上眼睛的源九郎好一會兒，火光在源九郎緊閉的眼皮上跳動著。申不斷凝視著那兩簇跳動的火光。

不知不覺之間，源九郎開始發出輕微的鼾聲。

始終凝視著源九郎的申不禁苦笑了一下。

「源九郎，你還真是個不可思議的男人啊……」申面向源九郎說道：「不要睜開眼睛，就這樣聽我說。既然我認定那邊那位姑娘就是小舞小姐，我就不能再讓她遇到任何危險。到了下一個地點，我應該會向首領大人報告這件事……

「不過在那之前，我就稍微透露一點小舞小姐的事給你聽吧！反正你都已經睡著了，我只不過是一個人在自言自語，如果被你聽見了什麼，也是沒有辦法的事……」

申把髮簪收進懷裡，凝視著火焰，開始娓娓道來，看起來真的就像是在自言自語。

「死去的太閤大人留下好幾封遺書，交代了黃金的藏匿地點，或是自己死後該怎麼處理後事等事項。其中一個遺言，和豐臣家的血脈存亡有關。太閤大人在臨死之前把家康為首的五大老㉖傳喚到自己的病榻前，殷殷叮囑『請你們一定要保護秀賴周全』才嚥氣，但是光只有這樣是不可能安心的，所以太閤大人早在那之前就祕密地寫下好幾封遺書……」

源九郎依舊靜靜發出粗重的鼾聲。

「在眾多的遺言當中，有一封寫著：萬一秀賴大人和大坂城有個什麼三長兩短的時候，無論如何都要保全豐臣家的血脈……」

申凝視著源九郎，繼續把話說下去，接下來的情況如下所述——

秀吉的遺書上寫著：

一旦大坂或者是豐臣家搖搖欲墜的時候，就要從可信賴的家臣一族裡挑選出四個女子，讓這四個女子肚子裡都懷有秀賴的種，在城池陷落的時候保護她們逃出生天。

如此一來，即使秀賴在大坂城陷落的時候沒有辦法逃走，或者是秀賴在當時還沒有孩子的話，也可以藉由這個方法，把豐臣的血脈偷渡到城外去。

秀吉長久以來沒有子嗣，一直到五十七歲才生下秀賴，所以他對子嗣問題才會費盡心思到神經過敏的地步。

㉖豐臣政權末期制定的職務，擔任者是包括德川家康在內，豐臣政權下五大有力的大名。

這封遺書一開始是託付給石田三成的。三成死後託付給真田昌幸，昌幸死後則託付給幸村。然後，在元和元年五月——也就是大坂夏之陣的時候，這道遺言終於付諸實行了。

「只不過，這件事馬上就被德川那邊的人知道了，因為幸村大人的兄長信幸大人投靠了德川的陣營。信幸大人早就知道這道遺言，也一直在調查這道遺言是否已付諸實行。所以半藏手下很快就追上了那四名女子，沒確認她們肚子裡是不是真的懷有豐臣家的血脈，就直接把她們全殺死了。」

申說到這裡，深深嘆了一口氣，望了源九郎一眼。

「可是……太閤大人的遺言其實是有內情的。簡單說，那四名女子打從一開始就只是誘餌，他還悄悄安排了第五名女子。據說太閤大人特地把這件事寫在另一封遺書上，偷偷交給石田三成。」

嗯……源九郎發出小小的悶哼，像是在應答申。

「我們真田一族有一種自古以來代代相傳的獨門祕法。我們可以先用容器接住男人陽根排放出來的精子，再利用那些精子來讓女性受孕。具體作法是把男性精子移到加工過的、不會傷及女性陰部的木筒中，算準精子最容易著床的時機，再利用這根木筒，把精子送進女性子宮裡。如果真到了危急存亡之秋，就利用口交的方式把秀賴大人的精子保存下來，裝在木筒裡，偷偷帶到城外，再利用這套獨門祕法，將秀賴大人的精子注入某個女性的子宮裡，留下豐臣的血脈即可。就算這個女人被殺了，至少精子還能夠留著。幸村大人打算利用這種方法來保全豐臣家的血脈，而接下這個重責大任的，就是我和一名叫作月讀的真田女忍者……」

嗯哼……

「後來，我利用這種獨門祕法，把偷渡出來的精子注入兩個女人的身體裡。一個是月讀，另一個是位名叫阿朧的女人，最後只有月讀懷上孩子。小舞小姐就是月讀的女兒，換句話說，也就是秀賴的骨肉……」

當中的故事剛好講到一個段落的時候，源九郎也微微睜開眼睛，看著中，說道：「中啊！我剛剛在睡覺的時候，好像作了一個非常匪夷所思的夢呢！」

「是嗎……」

「你可以幫我解開夢裡的一個謎團嗎……」

「那要看是什麼樣的謎團了。」

「為什麼事情都已經過了這麼久，半藏那邊還要派人來追殺呢？」

「因為有人看見了。」

「有人看見什麼？」

「我和月讀帶著秀頼大人的精子逃離大坂城的時候，不小心被人看見了。」

「是喔？」

「看見我們的人正是為了解救千姬而潛入大坂城的伊賀忍者，破顏坊和土蜘蛛一族的蟇翁……在那之後，蟇翁就一直對我們窮追不捨。」

「你是說，蟇翁是因為知道箇中情由，才對你們窮追不捨的嗎？」

「不，至少在那個時候，他應該還不知道真相。可能只是覺得我們很可疑，所以才追上來的吧！把這件事和秀頼大人的子嗣聯想起來的，應該是接到報告的半藏……」

「事到如今才想到？」

「沒錯，因為我們的陣營裡出現了背叛者。」

「背叛者？」

「就是和月讀一起接受秀頼大人的精子，卻沒有懷上孩子的那個女人……是那個女人背叛了我們……」

「原來如此。」

「半藏那傢伙可能是因此想起他在攻陷大坂城時所收到的報告吧！」

「你的意思是說，當時就對你們窮追不捨的那群土蜘蛛們，現在也還在追殺你們嗎？」

「就是這麼一回事。」

「我記得你曾經說過，是那個叫蟇翁的人在背後操縱那群攻擊我們的人。」

「我是說過。」

「他是一個什麼樣的對手？」

「他是使『蟲』的高手。」

「『蟲』？」

「我聽說他會操縱無數的蟲，例如蝶、蜂、蟻、蛇、蛙……等族繁不及備載。」

「你跟他交手過嗎？」

「只有在大坂城陷落時交手過一次……」

「他是怎麼利用蟲來進行戰鬥的？」

「舉例來說，他會讓蟲鑽進敵人的耳朵裡，或是利用蟲來攻擊敵人的雙眼，又或者是在打得不可開交的時候，派蟲去咬對方……可能是想趁對手為蟲分心，有機可乘的時候，再乘機發動攻擊吧！」申把自己在大坂城陷落時跟蟇翁交手的心得轉述給源九郎聽。

「蜘蛛啊……」源九郎喃喃自語。

一聽到蟇翁會從嘴巴裡吐出好幾隻活生生的蜘蛛時，源九郎露出感興趣的眼神

「蟇翁那傢伙，最會在自己的體內飼養活生生的蟲了。」申說道。

「照你這麼說，實際上和這位蟇翁交手的，是真田的穴山小助㉗嗎？」源九郎問道。

「是的。」

「最後那場決鬥的結果呢？」

「蟇翁逃掉了。」

「逃掉了？」

「雖然說是蟇翁逃走了，但贏的人其實是蟇翁。」

「此話怎講？」

「因為穴山小助死了。」

「死了？怎麼死的？」

「當時穴山小助和我們分開之後，過不到半刻鐘的時間就再度跟我們會合了。小助告訴我們，他和蟇翁打到一半時蟇翁逃走了。半個月後，小助突然無緣無故地抓破自己的胸口而死……」

「為什麼會這樣？」

「是蟇翁的蜘蛛幹的好事。」

「蟇翁的蜘蛛？」

「沒錯。」一中點了點頭。

據說在半個月之後，小助突然在大家眼前說了一句：「好癢……」

他一邊嚷著「好癢好癢」，一邊抓起自己的肚皮。可是不管他再怎麼抓，始終無法緩和搔癢的感覺。

於是小助當著大家的面，用力扯開自己的衣服。眾人看見小助的肚皮，發現他的肚子變形得

㉗和霧隱才藏一樣，都是在戰國時代末期，跟隨名將真田幸村的十位奇人異士之一。

非常厲害，到處都長滿了紫色的斑點和水泡，整個肚皮腫脹得圓鼓鼓的。

小助使勁地抓著肚子上的紫色斑點和水泡。

過沒多久，水泡就破了，血水滲了出來，皮膚也被小助撕成一條一條的。

儘管如此，小助還是沒有要停手的意思，還在那裡拚命抓，發瘋地抓。直到皮開肉綻還不罷休，繼續把指甲一寸一寸地戳進肉裡。

「是內臟啦！內臟好癢！」小助不停把手指戳進自己的肚子裡。

眾人只好把小助壓倒在地，讓他仰躺下來。四腳朝天的小助，腹部早已被血染成一片殷紅，露出粉紅色的肌肉組織。

儘管如此，小助還是一直嚷著「好癢好癢」，有個東西在小助血肉模糊的肚子上蠢動著。

「是蜘蛛！」不知道是誰喊了這麼一聲。

沒錯，那的確是如假包換的蜘蛛。而且還是數量多到數也數不清的蜘蛛。

無數的蜘蛛彷彿是從小助的肚子裡長出來的，牠們正從小助的肚子裡往外爬。

看見這麼多的蜘蛛，小助的臉色一點都沒變，只是拚命央求身邊的人幫他抓癢。

聽說小助當天晚上就用自己的劍把肚子剖開，死了。

或許是光用手抓，再怎麼抓也止不了癢，所以小助乾脆把劍插進肚子裡去搔，結果就這樣死了。聽說內臟都被劍尖挑了出來。

「當我看見那具屍體的時候，生平第一次明白什麼是反胃的感覺。」申用右手比了一個圓，大小大概只有小指指尖。「當我們察看那傢伙自己用劍剖開的肚子裡時，看到差不多這麼大隻的蜘蛛，密密麻麻地附著在他的內臟上。」

「真是令人毛骨悚然的畫面呢！」

「恐怕是小助在跟蟇翁決鬥的時候，肚子上不小心被蟇翁的蜘蛛咬了一口，結果就被鑽進去產卵了。」

「可惡的蟇翁，看樣子他還藏著各種絕活呢！」源九郎說道。

「嗯。」

看到申點頭表示同意後，源九郎又牽動嘴角，露出一個微笑。

「照這樣看起來，事情會變得愈來愈有趣呢……」

從源九郎的語氣聽來，他簡直是對即將發生在自己身上的事情期待得不得了。

就在這個時候，舞——也就是蘭，在源九郎的膝頭上翻了個身，突然睜開了眼睛。

「妳醒啦！蘭。」

蘭還躺在源九郎的膝頭上，源九郎俯視她的臉。

「不對……」蘭輕啟朱唇，把頭往左右兩邊搖了幾下。「……我不是蘭，我叫作舞。」

一聽到這個聲音，申馬上衝了過來。「小舞小姐！」

「申……」蘭——這時是舞，輕喚著他的名字。

「求求你，救救我……」語聲極輕，宛如夜半私語。

照這樣看來，舞可以自由活動的，似乎就只有眼睛和嘴巴而已。

「有另外一個人住在我的身體裡，但那個人並不是我。求求你，救救我……救救我……」

舞說到這裡，突然又閉上了眼睛和嘴巴，就和她開口說話時一樣地突然。

「小舞小姐。」申把手放在舞的肩頭上。「小舞小姐……」

結果，舞又慢慢睜開眼睛，呈現出水汪汪、烏溜溜的明眸。

只見那瞳孔微微轉動，看了申一眼，又看了源九郎一眼。

「源九郎先生……」從舞的唇畔滾出源九郎的名字。
「小舞小姐?!」
聽見申的叫喚，舞慢慢轉動眼睛，重新聚焦在申臉上。
那瞳孔中的神韻有別於舞剛剛釋放出來的。
「你認錯人了，我是蘭。」舞——現在她是蘭了，慢條斯理地坐起身來說道。
「蘭?!」源九郎輕聲呼喚。
「是。」蘭沉靜地回答。
看樣子，舞和蘭的人格已經在這個女人的軀體裡互換了。
蘭慢慢坐起來，以那雙水靈靈的大眼睛望著源九郎。
「源九郎先生，請不要忘了您答應我的事。」
「妳是指帶妳去那個地方的事嗎？」
「是的。那可能會是一趟既辛苦又危險的旅程，可能再過不久就會有超乎您所能想像的可怕敵人出現，阻止我們進行這趟旅程。但是無論如何，我都一定要去那個地方才行。」
如今望著申和源九郎說話的人，已經不再是舞而是蘭了，這點無庸置疑。
面對這突然轉變過來的人格，申也不知道該說些什麼才好，就只是不斷凝視著對方。

5

「告訴我，蘭，妳為什麼想去那個地方呢？」
源九郎把扛在肩膀上的大劍環抱在胸前，將目光投向蘭。
蘭沒有回答，只是沉默地望著源九郎，臉上寫滿了迷惘。

「就把妳所知道的全都說出來吧！」源九郎用視線捕捉住蘭的眼神，豪邁地說。

蘭垂下眼睫，沉默不語。

「不管妳是舞還是蘭，總之妳們兩個背後都有一段故事。舞的部分我剛剛已經大致了解了，還有問題的是蘭的部分。我想知道妳背後又是怎樣的一個故事……」

蘭揚起眉睫，望著源九郎，喃喃自語似的說：「我的同伴……」

「同伴？」

「那裡有我的同伴。」

「妳口中的同伴，不就是真田那夥人嗎？」

中的凝眸深處燃起一絲探究的光芒。

但蘭卻搖了搖頭。「不是的。」

「那麼，是什麼樣的同伴呢？」這次換源九郎提出問題了。

「和我一樣的同伴。」

「妳愈說我愈迷糊了，和妳一樣的同伴是什麼意思？」

「……」

「事到如今，再隱瞞下去就太不夠意思了吧！妳身上已經發生了太多不可思議的事情，其中之一就是妳的身體裡面居然有兩個人這點。坐在那邊的申說，妳真正的名字似乎是舞才對呢！然而，妳現在卻說妳不是舞，而是蘭……」

「不管怎麼樣，至少剛才那個絕對是小舞小姐，不會錯的……」申凝視著蘭，插了一句話。

「是誰都好，在我看來，妳的身體裡似乎同時住著兩個人呢！」源九郎注視著蘭的眼睛裡充滿好奇。「還有一件事，就是發生在三天前那個夜裡的事。當時妳明明身受重傷，可是到了第二天中午，妳居然就可以自己走路了。今天我也觀察了妳走路的樣子，幾乎跟一般人沒兩樣。妳的傷勢未免也痊癒得太快了，一般人是不可能會這樣的……」

源九郎說完後，換申開口了：「還有我們在破廟裡受到突襲的前天晚上，那個要偷襲小舞小姐的男人手臂就落在小舞小姐的身旁，那應該也是小舞小姐……不對，是蘭妳幹的好事吧……」

蘭凝望著火光，不發一語。

「到底是怎樣？」申又凝重地問了一次。

「咳咳……」源九郎重新把手臂環抱在胸前，將大劍深深地擁入懷中說道：「算了，如果她不想說的話，再逼問下去也沒什麼意思，我只是有點好奇罷了……」

源九郎抱著他的大劍，盯著火光，然後抬起眼簾，仰望著天空。

源九郎背後那巨大而年老的杉樹挺拔直入夜空，在頭上交織成濃密的樹蔭。透過樹葉的間隙，可以看見一閃一閃的星光。再上去的空間似乎有風吹掠。在杉樹的樹梢搖曳干擾下，星子的光芒時而隱沒，時而出現。

森林裡的夜晚深沉無比，似乎隨時都會發出陰森的聲音。

「話說回來，還真是有意思啊……」源九郎突然沒頭沒腦地冒出這麼一句。

「什麼？」申問道。

「就是這個世界啊！什麼事情都有可能發生，人活在世上可以見識到千奇百怪的事情。今夜不也是如此嗎？先是聽你說豐臣家居然有個公主還活著，而且那個公主居然就在我的眼前，還有一堆奇奇怪怪的傢伙要來偷襲這個公主……

「不僅如此，這位公主啊……不知道發生了什麼事，身體裡居然還住了另外一個人。這個人就更誇張了，不僅來歷成謎，還要我帶她離開這個國家，去一個不知道是唐、天竺，還是更遠的地方……」源九郎朝天空吐出長長的一口氣，宛如一聲嘆息。再把視線慢條斯理地拉回火光上。

「這真是太有趣了……」

「會覺得有趣的你才是怪胎呢！」中凝視著源九郎，喃喃自語地說道。

「你難道不覺得有趣嗎？」

「我倒覺得觀察你還比較有趣呢……」中稍稍牽動嘴角，擠出一個苦笑。

「我啊……不久前才在伊吹山上看到一個非常不可思議的東西喔……」

「在伊吹山上？」

「是啊！」源九郎的眼眸裡閃動著樂不可支的光芒，喃喃自語地說：「我看見一道巨大的光芒劃破天際……」

時間回到他從盜賊手中救出久屋家姑娘的那個暴風雨夜晚。

層層疊疊堆在天空一隅的烏雲突然被撕裂，一道金綠色的光芒宛如巨大利刃般劃破黑暗，然後消失在杉林的另一邊。

就在那道光芒消失的那一瞬間，它居然又分裂成好幾條細小的光束，往四方散開。之後，巨大光球消失的方向便傳來了地動般的低沉聲響。

源九郎單槍匹馬往那道光芒消失的方向走去，才走到半路，源九郎就看見一道巨大的光柱筆直地衝向天際，然後漸行漸遠，最後消失無蹤。

走了好一會兒，終於讓他走到那道光芒墜落的現場了。他發現那一帶的樹木全都朝著同一個方向傾倒。

在那片樹林全都被撂倒的山中一角，出現了一個偌大的洞穴。

那樣子看起來就像是有什麼巨大的東西從天外飛來，墜落在那個地方，然後又飛回天上去了。

源九郎就是在那裡撿到那根珊瑚做成的簪子。

源九郎一個字、一個字地向申形容當時的狀況，蘭似乎也在一旁側耳傾聽源九郎所說的話。

等到源九郎把當時發生的事全都交代一遍，申不可置信地沉吟：「你說的都是真的嗎？世上竟有這種事……」

「如果這根簪子的主人真的是蘭──也就是舞的話，那麼我那天晚上看到的光，和這個女人之間肯定有著某種淵源囉！」源九郎說完，望向蘭的方向。

蘭只是凝視著火光，不發一語。

在一大段漫長的沉默之後，蘭終於宛如夢囈一般地開口說話了：「原來被看見了呀……」蘭抬起頭來，望著源九郎。「第一次見到你的時候，我就覺得很納悶，你為什麼會插著那根珊瑚髮簪？今天我總算知道原因了。」

「聽我說，蘭，我知道妳不想說一定是有什麼苦衷。但妳能不能把可以透露的事情說出來呢？我們想知道妳的出身……」

被源九郎這麼一問，蘭緊抿雙唇，沉默了好一會兒，然後才靜靜開口：「就像你看到的，我是乘著那道劃破天際的光芒來到這個世界的……」

「那道光？」

「那其實是一艘可以在天上飛的船。」

「船？船可以在天上飛嗎？」

「可以的。」

「那不就叫天空船了……」

「是。」蘭輕輕收起雪白的下顎，點了個頭。

「真神奇……」發出此言的是申。

「船應該是在水上航行的東西吧！比空氣還要重的船，怎麼可能飛上天……」申說到這裡，突然自顧自地點起頭來：「……原來如此。比空氣還重的鳥都可以飛翔在空中了，沒道理船不行……」

「我之所以將它稱為船，其實只是一種譬喻，讓你們比較容易了解。它的構造跟你們所熟知的船是不一樣的。」蘭進一步解釋。

「那妳又是打哪兒來的？」提出這個問題的是源九郎。

蘭一言不發地抬頭望天，用青蔥般的手指指著天空。「從天上……」

「喔……從天上而降嗎？」

「我是從那顆星球上過來的。」

「星球？」

「我所搭乘的那艘船，可以在星球之間航行。」

「妳的意思是說，妳來自於天上繁星的其中一顆？」

「是的。」

「然後降落在伊吹山裡的那個地方？」

「是的。」

「住在天上的人也長得跟我們一樣嗎？」

「不，我們原本的姿態跟你們完全不一樣，我只是暫時借用了這位姑娘的心靈和身體……」

「那妳們原本的姿態又是什麼樣子呢？」

「我們並沒有固定的形狀……」

「沒有固定的形狀？」

「是的。」

「也就是說，妳們可以變成各式各樣的形體嗎？比方說，妳可以變成我們家的小舞小姐……」申插嘴問道。

「不是的，我方才也說過了，我只是暫時借用一下這位名叫舞的姑娘的身體和心靈……」

「妳的意思是像附身那樣嗎？」源九郎抱著他的大劍問道。

「可以那樣說吧！」

「只要被妳們附身之後，就會變成那樣嗎？」

「變成哪樣？」

「明明是手無縛雞之力的公主，也可以用短刀把男人的手臂給砍下來。或者，就算受到刀傷也可以三兩下就痊癒之類的……」

蘭點了點頭。「只要不是受到當場死亡的致命傷害，我們都可以在短時間內把傷治好，保全宿主的性命……」

「這麼說來，就算手被砍斷，也可以恢復成原來的樣子嗎？」

「可以的，只要在砍下來之後馬上接回去的話……」

「頭呢？」源九郎問道，語氣很輕，彷彿是在囈語。

「也一樣，如果是在被砍下來的時候就馬上接回去的話，或許也能恢復原狀。」蘭以輕描淡寫的口吻講出令人不寒而慄的話。

申張開嘴巴，似乎想要說些什麼，但是卻又說不出話來，就只是重複吸氣、吐氣的動作。

「那妳為什麼要附在這位公主身上？我記得那艘光之船立刻就從伊吹山上飛走了才對，妳那個時候為什麼沒有坐在船上一起回去呢？」

「因為我沒辦法回去。」

「什麼意思？」

「這我真的不能說了。」

「為什麼？」

「我當然有我不能說的理由。而且就算我說了，你們也未必能理解我在說什麼吧！不能理解也就算了，搞不好還會招來不必要的誤會。」

「也罷，既然妳有難言之隱，如果再追問下去就強人所難了。我記得妳說過，有東西要抓妳，對吧？」

「是的。」

「那是妳的同伴嗎？」

「從你們的角度上看來，或許會認為那是我的同伴，但我們非但不是同伴，還是敵人呢。這樣說好了，從我的角度來看，這個國家裡的所有人看起來都是同伴，因為他們都是人類。可是你們卻分成敵我雙方，彼此戰鬥不是嗎？」

「說得很有道理呢！」

源九郎慢條斯理地從肩上拿起那把一直靠在肩頭上的大劍，放在膝蓋上，然後把右手輕輕放在劍的握柄上。

「那些追兵為什麼要抓妳？」

「我想是為了要殺我吧！」

「也就是說，他們的攻擊對象是小舞小姐嗎？」申問道。

「是的。」

「可惡！」申呻吟了一聲。

「因為如果要殺掉我，就等於要先殺死這個叫作舞的姑娘。」

申的眼神裡出現了肅殺之氣。

「在船掉下來之前，那些追兵就已經先我一步離開那艘船了……」

「那天晚上我看到幾道光束從那艘船往四面八方飛散……」

「那就是追兵了。你看到的光束一共有五道對吧？」

「這我倒是沒有細數，因為我那時候也正在忙著呢！」

「有五道。」

「換句話說，追兵一共有五個人囉？」

「是不是人我也不知道，總之先用五個人來代稱好了。」

「假設那五個都是人好了，他們也跟妳一樣嗎？」

「什麼一樣？」

「我的意思是，我們接下來要應付的對手也是『即使用劍把頭砍掉了，也可以馬上活過來的傢伙』嗎？」

「如果那些東西也選擇人類當宿主的話，那就是了。只不過，他們並不一定會選擇人類當宿主。」

「什麼意思？」

「棲息在這個世界上的任何一種生命體，都有可能是要來抓我的追兵。」

「所以說，也有可能是狗嗎？」

「是的。」

「也有可能是馬或牛囉？」

「是的。」

「或許是鳥或魚也說不定嗎？」

「是的。」

「真是受不了。」源九郎低聲說道。

「不僅如此，敵人當中還有不需要宿主的。」

「什麼意思？」

「這我實在沒有辦法說明。」

「妳是說雲也有可能成為我們的對手嗎？」

「在我逃離那艘船的時候，這位姑娘剛好就倒在附近，所以我就借用了她的身體。當我們離開自己的世界時，如果沒有宿主的話，是沒有辦法活太久的。」

「妳從剛才就一直宿主宿主的，這兩個字到底是什麼意思？」

「對我來說，這個名叫舞的姑娘，就是我的宿主。」

「嗯……」源九郎嘆了一口氣，彷彿正在思考這句話的意思，他還一面握住右手底下的劍柄。「翱翔在天空中，在星星之間航行的船嗎？那它能否飛到須彌山㉘呢？這山號稱是這三千世界㉙的中心呢。」

㉘古印度神話中位於世界中心的山。
㉙佛教用來說明塵世結構的名詞。

「須彌山？」蘭楞了一下，反問源九郎。

「我也是聽廟裡的和尚說的啦！據說在這個世界的中心矗立著一座須彌山。以那座須彌山為中心的世界，據說一共有三千個，所以就叫作三千世界……」

「須彌山……」

「沒錯，如果那艘船可以從這座須彌山飛到那座須彌山的話，那麼妳所乘坐的那艘天空船就應該是叫作須彌山的船，簡稱『須彌船』才對……」源九郎喃喃自語地解釋。

「小舞小姐現在怎麼了？」申問蘭。

「她沒事，只是現在剛好輪到我支配這具身體罷了。一旦我離開這具身體，她隨時都可以恢復成原來那個名叫舞的姑娘。」

「出來！」申說。「現在馬上從小舞小姐的身體裡給我滾出來！」

「恕難從命。」

「什麼？」

「因為出來之後，如果不馬上移到別的東西上，我就會丟掉性命。不僅如此，如果我隨便離開這具身體，這個叫作舞的姑娘，也將不再是舞了。」

「什麼意思？」

「意思就是這個叫作舞的姑娘會有一半以上的記憶消失不見。」

「可是妳剛才不是說，只要妳離開，她就會恢復回原來的小舞小姐嗎？」

「前提是我得先回到我的同伴身邊，做完該做的步驟。」

「嗯……」申低聲呻吟。

「我已經說了很多不該透露的祕密了。突然發生這樣的事，給二位帶來麻煩，我也覺得很過意不去。但是反過來想，我附在這位姑娘身上，對二位來說不也是一件好事嗎？」

「哪來的好事？」

「像前天晚上，當這位姑娘受到敵人的攻擊，身負重傷的時候，我可以馬上治好她的傷，拯救這位姑娘的性命。」

聽她這麼說，申雖然想反駁，但最後都吞了下去。

「可是相反的，妳附在她身上，也會害她被更厲害的敵人盯上不是嗎？」源九郎代替申把他心裡的話說出來。

「這麼說倒也沒錯。」蘭又靜靜點了點她那白皙的下顎。

申大大地嘆了一口氣，說道：「真是令人難以置信的一席話……」

但不管是申還是源九郎，都親眼見到蘭的傷口迅速癒合的奇蹟了；源九郎也說他親眼看到從天外飛來的東西。

只不過，他也不能光憑這樣就全盤相信蘭所說的話。

再說，不管是蘭的長相還是姿態，全都跟舞一模一樣。此時此刻坐在他們眼前的這個女人，確實就是舞沒錯——這點申可以打包票。

儘管如此，現在這個正在跟自己還有源九郎說話的東西，分明又不是自己所認識的舞——這點申也可以打包票。

「話說回來，這並不是我可以單方面作決定的。」申望著蘭，提出了要求：「我想跟小舞小姐說話。」

就在不久之前，蘭瞬間恢復成申所熟知的舞，才向他提出「救救我」的要求。他不認為舞會故意把自己分裂成兩種人格，舞會變成這樣，一定有她的道理。他也不認為舞會想到剛才蘭說的那些。

「可以嗎？」申再問一次。

「老實說，我和這位名叫舞的姑娘在意識上一直處於很微妙的角力狀態。對我來說，把這具肉體的支配權交還給本人其實是一件很危險的事。因為你們的意識層級比我們還高，我可能會反過來被這位姑娘的意識支配。所以我和舞要不是互相角力，爭奪支配對方的權利，就是讓彼此的意識合而為一。

「只不過，目前我比她還要習慣操縱意識，所以如果只有一下子的話，是可以讓你們聊兩句……」就在蘭說這些話的同時，源九郎用左手拿起大劍的劍鞘，把早就握在右手裡的劍柄輕輕往外抽。

「不好意思……」源九郎壓低聲音，轉向申說道：「讓我打斷一下二位的談話，因為有件事我非得問清楚不可。」

「什麼事？」申的視線往周圍掃了一圈。

「剛才你不是提到過土蜘蛛有一個叫蟇翁的傢伙嗎？」

「嗯。」

「他是不是善於使蟲？」

「是啊！那又怎樣？」

「他使的蟲，是不是就像現在圍繞在我們四周的小傢伙？」源九郎又把劍抽出了一寸。

側耳傾聽，周圍的黑暗中充滿了細碎的小雜音。有些是昆蟲的小爪子踩在枯葉上的聲音，有些則是昆蟲在土壤上爬行的聲音。

顯然，周圍的黑暗中已聚集了數量龐大的昆蟲。

喀沙！喀沙！

有隻小東西從地面上輕輕一躍，跳到源九郎的膝蓋上。

是一隻蟋蟀。

「嗯……」跳到源九郎膝蓋上的蟋蟀突然拍起了翅膀。

嗡……嗡……

那隻蟋蟀開始發出鳴叫。

叫著叫著，所有的昆蟲們居然一起在周圍的黑暗中和鳴了。

蟋蟀。馬追。鈴蟲。邯鄲。草雲雀。無數的昆蟲在同一時間發出鳴叫聲。

「好久不見了呢！申。」一個低沉的嗓音在昆蟲的叫聲裡響起，聲音極細極微，只有忍者的耳朵才聽得見。

只知道那聲音是混雜在昆蟲的叫聲裡傳來的，卻抓不到發出聲音的正確方位。

「蟇翁。」

「上一次見面是在大坂城被攻陷的時候吧……」那聲音說道。

這時，申已改以單膝跪地，持刀在手了。

源九郎也把還插在劍鞘裡的大劍立起來，改採半蹲半跪的姿勢，握好大劍的劍柄。架在源九郎面前的大劍已露出一尺餘的白刃。

看樣子，蟇翁和申之間的對話聲雖然很細微，但還是被源九郎聽見七八成了。

「那邊那個小姑娘的命，我們土蜘蛛一族是要定了！」

——哼。

申繃緊神經，搜尋著四周的氣息，可惜對方藏得滴水不漏。

有個東西撕裂了沁涼的夜風，從黑暗中直撲而來。

申的右手動了兩下。

鏗鏗！伴隨著兩聲銳響，兩根前端削尖的細金屬棒掉在地上。

如果沒有被申擋下來，那兩根金屬棒一定早已插在蘭身上了。

又有什麼東西從頭上掉下來了。

「在上面！」語聲未落，源九郎已經用右手拔出了大劍，往旁邊順勢一掃，途中突然硬生生止住。

「可惡！」他用還握著劍鞘的左手抱起了蘭，往旁邊奮力一跳。

只見一個小小的黑色袋狀物從樹上直落到火堆裡。

在那個東西掉到火堆裡的瞬間，突然發出「轟！」的一聲巨響。一道巨龍般的濃密煙霧竄起，瞬間火花四濺。

「是油！」源九郎大叫，同時揮出一劍。

空氣中傳來金屬的撞擊聲。被源九郎用劍格開的東西掉落在地面上。

和被申擋下來的東西一樣，都是細細長長的金屬棒。

金屬棒的長度差不多就跟筷子無異，只不過比筷子還要來得細一點。說是細，但也還沒有細到可以稱之為針的地步。

看樣子，敵人是趁他們的注意力被突然竄起的烈焰分散掉一部分的時候，伺機射出這根金屬棒的。

源九郎和申屏住呼吸，把視線投向周圍的黑暗。

呵！呵！呵！

一個低沉卻滿含喜悅與惡意的笑聲，從黑暗中傳過來。

「反正我本來就不指望以這點雕蟲小技收拾掉你們……」是蟇翁的聲音。

他的聲音和其他的聲音交疊。

「蛭丸那傢伙又失敗了……」

「蛭丸失敗不是正好嗎？」不同於蟇翁，這次是兩個年輕男人的聲音。

「接下來就由我死手丸……」

「才怪，是由我空丸……」兩個聲音在黑暗中爭論不休，似乎是故意要吵給源九郎他們聽的。

在他們你來我往的唇槍舌劍中，蟲聲仍舊不絕於耳。

有隻馬追爬到單腳跪地的源九郎立起的膝頭上，熱烈地唱著歌。

無數的小蟲也沿著源九郎的小腿往他的膝蓋上爬。這次是蟋蟀。

有一瞬間宛如巨龍般高高燃起的火焰，開始緩緩收束成原來的火勢了。

「射飛鏢決定好了。」蟇翁出聲仲裁。

「好吧！」兩個聲音的主人似乎都贊成這個提議。

「要以什麼為目標？」

「就以那男人的膝蓋吧！」

「上面有隻蟲耶！」

「就以那隻蟲來一決高下吧！」

「沒問題！」

「那邊那個手持大劍的男人……」聲音朝著源九郎發話。

「不要動喔！」

「亂動的話可是會射到你喔！」

「如果不想受傷就不要亂動喔！」另一個聲音一唱一和地說道。

「誰先來？」

「那就由我先來吧！」

「好吧！那就讓你先吧！」

「嗯！」

沙……空氣中響起了細微的聲音。

在那個聲音響起的下一瞬間，有樣從斜上方飛來的東西，輕輕地掠過源九郎立著的膝頭，發出「噗滋！」的一聲，插在斜前方的地上。

又是那根細細的金屬棒。

而且那根金屬棒十分精準地把停在源九郎膝蓋上唱歌的蟋蟀給掃下來，還把那隻蟋蟀貫穿到地面上。

可是就在那根金屬棒剛落到地面上，還沒有插穩的瞬間——

沙……同樣的聲音響起。而且就響在距離源九郎左邊太陽穴只有一寸之遙的地方。

哼……源九郎揮了揮左手，看起來就像是漫不經心地輕輕擦過自己左邊的太陽穴。

但是在他手裡卻握著一根金屬棒，那和前一刻才插在地上的武器是一模一樣的東西。

原來對方一共射出了兩根金屬棒，一根瞄準蟋蟀，而另一根，顯然是衝著源九郎來的。

「你怎麼可以偷跑呢？空丸。」

「我才沒有偷跑，只是手滑了一下。」

「還敢說沒有？後發的你應該是要把我的飛鐵打下來，讓我射不到那隻蟲才對，沒想到你居然拋下比賽，只想搶功勞。」

「呵呵呵……」

「這場比賽可是我贏了喔！」

「算了，隨便啦！讓你先上好了，反正等你失手就輪到我了。」

「我才不會失手呢！空丸。」

聽著他們你一言、我一語的同時，源九郎也把握在手裡的金屬棒——也就是死手丸口中的飛鐵給扔了回去。

只見那塊飛鐵分毫不差地劃破長空，朝源九郎的太陽穴直射而來的路線飛回來處。

既沒有發出半點聲音，也沒有碰到任何樹枝或樹葉的感覺，那塊飛鐵就這麼無聲無息地消失在黑暗中。

緊接著，馬上又聽到那嗓音了。

「嘻嘻嘻！真有意思，那傢伙居然把我射出去的飛鐵射還給我耶。」

看樣子，對方好像是在一片漆黑的夜空中接住了源九郎射回去的飛鐵。

「那麼，接下來就由我死手丸來會會你吧！」空氣中響起一個低沉的嗓音。

呵呵！哈哈！那低聲悶笑響了幾次之後，突然所有的聲音全都消失了。

「那也是忍者嗎……」源九郎站了起來，一面把大劍扛在肩膀上，一面喃喃自語似的說道。

「……以忍者來說，還真是一群莫名其妙的傢伙呢！」源九郎用左手摸了摸自己的下巴。

「那就是土蜘蛛一族喔……」申也喃喃自語地說道。

「所以接下來輪到死手丸攻擊我們嗎……」源九郎豐厚的雙唇往上勾出一道雀躍萬分的曲線。

申的臉上倒是沒有半點期待的表情。

「事情變得愈來愈有趣了呢！申……」源九郎微微一笑。

申在他的微笑牽引下，唇邊也不禁浮現出一抹苦笑。

在源九郎的微笑裡，似乎有一種引人入勝的特質，會把看的人拉進他的世界裡。

「不知道為什麼，我現在就開始覺得迫不及待了……」源九郎望著朝他走過來的蘭，細聲說道。然後慢慢把視線投向天際。

頭頂上的夜空，有星子閃爍。

第二章 閻王

1

在那男人的周圍，縈繞著一股詭譎的臭味。

與其說是臭味，或許說是氣氛還比較貼切，因為那個男人四周的空氣感覺就像帶有一股不可思議的磁力。

那個男人身上穿著一件黑色的小袖和一條黑色的半袴，全身上下都是黑色的，就連頭髮也是，比黑夜還要黑。皮膚雪白又帶有透明感，與那一身黑衣形成強烈的對比，就連嘴唇看起來也是蒼白的。

臉上沒有半點表情。頭髮很長，在背後紮成一束，只有幾根未紮起的髮絲垂在白皙的額頭上。

這個男人全身上下都彌漫著一股可以說是屍臭味的味道，只要一走近他的身邊，任誰都可以馬上聞到那股氣味。

如今，這個男人正走在夕陽西下的林中小徑裡。

這條從高野山㉚通往熊野㉛的山中古道叫作小邊路㉜，它幾乎是直線貫穿群山的，前往熊野參拜的朝聖僧或修道者都會走這條路。

㉚位於日本和歌山縣，海拔約一千公尺左右的群山總稱。
㉛熊野本宮大社、熊野速玉大社，和熊野那智大社三座神社的總稱，與高野山等地被聯合國教科文組織登錄為世界遺產。
㉜連接高野山與熊野本宮大社，南北縱貫紀伊山地，是通往熊野三山的參拜道路——熊野古道之一。

天色雖然還很明亮，但是黑暗卻沉甸甸地積累在森林深處。

男人帶著大小不一的兩把刀，大刀背在背上，小刀插在腰間。

除了這兩把刀以外，全身上下就沒有其他東西，看上去並不像個旅人，好像只是出來逛大街而已。

男人的皮膚異樣地白皙。一身的黑衣黑褲幾乎讓男人的身體融入夕陽西下的森林深處，但是男人的臉龐、手背、脖子等皮膚露出來的部分卻被反襯得益發蒼白，彷彿還帶著幾許燐光，浮現在黑暗裡。

從高野山翻過水之㉝聚落的那一帶後，山路變成了石板路。

那是通往伯母子峰㉞的上坡路。

男人走在長滿山毛櫸和水櫟的原生林裡，強勁的寒風順著山勢往上爬，將頭上的樹梢吹得沙沙作響，可是森林深處卻幾乎是處於無風狀態。

男人的腳步既不快，也不慢。

他踩著同樣的步伐，踏過石板路和從石板之間露出臉來的樹根，從容不迫地往前走。

突然，男人停下了腳步。

有三個男人站在男人前方稍微再往上一點的石板路上。

那三個男人的上半身全都披著代替肩衣用的獸皮，因此身上全都散發出一股野獸的氣味。

粗製濫造的毛皮以繩結隨意綁在腰際的位置上，恣意生長的頭髮和鬍鬚幾乎遮掉了整張臉。

即使他已經停下腳步，還是被前面那三個男人看到了。

「等一下！」其中一個男人大喝一聲。

「你逃不掉的……」另一個男人只是喃喃低語，聲音卻蓋過了第一個男人的聲音。

被叫住的男人宛如一隻豎起全身毛的貓，以一種戒備的眼神看著這三個男人。

「你們終於出現啦……」男人以一種雲淡風清的語氣小聲嘟囔著。

「什麼意思？」

「你們是山賊吧？」男人繼續以沒有任何抑揚頓挫的聲音說道。

在說話的同時，男人也慢條斯理地往前跨出了一步，再一步……

看見男人一步又一步地往自己靠近，那三個男人都被震懾住了。

只不過，他們也只是稍微把重心往後挪了幾寸，隨後馬上就亮出刀子。

「把值錢的東西和那兩把刀乖乖交出來……」

刀身在暮色漸濃的黑暗中閃著森森白光，然而，男人面對利刃，卻依舊面不改色，還逐一仔細端詳那三個男人拔出的刀。

「太短了……」男人喃喃自語。

「你說什麼？」

「你們還有其他同伴吧？當中應該有個手持長劍的人才對……」男人說著，繼續旁若無人地前進。「帶我去找那個男人。」

雙方此時皆已進入彼此的攻擊範圍內了。這時，男人才終於停下腳步。

「好啦。這麼一來，你們之中會有兩個無法活命。」

男人站的位置在深入對方攻擊範圍半步的地方。

㉝從大瀧聚落通往大股聚落的山脊上的聚落遺跡。

㉞小邊路上最高的頂點。

「你這傢伙，到底在說什麼鬼話……」

「別說那麼多，把他殺了餵狼吧！」

已經拔刀出鞘的男人們開始覺得這個連手都還沒放到劍上的男人有點不太對勁。

不過，對方只有一個人，而他們有三個人——男人們似乎還以為自己占了上風。

「看招！」其中一個男人半認真、半威嚇地揮舞手中的劍。

穿著黑色小袖的男人配合他的攻擊，又往前踏出了半步，同時也把右手放到背後的劍柄上。

手一放上劍柄，立時出劍。劍一出，即刻往對方揮去。

華麗，鮮明，沒有一絲多餘的動作，男人的劍瞬間就把朝自己舞刀的男人首級砍飛到半空中。

真是令人嘆為觀止的劍法。

就在首級被砍飛到半空中的那一瞬間，鮮血咻一聲從男人失去首級的肩頭之間噴射出來，

唰——那些鮮血宛如午後雷陣雨一般敲打在石板路上。

剛砍下一顆人頭的劍，在空中華麗地轉了一圈，以毫無減緩的速度往另一個男人揮去，將他的頭剖成上下兩半，劍尖剛好從嘴巴和鼻子之間精準地穿過。

男人上半顆頭顱都不見了，只剩下嘴巴。

舌頭伴隨著大量的鮮血從男人殘存的嘴巴裡泉湧而出。

那個男人根本連揮劍的機會都沒有。

他看見同伴被殺時目瞪口呆，張開的嘴巴還沒來得及閉上腦袋就挨了那麼一劍。

男人就這麼大張著閉不起來的嘴巴，往前撲倒在石板路上。

然後才是先被砍掉頭的那個男人倒下來。石板路早已成了一片汪洋血海。

第三個男人臉上寫滿了不可置信的錯愕表情，雙手還握著劍，茫然無措地呆站在原地。

「如何？你願意帶我去找那個手持長劍的人了嗎？」一身黑衣的男人問道。

被問話的男人身上的毛皮沾滿了同伴的鮮血，手中的劍正在不住地顫抖。

「你、你……到底是什麼人？」

「不知道。」男人簡短地回答。「我在京裡也好、吉野㉟也好、高野也好，都聽說過出沒在小邊路的山賊裡，有一個手持長劍的男人。聽說那是一把上好的劍呢。」

「那、那又如何？」

「短劍我怎麼拿都不順手，所以就想要一把長劍，既然長劍是在山賊手裡，那麼就算我把他殺了再搶過來也不算過分吧？」男人又迅速揮出一劍。

咚！那個山賊的右臂被削落在地上，手裡還握著劍。

「哇啊啊啊——！」山賊發出慘絕人寰的哀號聲。

「好了，快走吧……」男人催促著他。

「如果不止血的話，死……我會死的！」

「放心吧！在你把我帶到你同伴身邊之前，你是不會死的。」男人滿不在乎地說道。

咳咳！僅剩的那個山賊一面咳，一面腳步蹣跚地往前走。那男人就跟在他的身後，一面走，一面把劍收回背上的劍鞘裡。

兩人先往上走一段路，然後再轉進左手邊的羊腸小徑裡。

不對……那根本稱不上是羊腸小徑，而是一條比獸道㊱還不如的荒山野路，路上的草都快要

㉟奈良縣南部的別名，意思是「適合狩獵的良好原野」，範圍指從吉野山到大峰山的山岳地帶。
㊱被野獸踩出的道路。

長得比人還高了。

鑽進草叢裡再走沒幾步，就接上一條比較像獸道的路了。

血從一面呻吟、一面走在前面帶路的山賊手臂上滴下來，一滴一滴落在腳下草地上，串連成一條血跡斑斑的緞帶。

走著走著，終於看見前方有火光了，是火堆的光芒。

看樣子，至少有三個人聚集在那個火堆的四周。兩人逐漸逼近火堆旁的人。

火堆旁的三個男人馬上注意到靠近過來的同伴，以及那個身穿黑色小袖的男人。

「片岡，你怎麼了？」把手放在火堆上取暖的男人問道。

那是砍倒森林裡的樹之後開墾出來的空地，上頭搭了一間小屋，結構十分粗糙。

看來可能是這幾個男人直接把附近居民在春天上山採摘山菜時住的臨時過夜小屋改建成的。

小屋後面似乎還有個小水潭，隱約的流水聲不時傳來。

幾個男人就在那間小屋前面生起火堆，用樹枝在火堆上搭起簡易的棚架，架子上還吊著一只鍋子。熱氣蒸騰的鍋子裡不斷傳出味噌燉煮香菇、芋頭、山菜之類食材的濃郁香味，飄散在夜涼如水的空氣裡。

「這小子把鐵次和兵助……」斷了一條手臂的男人只說到這裡，頭就飛到了半空中。

是被那個身穿黑色小袖的男人從背後砍下來的。

身穿小袖的男人宛如地獄裡爬出來的惡鬼一般，悄然站在另外三個男人面前。

另外那三個男人早就已經全部起身，拔劍出鞘。

小袖男人的視線落在其中一個男人的劍上。

那男人的劍比一般的劍還要來得長上許多，光是劍身就大概有三尺多，而且也比一般的劍銳利，光澤和另外兩個男人手裡拿的劍有著明顯不同。

「喔……」身穿小袖的男人瞇起了眼睛。「好長啊……」身穿小袖的男人露出了一個狀似微笑的表情。

「你是誰？」手持長劍的男人問道。

「我是來跟你要這把劍的……」身穿小袖的男人回答。

「什麼?!」

「我可以先殺了你，再把劍搶過來。不過如果你肯乖乖地把劍交出來，我也可以饒你不死。」稀鬆平常的語氣，就像是在談論今天的天氣。

那三個男人似乎還搞不清楚眼下發生了什麼事，因為這一切實在是來得太突然了。

這個男人突然跟斷了一條手臂的同伴冒出來，突然又把那個同伴的頭給砍飛。

其他同伴似乎也已經被這個身穿小袖的男人給殺了。

男人看起來並不像是官差，只有單槍匹馬的一個人。眼下的局面是三打一。

拔刀相向的時候，他卻又說他只要那把長劍，還說他可以先殺人，再奪劍，但是如果他們肯乖乖地把那把劍交出來的話，也可以饒他們一命……

身穿小袖的男人說話時沒有任何抑揚頓挫。雖然不像是在開玩笑，但到底是怎麼一回事？

是與他們有什麼仇怨嗎？還是打算殺了他們好去領賞？

抑或是他真的只是為了想要得到那把長劍……？

三個男人完全沒有頭緒。他們只知道同伴的頭活生生地在他們眼前被砍掉了。

一切都像是一場惡夢。但是，同伴的頭被砍掉並不是夢，而是千真萬確的事實。

在拔完劍、擺好架式、面向身穿小袖的男人之後，憤怒的情緒才真正湧上那三個男人的心頭。

「你為什麼想要這把劍？」手持長劍的男人以低沉厚重的聲音問道。
「因為我需要一把長劍……」
「什麼?!」
「這一年多以來，為了尋找長劍，我已經走遍了各個國家，可是始終找不到中意的，後來在京裡聽到一個傳言……」
「什麼樣的傳言？」
「有一群山賊在這一帶的山中占山為王，而其中一個山賊擁有一把非常不錯的長劍。所以我就想來見識一下這把長劍，如果看中意的話，打算搶來據為己有……如今一看，確實不錯，所以就請你交出來吧！」
「你是說真的嗎？」旁邊的另一個男人問道。
「你們其他的同伴呢？」身穿小袖的男人反問。
「在大峰山上……」
「是嗎？」
「他們發現一個奇妙的東西和熊的屍體，想說或許可以賣錢，所以就去拿了。」
「所以這裡現在只剩下你們三個人？」
「是又怎樣？」
「那就把劍放下，快滾吧。」身穿黑色小袖的男人面無表情地說道。
這個身穿黑色小袖的男人身上，並沒有散發出任何類似殺氣之類的東西，相反地，他的存在感極度稀薄，別人幾乎感覺不到他的存在。
他就只是靜靜提著劍，站在那裡。

另外三個男人同樣一動也不動，他們同樣提著劍，惡狠狠地怒視著身穿黑色小袖的男人。

「這個男人是認真的嗎……」

站在手持長劍的男人身旁還有另一個男人，他拿劍擺出備戰姿勢，把剛剛就說過的話重新說了一次。

他一面說，還一面作勢晃動著劍尖。

忽然間，身穿小袖的男人大步往前一跨，垂直一砍，把問他是不是認真的男人的頭一切兩半，完全沒給對方揮劍抵擋的機會。

「什麼?!」

「看招！」另外兩個男人同時揮劍砍向身穿小袖的男人。

身穿小袖的男人微微一動。動的不是他的人，而是他的劍。

他把從旁邊用力砍過來的長劍往上挑開，並一作氣劃下一劍，把另一個男人的右肩到胸口處切開。

他將挑到半空中的劍向下揮動時，速度絲毫不減。

「你、你的劍法……」手持長劍的男人不可置信地喃喃低語，同時用茫然自失的表情望著身穿黑色小袖的男人。「怎、怎麼可能?!」

手持長劍的男人向後退了一步。

身穿黑色小袖的男人把劍筆直刺向往後退的男人，劍尖深深埋入了男人的胸口。

「佐、佐佐木老師！」男人大喊一聲。

刺入男人胸中的那把劍，突然硬生生地停在半空中。

男人的身體頓時一軟，但是由於胸部被身穿黑色小袖的男人一劍刺穿了，所以還能夠勉強保持著站立的身形。
男人用左手握住了深入自己胸口的劍身。身穿黑色小袖的男人一寸一寸地把劍身抽出來。
此舉使得男人握住劍身的手指被切成一截一截的，掉在地上。
男人往後仰倒。身穿黑色小袖的男人就站在他的旁邊。
不知何時，夜幕已籠罩大地。
身穿黑色小袖的男人直挺挺地站在那裡，讓豔紅似血的火光把他的白皙皮膚映照得更加蒼白。
「你剛才叫我佐佐木嗎？」身穿黑色小袖的男人居高臨下地俯視著仰躺在地上的男人。
「難道不是嗎？」男人反問，鮮血不斷地從他的嘴巴裡湧出來。
「什麼不是？」
「難道你不是佐佐木老師嗎？」
「佐佐木？那是我的姓嗎？」
「你連自己的名字……」
「不知道。」身穿黑色小袖的男人說道。
「你剛才使出的那招叫『飛燕還巢』，你知道為什麼是這個名字嗎？」
「不知道。」
「那可是我們的恩師——巖流佐佐木小次郎老師自創的劍法。」
「那個叫作佐佐木的傢伙，後來怎麼樣了？」
「死掉了。」
「死掉了？」
「在舟島跟一個叫作宮本武藏的男人決鬥時輸了……」

「跟武藏?!」

「你認識武藏嗎?」

「不認識。」身穿黑色小袖的男人突然露出茫然的眼神。

但在那眼神中,湧動著類似情感的東西,這還是第一次。

那股感情有如野火燎原,在他眼中一點一滴延燒開來。

「只是武藏這個名字,我好像在哪兒聽過……看樣子,我非得殺了武藏才行。」身穿黑色小袖的男人自言自語地說道。

那個瀕死的男人往上注視著他的臉,眼神當中逐漸透出驚訝。

「佐……」男人一面咳血,一面呼喚:「佐佐木老師……雖然你的外表和你的穿著打扮全都不一樣了,但你的確就是佐佐木老師……」說到這裡,男人又搖了搖頭。「可是……年紀不對。而且佐佐木老師明明早就在舟島歸天了……」

男人移動軟弱無力的右手,舉起手中的長劍問道:「那你還記得這把劍嗎?」

「什麼劍?」

「備前……備前長光㊲……」身穿黑色小袖的男人從他手中抓起了那把長劍。

「如果你是佐佐木老師的話,就應該還記得這把劍,就像你還記得武藏這個名字一樣。因為老師就是帶著這把劍去跟武藏決鬥,結果被打敗的……」

「輸的人是我嗎?」身穿黑色小袖的男人問道。

交出長劍的男人點點頭。

㊲寶刀名稱。「備前」是地名,「長光」是鑄刀師傅的名字。

黑色小袖的男人一握住那把劍，似乎就有一股不可思議的力量，從那把劍灌注到他體內。

「話說回來，為什麼這把劍會落到你的手上？」

「是、是我從佐佐木老師的屋子裡搶走……帶出來的。」

「喔？」

「我叫作工藤新八郎，在二十六年前曾經是老師的弟子。起先我寫信給小倉藩㊳，希望能得到允許，讓我去討伐武藏，好為老師報仇雪恨，可是藩主遲遲不答應，我只好脫藩而去，獨自討伐武藏。就在那個時候，我將這把備前長光帶了出來。我走遍各國，追查武藏的下落，結果還是一事無成，最後便淪落成了山賊……」這個叫作工藤新八郎的人說到這裡，一口氣緩不過來，咳出大量的鮮血。「佐佐木老師，我已經……已經掌握到武藏的行蹤了！」

「他人在哪裡？」

「當我還在小倉的時候，有一個名叫渡邊文吾的朋友，我們每年會透過京裡共同認識的友人通上一、兩次信。前幾天，我從那個友人手中接到了一封信……」

「信上說什麼？」

「那封信並不是從小倉寄來的，而是在京裡寫的。渡邊似乎已經上京了，他是從那裡寫信給我的……信上說，渡邊離開小倉追武藏去了。在這之前，武藏似乎都待在小倉接受藩主的庇護，所以當他離開小倉的時候，渡邊認為這是討伐武藏最好的機會，所以便追著武藏，也離開了小倉……」

「那武藏現在在哪裡？」

「中仙道……」

「中仙道?!」

「聽說他剛從京裡離開，沿著中仙道，往江戶的方向去了。」這是工藤新八郎這輩子說的最後一句話。

他突然噎住了，似乎是有大量的血液流進他的肺部，害他猛咳了起來，從嘴巴裡咳出嚇人的血水。

呼吸梗塞的工藤新八郎抓著喉嚨，最後翻了白眼。

身穿黑色小袖的男人把自己的劍丟掉，握住那把長劍站起來，端詳劍身。

這個身穿黑色小袖的男人——也就是失去記憶的佐佐木小次郎——端詳劍身的同時，眼裡也開始燃起愈燒愈熾烈的光芒。

那是一種隱約帶著瘋狂的喜悅光芒。

然後他張開了嘴巴，伸出豔紅的舌頭，把舌尖抵在劍刃上，慢條斯理地沿著劍刃滑過。

鋒利的劍刃將舌頭的表面劃開一道傷口，鮮血汩汩湧出。

然而，舌頭表面被割開的那道傷口居然馬上就癒合了。

小次郎吐出一口鮮紅色的唾液，以足以撕裂空氣的速度，在空中揮了幾下劍。

小次郎的手和小次郎的身體都已經完完全全習慣了那把劍。

「就是這種感覺……」小次郎喃喃自語地說道。「這才是我夢寐以求的劍啊！」

小次郎冷冷地望著還在腳邊痛苦打滾的工藤一眼。

「來試一下吧……」他冷冷地丟下這麼一句。

在他說話時，劍光一閃。

長劍勾勒出一條長長的弧線，迅速砍向工藤新八郎還在痛苦扭動的脖子，轉眼間就劃過了。

㊳過去曾存在於福岡的一個市，即現在的北九州市小倉北區及小倉南區。

工藤新八郎的頭隨即滾落在地面上，漬堤的血柱從他失去項上人頭的雙肩之間高高噴向天際。

「好厲害……」小次郎忍不住發出喜悅的讚嘆。

「敵人是……武藏。」小次郎以他那蒼白的嘴唇輕輕吐出這個名字。

第三章 鬼船

1

就在位於山坡上的山毛櫸森林中，有一個漆黑深邃的洞穴。

好幾棵山毛櫸被掃倒在地，洞穴周圍的野草枯枝上全都佈滿了燒焦的痕跡。看起來就像是有什麼東西從天上掉下來，撞倒山毛櫸，還在山坡上砸出一個大洞！

時值秋天。神無月。就是農曆的十月，如果換算成陽曆的話，約莫是九月中剛過的時節。

在這座隸屬於大峰山系的深山裡，正好是楓葉開始轉紅的季節。無論是在洞穴周圍，還是在洞穴裡面，都堆積著一層厚厚的黃色落葉。

三個男人圍著洞穴而立。時間已經是深夜了。

三個人手上都握著火把，正利用火把的光線照向洞穴裡面。

山的香氣當中摻雜著火把的油味……三個人全都沉默地低頭望著洞穴裡面。

三島以藏，海野六郎，井本文平……這就是他們三人的名字。

距離那三個人後方一步之遙的地方，還有一個女人……

女人的名字叫作阿松，年紀大約落在三十五歲前後。此時此刻，她視線也正越過三島以藏的肩頭往洞裡窺探。

三個男人在連結高野與熊野的小邊路上當山賊營生。

阿松是在六年前加入這夥人的。她原本是水之峰一個叫作源介的百姓之妻，十九歲就嫁給了源介。只可惜阿松是個無法生育的石女，因為一直生不出兒子來，遭到婆婆和源介百般虐待。一開始只是用手打個幾下意思意思，後來愈來愈變本加厲，不是用柴薪抽她，就是用指甲或利刃等招她的肉，所以她二十八歲的時候就從源介的身邊逃了出來。

對於老百姓來說，生不出小孩可是一件驚天動地的大事。

因為當人老了，就沒有力氣工作之後，自然沒有辦法生活。只要有了孩子，就算是女孩也好，還是可以招個女婿，勉強糊口飯吃，但如果膝下無子，可就萬事皆休了。

搞到最後，每晚虐待阿松居然成了源介母子的樂趣。

而阿松的父母早就死於瘟疫，所以阿松連可以回去的地方也沒有。

「這種日子，我實在沒有辦法再忍受下去了。」

在某個又被源介母子拿著燒紅的木炭燙傷的夜晚，阿松終於忍無可忍，拿刀殺了源介母子。

她用菜刀把呼呼大睡的源介母子的頭砍破，逃進山裡。

在山裡，她遇見了這群男人。

前幾天，海野六郎為了尋找草藥和香菇而進入這座山脈的時候，偶然發現了這個洞穴。

而且還在洞穴裡發現了更奇妙的東西。

所以他先回到同伴身邊，帶著負責運籌帷幄的三島以藏回到這個地方。

於是，這四個人特地花了兩天，跋涉到這座大峰山裡。

如今這四個人全都目瞪口呆地望著洞穴裡面，不發一語。

可見洞裡的東西有多麼詭異……

首先，在那個洞穴底部的，是一具少了左耳的熊屍體，那頭熊的左前腳也不知道跑哪裡去了。少掉的那隻左耳看起來像是舊傷，但是左前腳看起來卻像是最近才被砍掉的。

看來，那頭熊應該就是以前有個名叫權三的獵人口中常說的「無耳熊」。

除此之外，在那個洞穴裡，還有另外一具狗屍體。狗的屍身上似乎還留有被熊攻擊過的傷痕。

不僅如此，在那個洞穴裡，還有一條人類的左臂。那是被熊削落的權三左手臂。

「唔……」海野六郎發出的聲音當中混雜了嘆息。

六郎是個臉蛋細長，長著一臉落腮鬍的男人，圓圓的眼睛讓人不禁想到松果。

「這玩意兒是什麼東西啊？」三島以藏則發出了低沉的驚呼。

以藏的頭髮裡夾雜著些許的白髮，年紀看上去應該介於五十五到六十歲之間。

「我們是在四天前發現這裡的。」六郎說道。

井本文平就只是靜靜地凝視著洞穴裡頭。

讓這四個人震驚至此的，並不是那個洞穴裡的狗屍和熊屍、以及一條人的斷臂。在那個洞穴底部，還有一個更令人匪夷所思的東西。

那是一坨橢圓形的鐵塊……硬要說的話，是一艘鐵打的船。

就形狀上來看，除了船之外，實在不知道還能夠怎麼形容。它就靜靜地躺在那個洞穴深處。以圓潤的線條勾勒而成的那個物體，似乎是用類似鐵的金屬製成的，形狀剛好就跟人類乘坐的船一樣。唯一跟一般船隻不同的地方，是那個物體的表面全都覆蓋著同樣的金屬，既沒有可以讓人進去的入口，裡頭究竟有沒有可以讓人乘坐的空間，也還是個未知數。

如果那真的是一艘可以讓人搭乘的船，搞不好入口其實是在洞穴底部，被土埋住了也說不定。

那艘船一頭插在洞穴底部的地面，一頭位於比人類的身高還要再高上兩顆頭的位置上。

山毛櫸的落葉不斷飄落，層層堆積在那艘姑且稱之為船的物體上，堆積在那頭熊的屍體上，堆積在那具沒有頭的狗屍體上，也堆積在那條人類的斷臂上……

空氣中飄蕩著泥土潮濕的味道。
姑且先不管這艘鐵打的船到底是什麼東西，這頭熊的屍體、狗的屍體，還有人類的斷臂，又為什麼會同時出現在這個洞穴裡呢？
「喂，文平，你下去看看。」以藏發出命令。
「遵、遵命……」文平雖然順從地答應，但難免還是有片刻的猶豫。
「下去吧！」
被以藏這麼一催，文平只好眼一閉、牙一咬，手裡拿著火把，半滑半溜地跳進洞穴裡。
渾身不自在的文平用火把照亮了熊和狗的屍體，然後往那艘船的方向走去。
「你摸摸看。」以藏又下了命令。
文平小心翼翼地伸出手去摸了那個金屬一下。
「怎麼樣？」
「沒什麼特別的。」
「是黑鐵？還是紅鐵做的？總不可能是用黃金做的吧？」
文平把火把拿在左手裡，用右手摸了摸金屬的表面。
「這玩意兒好像跟我知道的任何金屬都不一樣。」文平不解地搖著頭。
「你試著用刀刮刮看。」
「遵命。」文平用右手拔出繫在腰間的劍，輕輕地在那塊金屬上敲了敲，傳來沉甸甸的金屬悶響。
「有刮傷嗎？」
「可以說是毫髮無損。」

「再試一次看看。」
文平又敲了一次，力道顯然比剛才那一記還要來得大些。
「還是一點痕跡都沒有。」
「再用力一點。」
文平依言用力地把劍砍在那塊金屬上，只可惜，在那艘船的金屬表面上，還是連半點痕跡都沒留下。
「這玩意兒實在太堅固了！即使用劍也砍不下去。」文平一邊解釋，一邊使出吃奶的力氣，揮劍往船上用力一砍。敲在船身上的劍因為反作用力的緣故被彈得老遠。
就在那一瞬間——
洞穴裡充滿了宛如地鳴一般的聲音。好像是有什麼機械的聲音，從那艘金屬船的內部傳了出來。
當然了，無論是文平、以藏，還是六郎，都不知道那是機械的聲音。
「這、這是什麼聲音？」文平往後退了半步。
「發生什麼事了？」以藏高舉火把，伸長脖子往洞穴裡頭張望。
船突然打開了。說時遲，那時快，船上某部分的表面突然往旁邊移動，船身上登時出現一個可以容納一個人的缺口。
有股異樣的臭味從那個缺口散發出來，使得文平下意識地把臉別開。
好像是某種東西腐爛的臭味，就連人在洞口外的以藏和六郎也聞得到。
「這是什麼怪味？」以藏也和文平一樣，下意識地把臉別開。
「聽著，文平，你進去裡面看一下。」以藏對著人還在洞穴裡的文平下令。

文平露出快要哭出來的表情了。
「快點！」
被以藏這麼一喝，文平只好再次提心吊膽地靠近那艘鐵打的船。
船身的表面上出現了一個四角形的缺口。就著火把的光線，文平往裡頭看了一眼。
他只看了一眼，就發出了慘叫：「鬼啊啊啊啊啊啊！」
文平手忙腳亂地拋下火把，大大往後一大跳，一屁股跌坐在熊的屍體上。
文平發出更加慘絕人寰的尖叫，開始手腳並用，在洞穴裡亂撲亂抓。
雖然他拚命地想要往洞口上爬，卻三番兩次失足滑落，始終爬不上去。
由洞穴裡抬頭往上看的文平，臉色鐵青而扭曲。
「怎麼啦？」六郎問他。
「有、有、有……」陷入慌亂狀態的文平說不出一句完整的話，就只是做出唇形，不斷重複話頭。
「有、有鬼啊——！」文平終於從嘴巴裡擠出一句人類的語言。
「鬼?!」以藏驚叫出聲。
「鬼已經死掉了……」文平說。
「死掉了？鬼嗎？」
「沒、沒錯。」洞穴裡的文平朝外拚命點頭。
「就算對方真的是鬼好了，既然都已經死掉了，就沒有什麼好怕的啦！」
事實上，「某種東西即將從船裡爬出來」的跡象也是不存在的。
但以藏還是拔出了腰間的太刀。

「我下去看看……」以藏把出鞘的太刀握在右手裡，左手拿著火把，一下子就跳進洞穴裡。

海野六郎也接著跳了下去，只剩下阿松一個人留在洞口。

以藏和六郎不理會已經嚇到腿軟的文平，他們走到船邊，讓火把的光線照亮船上那個缺口。

六郎和以藏各探進半張臉，窺探著那個駕駛座的內部。

「哇！」以藏發出驚叫聲，往後嚇退了好幾步。

「唔！」六郎被嚇得一動也不能動，只能發出近似於呻吟的低喃聲。

以藏和六郎都看到那艘船裡面有個令人毛骨悚然的東西。

毫無疑問的，那的確是鬼。

2

那艘船的內部似乎可以容納一到三個人，駕駛座只有一個。

除此之外沒有任何看起來像是座位的東西。

看樣子，這原本就是一艘單人駕駛的船，不過駕駛座以外的空間倒也不是完全塞不下其他的乘客，看起來似乎還可以再塞進兩名乘客。

只不過，現在坐在那艘船裡面的，就只有一個人。

不對，那個坐在駕駛座上、看起來已經死去的東西，究竟能不能用人的這種單位來計量，也還有很大的討論空間。

因為坐在駕駛座上的那個東西，看起來實在不像個人。那是鬼，千真萬確。

鬼穿著姑且可稱為衣服的古怪服裝，但手臂和臉部的皮膚是露出來的。皮膚上覆蓋著一層藍色的鱗片。

鼻子彷彿是被擀麵棍輾過，塌而扁平，與其說是人類的鼻子，看起來更像是動物的鼻子。

額頭大大往前凸出，頭上茂密地長著金色的毛髮。在那金色的毛髮之間還長著兩支角。

嘴唇很薄，幾乎可以說是若有似無了。與其說那是人類的嘴巴，不如說是蜥蜴的還比較貼切，看起來簡直就像是臉上剛好在嘴巴的地方裂開一條縫而已。圓圓的眼睛瞪得老大，眼睛上沒有眼皮，幾乎整顆眼珠子看得到的部分全都是黑眼球。

「鬼啊！」以藏整個身子往後縮，脖子卻不由自主地伸長了往前窺探。

他之所以會擺出這麼不自然的姿勢，是因為害怕想要逃走的心情跟好奇心正在他心裡拔河的緣故。

六郎舉起手中的火把，頻頻窺視著那艘船的內部，還把手伸向駕駛座的鬼。

「喂、喂……」文平雖然想要阻止六郎，但是他的手卻連六郎的肩膀都沒碰到。

因為文平整個人把重心往後放，擺出隨時都可以逃出洞外的姿勢。

以藏大力吞了一口口水。

六郎用手摸了一下鬼的手臂，接著是臉頰、鼻子……鼻子乾乾的，大小比普通的人類還要大上三倍。

六郎一面摸，一面仔細研究，結果發現像是液體的東西從鬼的髮根裡流出來，沿著額頭一路流到眼睛周圍。那已經乾了，呈現褐色。

兩邊的嘴角也有流出類似液體的痕跡。是血嗎？

六郎無從判斷那是什麼液體，或許是血也說不定，只不過顏色和人類的血有點不太一樣。

這隻鬼為什麼會死在這麼奇怪的東西裡呢？

他知道那是某種類似船的東西。問題是，船為什麼會出現在這樣的深山裡呢？

從周圍傾倒的樹和這個洞穴的樣子來看，這艘船應該是從天上掉下來的。

而且還是從很高的地方掉下來的，否則不會在地面上砸出這麼大的一個洞。

坐在船上的這隻鬼是因為承受不住船身撞擊地面的衝擊才死掉的嗎？

「你們不要緊吧？」阿松的聲音從洞口傳了進來。

「哼！管他是鬼還是什麼東西，死都死了，還能有什麼了不起的。」以藏是這麼回答阿松的。

六郎的手慢條斯理地撫過鬼的五官。

「還活著嗎？」因為太緊張了，以藏的聲音在發抖。

「已經死了……」六郎把手縮回來，悄聲回答。

「這傢伙到底是什麼鬼東西啊？」以藏說話時壓抑著內心的激動，聲音輕得宛若一聲嘆息。

「看樣子，似乎是從天上掉下來的呢！」六郎小聲回答。

「從天上?!」

「老大，這玩意兒……搞不好是個非常了不得的東西喔！」

「怎、怎麼個了不得法？你倒是說說看啊？」

「簡單說，這玩意兒或許可以在天上飛呢！」

六郎眼裡閃著光芒，改用左手拿火把，然後用右手敲了敲那個金屬的表面。

「真是不可思議啊……」六郎的嘴角浮現出一抹笑意。「這玩意兒跟我看過的所有金屬全都不一樣。而且，它明明是從天上掉下來的，卻毫髮無傷……」

「是喔……」

「可能是因為飛天的機關壞掉了，所以才會墜毀在這裡……」六郎用右手來回撫摸著那艘船的金屬表面。

「不對，說不定裡面那些機關並沒有壞掉，只是負責操縱這艘船的鬼死掉了，所以這艘船才不能動了也說不定呢！」六郎把臉頰靠在那艘船上磨蹭著。

「我好想了解這艘船的構造啊！到底是怎麼讓這艘船在天上飛的？我說老大啊！你難道都不會想知道嗎？」

「不會。六郎啊！如果……我是說如果喔！如果我們有十艘這樣子的船，而且可以隨心所欲地操縱的話，不就可以自由自在地飛到京裡或江戶，偷遍天下所有值錢的東西了嗎？」

「老大啊！到時候我們要偷的東西可就不一樣囉！」

「什麼意思？」

「這玩意兒就連鐵砲也打不穿啊……」六郎又用拳頭敲打著那艘船的金屬表面。

「那又怎樣？」

「所以啊……如果有十艘這樣子的玩意兒，而且又可以隨心所欲操縱的話，要奪取整個天下也不是難事了呢！」

「嘿嘿！」以藏興奮地出聲。

「可惡！我真想把這玩意兒拆開來看看，好好地研究一下裡面的構造……」

六郎伸出紅色的舌頭，舔舐那塊金屬，然後抬起頭來仰望天空。

頭上是冷冰冰的夜風與黑漆漆的樹梢，樹梢彼方的空中有星光閃爍。

「在天上飛啊……」六郎自言自語地說道。

「現在該怎麼辦？六郎。」以藏忍不住問他。

「什麼怎麼辦？」

「還有什麼？不就是這玩意兒嗎？這玩意兒可不是那麼簡單就可以移動的，就算再加上隨後趕來的軍治和彥七，以我們五個男人的力量，恐怕還是沒有辦法把這玩意兒搬走……」

「我想還是等到明天天亮，先讓我把這玩意兒從頭到腳仔細研究一番之後，再來決定該怎麼辦吧！」

「六郎啊……不知道為什麼，我的身體深處好像就要開始發抖了。」

「我說老大啊！我們今晚就在這裡過夜吧！說不定一覺醒來就會想出什麼好主意……反正之前有留下記號，軍治和彥七應該不久之後就會循著那些記號，帶著食物和柴火追上我們了吧！」

「雖說鬼已經死掉了，但是要在他旁邊睡覺，似乎還是很難睡得安穩呢！」以藏咬緊牙關，按捺住內心的恐懼如此說道。

離開小邊路的山寨時，一行人一共有六個，而不是四個。

以藏。六郎。文平。軍治。彥七。阿松。一共是這六個人。

在前往這裡的途中，軍治和彥七接受分配，去進行採集糧食的任務，以藏、六郎、文平、阿松這四個人就先往這個地方前進。

一路上為了讓軍治和彥七知道他們往哪個方向去了，他們還特地在所經之路的樹幹上劃下記號。

至於能採集到什麼糧食呢？說穿了，只不過是山菜……也就是香菇或山藥而已。

頂多在經過水塘的時候，釣幾尾櫻鱒來加菜吧！

事前已經先準備好乾飯、味噌、鹽巴和鍋子了，所以只要有了這些食材，還是可以吃得比以前在社會底層討生活的時候還要豐盛。

就連酒也喝得到，雖然量不多就是了。

那些酒現在就在軍治和彥七身上。

「可惡！彥七他們在磨磨蹭蹭些什麼啊！再不喝點酒，老子就要發瘋啦！」以藏咬牙切齒地埋怨，背上像長了蟲似的，扭來扭去地動個不停。

3

眾人圍著火堆，輪流喝著裝在竹筒裡的酒。

對他們來說，那是非常珍貴的酒。

所以只能裝在大大的竹筒裡，大家輪流喝。

鍋子裡的食物已經被吃得一點也不剩，將近十來尾的櫻鱒如今也被啃得只剩下骨頭。

彥七。軍治。加上這兩個人，圍著火堆的人數增加到六個人。

夜晚逐漸變得深沉，彷彿隨時會發出森然詭譎聲響。

山毛櫸和春榆的落葉無聲無息地飄落在黑暗中。即使掉落在火堆的光線照射得到的地方，落葉的顏色也會馬上融入在黑暗中。

空氣中交織著潮濕的落葉與泥土的氣味，就連潮濕的泥土內，將落葉分解成泥土的菌類的氣味，似乎也清清楚楚地竄進鼻孔裡。還有幾許味噌湯的香味，也彌漫在這般夜涼如水的空氣中。

森林裡的溫度似乎又比方才更下探了幾度。

「我說六郎啊……」以藏對海野六郎搭話。「那玩意兒要怎麼處理？你有想到什麼好點子了嗎？」

「老大，要是有這麼容易就能想出好點子的話，我早就當上大名㊴啦……」六郎在山毛櫸的樹根上一屁股坐下，把背靠在樹幹上說道。

六郎說話的語氣一點都不像是山賊手下對老大該用的語氣。他和文平等其他三個人不一樣，和以藏說話的時候，他會使用對等的語氣。
看樣子，與其說是以藏的手下，六郎的地位更像是他的朋友，或是客人。
「瞧你說的那是什麼大話……」以藏仰頭，咕嘟咕嘟地喝著裝在竹筒裡的酒。
阿松輕放在以藏身上的右手探進了他的懷裡。「話說回來，今晚輪到你們誰上啦……」
「急什麼？夜還長得很呢……」以藏將裝有酒的竹筒交給六郎，把手伸進阿松的胸口，揉捏著她的胸部。
阿松擁有一對豐滿的胸部，屁股也很渾圓飽滿，腰細細的。
五官雖然長得普普通通，但是她的身材卻是任何女人都比不上的。
肌膚滑嫩緊實，任誰都想要摸上一把。
基本上，阿松是以藏的女人，但是以藏也不反對其他的同伴跟阿松同床。只要阿松也有那個意思的話，她可以跟這一群男人裡面的任何一個睡覺。
阿松本人對於這件事似乎也沒有任何排斥的意思。
有時候可能還不只一個男人同時跟阿松發生肉體關係。這群人的關係就是這麼錯綜複雜。
可能是因為乳頭被以藏捏了一下，阿松發出了嬌聲。
「妳這個小東西，還真是可愛啊……」以藏親了阿松的嘴一下。
任何有長眼睛的人都看得出來，以藏對阿松可以說是百依百順、愛不釋手。
「我們這群人啊……殺了那麼多人……死了以後一定會下地獄的吧！可這也是沒有辦法的事啊！說到底，我們也不過只是為了要活下去而已……」

㊴日本古時的封建制度中對領主的稱呼。

「怎麼啦？你幹嘛突然感傷起來啊？」
「老子偶爾也是有感性的時候的。曾經投效在豐臣麾下武士的我，實在沒有幾種生活方式可以選擇……」
「不過，奴家倒是不討厭跟大家一起下地獄呢！如果還能在地獄裡遇見大家的話，就算是死，好像也沒有那麼可怕了呢！」阿松說道。
「阿松啊……」
以藏看起來是真的感慨起來了。他把視線投向燃燒著的火堆上，不知道在想些什麼。
短暫的沉默盤踞在眾人之間。
以藏抬起頭來，似乎在嗅著風的味道。
「接下來該怎麼辦呢？六郎……」以藏仰頭望著天空，拋出了這個問題。
看樣子，以藏煩惱的似乎是另外一件事。而他的手還在繼續撫弄著阿松的胸部。
「什麼東西怎麼辦？」
「我是說……今天的冬天似乎來得特別早呢！」
「的確是這樣呢！」
「一到了冬天，我們就非得下山不可。可是啊……我總覺得今年冬天一下山，老子就再也沒辦法回到山上來了。」
「咦？」
「我的年紀也大了……」
「你今年多大歲數了？」
「五十五囉！」

「已經五十五了嗎？」

「還說我呢！你不也四十好幾了嗎？」

「說的也是。」

「大家都以為只有自己是不會老的，可惜面對歲月這個敵人，不管是武士、百姓還是町人都一樣要俯首稱臣。」

「所以還是在冬天來臨之前決定好吧！」

「決定什麼？」

「決定要怎麼處置那個玩意兒啊！」

「我也希望如此呢！」

「如果要拿去換錢的話，我已經想出好幾個辦法了。」

「換錢？」

「可以把那玩意兒賣給那些大名啊！或是賣給都市裡或大坂的商人……」

「要怎麼賣給他們呢？」

「在這個世界上，坐擁金山銀山，只為了收集奇珍異寶的有錢人多的是，要把那玩意兒賣掉是絕對不成問題的。只不過在那之前，我想先研究一下……」

「只要你記得向我報告那玩意兒是幹什麼用的、得到那玩意兒又有什麼好處，那玩意兒就交給你去處理了。」

以藏從六郎手中接過竹筒，喝了一口裡面的酒，再用拳頭把嘴角擦乾，之後又把竹筒交給了六郎。

六郎也喝了一口酒。

以藏把手從阿松身上拿開，站了起來。伸出右手，從火堆裡抓出一根正在燃燒的樹枝，走到前方不遠處的洞穴邊緣。

文平、軍治、彥七也跟著站了起來，走到以藏身邊。

「呸。」以藏吐了一口口水說道：「自從夏之陣以來，沒有一件事是順利的，風水輪流轉，說不定這次真的輪到我轉運了呢……」

六郎慢了大家一步，悠悠哉哉地站起來，把竹筒交給阿松，站在以藏背後。

「鬼嗎……」以藏自言自語似的低聲說道。「雖然說已經死掉了，可是總覺得怪可怕的……」

就在六郎打算讓視線越過喃喃自語的以藏，往洞裡一探究竟的時候，耳中聽到一個聲音。從背後的森林深處，傳來掉在地上的枯枝被踩斷的聲音，以及腳下的草叢被撥開的聲音。似乎有什麼東西正從森林裡靠近過來。所有人全都在同一時間注意到那個聲音。

除了六郎以外的其他四個男人全都飛也似的跳回火堆前，紛紛拿起放在火堆旁的武器。

六郎早就把短刀插在靠近背後的腰際了。

那聲音的主人慢條斯理地從森林裡現出了原形。

「媽呀！」彥七發出拔尖的驚叫聲，但他還記得要拔劍出鞘。

劍是拔出來了，人卻呆站在原地，一動也不動。

其他人雖然沒有像他那樣發出驚叫聲，但也全都進入緊張的備戰狀態。

阿松往後退了幾步，站在以藏旁邊。

因為從森林裡出現在火光映照下的身影，是一個非常詭異的東西。

是人嗎？還是鬼？

不對，那個東西既不是人，也不是鬼，而是一個異形。

外表看起來雖然跟人類相去無幾，用兩條腿站立，手也有兩隻，還有一個頭。但是，那絕對不是人類。

那個東西全身上下包裹在類似盔甲的殼裡。

類似盔甲，但又不是盔甲。因為那層殼比盔甲還要緊貼身體。

肩膀、胸部、手臂、手肘、腰部、雙腿、膝蓋……全身上下的每一個部分都被那層類似盔甲的東西緊緊覆蓋著。不僅如此，那層盔甲看起來既不像是金屬，也不像木頭或石頭。

嚴格說起來，那層盔甲看起來就像是它身體的一部分。它的背上揹著一個箱形的東西。

它走到火堆前，然後停下了腳步。就連五官也只能用詭異二字來形容。

它的臉上長著巨大、宛如蠅眼一般的眼睛，而且還不是長在頭部的前方，而是比較靠近左右兩側的位置上，就像蒼蠅的複眼那樣，質地宛如玻璃般的無數複眼全都倒映著小小的火光。

看不到鼻子和嘴巴。或許該說，它到底有沒有鼻子和嘴巴也無從判斷，臉上應該要長出鼻子和嘴巴的地方完全是平坦一片，真是不可思議。

只有一個碗狀的紅色物體在那裡，碗底的地方伸出兩根管狀的東西，各自往左右兩邊分開，勾勒出一條長長的曲線，繞向它的肩頭以及身體後方。

繞到後面去的那兩條管子前端就接在那傢伙背在背上的箱形物體上。

除了代替口鼻長出來碗狀物體和複眼外，它的臉上就再也沒有其他任何東西。

不對，它的複眼與複眼之間，還長著黑色的毛。

五個山賊的背後是裡頭有一艘船的洞穴，前面是火堆，火堆前面就是它了。

誰也發不出聲音來。

呼……只有彥七用力吸氣的聲音清晰可辨。

「啊……」軍治突然叫了一聲。「那、那個……」軍治伸出手去，指著它宛如蒼蠅一般的頭的上方。

距離它頭上大約三尺左右的半空中，飄浮著一個圓形的東西。

那是一個金屬的球體，大小大概有兩隻手環抱起來那麼大。

散發著金屬光澤的球體在沒有任何東西支撐的情況下，靜靜懸浮在它頭上。

「大家快看它的腰部，是不是吊著什麼東西啊？」六郎指著垂吊在它腰際的東西，從乾燥的兩片唇瓣間吐出這句話。

「那、那是什麼？」

「鐵砲嗎？」六郎喃喃自語地說道。

六郎用手指的東西就像劍一樣地掛在它的右腰。形狀雖然不太一樣，但是怎麼看都讓人直覺地聯想到鐵砲。不過形狀比鐵砲來得奇特多了。

仔細聆聽，會發現夜涼如水的空氣中有個低沉的聲音迴響著。

聲音非常微弱，是懸浮在它頭頂上的金屬球和它背上的箱子裡傳出來的。

它用完全不透露一點想法的複眼，高高在上地把在場六個人全都看過一遍，往右繞過那團火堆，邁開步子往洞穴的方向走去。

五個山賊和阿松就像是要避開它一樣，紛紛繞到火堆的另一邊。

它站在洞穴的邊緣，往洞裡看了幾秒之後，就下到洞裡了。

懸浮在頭上的金屬球維持它的飄浮狀態，跟著它一起下到洞穴裡去。

六個山賊再度聚集在洞穴的邊緣。

以藏把拿在右手裡的火把靠近洞口，照亮了洞穴的內部。

只見它站在船身表面敞開的入口往船內部瞧，似乎還伸手去碰船的內部和鬼的身體。

又過了一會兒，它開始把視線移往船外，似乎正在目不轉睛地盯著散落在船外的熊的屍體、狗的屍體以及人類的斷臂等等。

接下來，它伸出一隻手去摸了一下背上的箱子。

結果……那顆飄浮在半空中的金屬球開始慢慢往下降了。

就在金屬球快要碰到它的頭頂時，它往旁邊一閃。

這次，金屬球不再跟著它移動，而是繼續往下降，最後落在地面上，靜止不動。

它彎下腰去，先用指尖觸碰著金屬球的表面。一陣撥弄之後，那顆金屬球的內部發出鈍重、低沉的聲響，形狀也開始產生變化。

金屬球上的某個部分令人目不暇給地改變著形狀，一下子剝開、一下子疊合、一下子伸展……過程中有好幾次會突然停下來。

每當金屬球的變化停下來的時候，它就會用指尖再碰一下形狀已改變的金屬球。金屬球每被它一碰，就會繼續開始改變形狀。不曉得重複幾次之後——

始終在一旁看著這一幕的山賊們，此時此刻總算有點明白眼前發生什麼事了。

原本是顆金屬球的東西，如今已經快要幻化成一個人形。

以藏和六郎都緊盯著眼前的變化，專心得幾乎連呼吸也忘記了。

最後，那個東西終於完全變成人形，和人類一樣用兩條腿站立，從肩膀處垂下兩條手臂。

只不過，手指還沒有分開，臉上也還沒有眼睛、鼻子、嘴巴。

吁……以藏把鯁在喉頭的那口氣用力地吐了出來。

它把還沒有眼睛、鼻子、嘴巴、手指的金屬人形放下，慢條斯理地往那艘船走去。走到船邊，站定，把雙手放在船身上。

不一會兒，它的手和船的表面之間開始散發出令人睜不開眼的刺眼光芒。

「什、什麼?!」以藏發出了驚叫聲。

它似乎聽見以藏的聲音，便從洞裡轉過頭來直視以藏，以藏連忙把身子往後一縮。

它慢慢從洞裡走出來。以藏把握在手裡的火把扔掉，拚命往後退。

它隔著火堆和五個山賊正面相對，只不過彼此的位置跟剛才恰恰相反。

山賊們的背後是黑漆漆的森林，而它的背後則是船所在的洞穴。

從山賊們的角度已經看不到那艘船了，只看得見它背後的洞穴裡發出令人睜不開眼的白光，把周圍的森林照得像白晝一樣明亮。

空氣中彌漫著一股金屬和泥土燒焦的味道。

「你、你這小子，到底是何方神聖……」以藏朝著它問道。

然而它卻無言以對。

「你、你對那艘船做了什麼？」

它背上的箱子裡傳出低沉的機械聲，不過馬上就停止了。

「你們這些傢伙……」它開口說話了。

不對，正確地說，它並沒有開口，因為聲音是從它背上的箱子裡發出來的。

比起人類——甚至所有生物，那聲音顯得無機，且不帶絲毫感情。

軍治以及文平等人都把手放在劍柄上，彥七更是早就把劍拔出來了。

「在這裡……做了些什麼？」它問道。

「什麼都還沒做。」以藏不甘示弱地回答。
「在這裡……看到什麼？」
「不就是那個洞裡的東西嗎？」
「還有呢？」
「我不告訴你。倒是你，到底是什麼來頭……」
它並沒有回答這個問題。
「你知道在這裡面的東西去了哪裡嗎？」
「裡面的東西？如果你是說那隻鬼的話，在我們發現這裡的時候就已經死掉了。」
「鬼?!」
「就是死在船艙裡的那個東西！」
「我不是在問那個。」
「你是說除了它以外，還有別的東西也在那艘船上嗎？」
被以藏這麼一反問，它自言自語地說了一句：「你也不知道啊……」
「你、你這傢伙，到底是打哪兒來的？」以藏顫抖著聲音問道。
只見它一聲不吭地注視著以藏，慢慢舉起右手，以它那變形的手指指著頭頂上的天空。
「你、你、你說什麼?!」
以藏抬起頭來仰望它所指的方向。透過樹枝的間隙，只看得見星光燦爛的夜空。
就在這個時候，一股幾乎要讓人意識遠去的戰慄通過以藏的背。
面對這不可思議的感覺，以藏不禁顫抖了起來。
「混、混帳東西！」以藏忍不住罵了一聲，但也不知道是在罵誰。

指著天空的手指慢慢地放了下來。

「你們在這裡看到太多東西了……」它以不帶感情的語氣說道，同時把放下來的手伸向那把繫在腰間、形狀奇怪的鐵砲，把它從腰上解下來，用兩隻手握住。

它漫不經心地把槍口舉起來，對準已經拔劍出鞘的彥七。

就在彥七被槍口瞄準的瞬間，空氣中響起一記細微的聲音，好像有什麼東西彈射了出來。

「咿?!」彥七發出了怪聲。

好像有什麼細小的東西從槍口飛出來，射進彥七的肚子裡了。

下一個瞬間——彥七的肚子裡發出鈍重低沉的聲響，紅色的物體從彥七的肚子裡往前、後、左、右四散出來。

彥七的肚子被炸開了一個大洞，上頭還掛著被炸得亂七八糟的內臟。

「哇、哇……」彥七抱著從肚子裡跑出來的內臟，手忙腳亂地想要把它們塞回肚子裡，但還來不及這麼做，彥七的眼球就已經翻白了。

彥七往後仰躺在地，手腳還在扭動。

它以一種冷酷無情的目光看著彥七。接著，槍口又響起細微的爆炸聲了。

鈍重的聲音響起，彥七的胸部炸了開來。肉片和破碎的內臟往四周飛散，其中一部分還飛進火堆裡，發出令人作嘔的嗶剝燃燒聲。

它繼續注視著已經倒在地上的彥七。

「死了嗎？」它繼續以沒有任何抑揚頓挫的聲音喃喃低語。「比起腹部，胸部才是致命關鍵啊……」

那聲音冷酷，聽起來像是在評論自己的所作所為。

以藏、六郎、軍治、文平全都瞠目結舌地凝視著眼前的畫面。

一切都發生得太突然了，頭腦無法理解眼下所看到的景象究竟是怎麼一回事。

「救命啊！」阿松把手上的竹筒丟向它，拔腿就想逃走。

它的槍口再度發出細微的爆炸聲，阿松的動作也靜止了。

她的胸部炸開了，阿松無聲無息地倒下。

「阿松！」以藏放聲大喊。

「可惡！」

「看招！」軍治和文平眼露兇光，同時把劍拔了出來。

以藏雖然也想拔劍，但是卻拔不出來。

因為海野六郎按住了以藏想要拔劍的手。

「那傢伙會先對付有拿武器的人。」六郎的額頭上冒出黏膩的汗水，他壓低聲音警告以藏。

「阿松啊——！」以藏吶喊著。

六郎緊緊按住以藏的手，加以勸說：「老大，這傢伙不是我們所能對付得了的，還是逃走吧！先保住一條命再說。」

不過，六郎和以藏都不敢輕舉妄動，他們生怕隨便一動，就成了槍口下的另一條亡魂。

「不要亂動喔！老大……」六郎偷偷摸摸地往以藏的背後移動。

「你想玩什麼花樣？」

「老大，把你的生命交給我吧……」六郎一邊說，一邊又往以藏的後方移動了幾寸。

此時此刻，它正以蒼蠅的複眼望向拔劍以對的文平和軍治，看得他們兩個人的臉部肌肉都因為緊張抽搐起來了。

「嘿咿咿咿咿咿咿咿！」軍治握著劍，高聲咆哮。

「嗚喔喔喔喔喔喔喔！」文平也跟著放聲大叫。

那是過於害怕才發出的叫聲，同時也是為了讓瀕臨崩潰的神智維持正常才發出的吶喊。

「那就是你們的武器嗎……」它說道。

雖然它還沒有把槍口指向文平或軍治，但是那兩個人的精神狀態顯然隨時都要崩潰了。

它似乎正用他毫無表情的複眼，觀察著他們兩個人的反應。

「哇呀呀呀呀呀！」軍治是第一個無法承受這壓力的人。他跳過早已熄滅的火堆，朝著它砍過去，看起來簡直像是被它吸附過去的。

它把槍口朝向軍治，槍口再次發出了細微的爆炸聲。

下一秒，軍治的雙眼之間開了一個小小的洞。

再下一秒，那個洞裡噴出鮮紅色的血柱。

兩顆眼珠子駭人地暴突出來，從那裡開出一大朵又一大朵血紅色的花。

從鼻子裡開出紅色的花……

從嘴巴裡開出紅色的花……

從耳朵裡開出紅色的花……

頭顱裡所有的東西全都變成涓涓細流，從他頭上所有的孔竅往外噴射。在那一瞬間過後，整顆頭顱就從他的脖子上粉碎消失了。

就在剛跨越過火堆的地方，軍治宛如一根棒子似的直挺挺地向前撲倒，再也不動了。

它低頭往下看了一眼，像是觀察撲倒在地的軍治。

它喃喃自語地說：「頭……」

接著，它的視線慢條斯理地掃過六郎、以藏，接著是文平。

最後視線停在文平身上。

看樣子，他的下一個目標是文平。

「咿咿咿……」文平發出娘兒們似的悲鳴。

六郎把右手探入懷中，竊竊私語：「老大，鎖定文平被幹掉的時候。文平被幹掉的時候，馬上跑……」

「要怎麼跑？」

「不要動喔……」六郎一面叮嚀，一面伸出懷中的右手。

四根銳利的針在他右手指間閃著森森寒光。

六郎把右半邊的身子都藏在以藏背後，所以它其實看不見他。

他把其中兩根針從後方扎入以藏的兩條大腿上了。

一陣微微的痛楚宛如電流般穿過以藏的兩條大腿。

「你在幹嘛？」以藏小聲問他。

「這你就不用管了。如果能逃進那片森林，或許就能得救也說不定。老大你可不要落後太多喔……」六郎的語氣十分強硬。

就在六郎這麼說的時候，它的臉轉動了。

不妙……六郎只用唇形道出這兩個字。

它把視線投向以藏和六郎了。

在槍口轉到他們身上之前，六郎先聲奪人地大喊：「文平！趁現在！」他一邊喊，一邊把剩下的兩根針插在自己的大腿上。

聽見六郎喊出自己名字的那個瞬間，文平便猛然往前衝去，朝它揮劍。

「唔呃呃！」

槍口轉回文平身上，發出細微的爆炸聲了。文平的肚子爆出一個大洞，連內臟也噴了出來。

就在這個時候，六郎和以藏開始拔足狂奔。速度快得可怕，遠遠超越常人極限。

雖然它已從彥七、軍治、文平等人的動作掌握住人類正常的動作，但六郎和以藏的速度遠遠超出它的預期。

就在以藏和六郎衝進森林裡的那一瞬間，兩人背後的山毛櫸被射了一槍，樹幹應聲折斷，發出巨大的聲響，在他二人的身後倒下，也因此救了這兩個人一命。

因為接下來從槍口射出的子彈，全都射在那棵樹幹上了。

樹幹被擊得粉碎。

以藏和六郎一面聽著背後傳來的聲音，一面往前飛奔。

那是令人難以置信的速度，野獸才會有的速度。

六郎在前面帶路，以藏亦步亦趨地尾隨在後。

看樣子，六郎在黑暗中的視力似乎非常好。若不是有這樣的六郎在前面帶路，任憑以藏的腳程再快，也不可能在伸手不見五指的漆黑森林裡跑得這麼快。

六郎一面跑，一面提醒身後的以藏留意腳下的石頭和樹根。如果沒有他的提醒，以藏根本不可能跟得上六郎的速度。

「六郎！你到底對我做了什麼？」以藏邊跑、邊叫。

「我只是在你的飛燕孔扎了兩針而已。」

「飛……飛什麼來著？」

「飛燕孔啦！」

「那是什麼東西？」

「等一下再跟你解釋啦！如果我們有辦法逃過一劫的話，我再慢慢告訴你。」

兩人繼續飛也似的往前跑。問題是，身體上的其他部位不見得跟得上腳的速度。

他們的心臟就承受著空前強大的負擔，以藏的速度開始慢了下來。

「心臟好難受……」

「對方快要追上來囉！如果不想死的話就給我繼續跑。」

「我、我不行了……六郎，你一個人快逃吧！」以藏按著自己的心臟說道。

心臟的轉速跟不上腳程，所以他的速度變得與一般人無異了。

黑暗的另一頭傳來些微水聲，看樣子前面可能有水池。

冷不防，身旁的樹幹突然爆裂開來。

「被追上了！」六郎大叫。

但以藏已經再也跑不動了，六郎抱起以藏，半拖著他繼續往前跑。

流水聲愈來愈近了，突然間，六郎停下了腳步。

因為眼前的森林突然消失了。

風從無邊無際的黑暗中掠過，輕撫在六郎的臉頰上。

六郎腳邊的大地毫無預警地往黑暗的最深處陷落。

前面是山谷，水聲是從深不可測的谷底傳來的。

「可惡！」就在六郎破口大罵的同時，眼前的樹幹爆炸了。樹皮的碎片夾帶著強風，直擊六郎的正前方。

六郎不住後退的右腳突然踩進空無一物的空間裡，他和以藏的身體頓時失去重力，往下直線墜落。

六郎伸手去抓地上的草，結果地上的草被他連根拔了起來。

兩人連翻帶滾地沿著陡峭的斜坡往下墜落。

翻著滾著，身體突然被拋向半空中，全身上下都受到非常強烈的衝擊。

雖然有一瞬間失去了意識，但是六郎馬上就清醒了過來。

他張開眼睛，看到了星星，無數的星光在夜空中閃爍。

沙沙！上方傳來這樣的聲音。

它沿著斜坡下來了，得趕快逃走才行！

只不過，他馬上就明白，這次恐怕是在劫難逃了。

因為以藏就趴倒在他旁邊，雖然一息尚存，但似乎失去了意識。

「可惡！」六郎又從懷裡拿出針來，雖然還是有一瞬間的猶豫，不過他馬上就決定要賭一把。

六郎用左手的手指摸索著以藏的頭，找到右耳的後方，把握在右手的針尖貼上去，然後迅速插入。

以藏的身體稍微震了一下，馬上就又一動也不動。

以藏已經沒了呼吸，接下來輪到自己了。

六郎把針貼到脖子後方，然後往右耳的方向斜斜插入。位置應該是這裡沒錯。

另一根針插的位置和以藏一樣，都是右耳後方。

絕對不能失誤，他把針插進去！

沙！沙！沙！聲音愈來愈接近。

應該差不多了，再往裡面、再往裡面一點。

得碰到從後腦勺扎進去的第一根針才行，一碰到就要馬上停止。

萬一要是碰不到怎麼辦？或是插過頭怎麼辦？

不安讓他的指尖產生了遲疑。

再一點點，還是沒碰到。會不會已經插過頭了呢？

還沒有，再一點點，再一點點，碰到了！

就在碰到的瞬間，六郎停止所有的動作，把手從針上移開，讓手滑落到河灘的石頭上。

就連呼吸也靜止了。

踩在石頭上的腳步聲往倒在河灘上的六郎與以藏靠近。

那腳步聲就停在這兩個人的前方。

4

突然間，意識就恢復了，眼前是蔚藍的晴空。

原來自己的眼睛自始至終沒有闔上過。

讓肺部吸進大口大口的空氣，是早晨清新的空氣。看樣子他們平安度過危機了。

白雲在頭上緩緩地飄過，他們掉在一個深谷裡，清晨的陽光在山谷上的樹梢上跳躍。

只可惜，那道陽光照不到山谷的深處。

因此，他們頭上的空氣冷冰冰的。小鳥的叫聲宛如無數的碎石子一般，唏哩嘩啦地從天而降。

除此之外，還有潺湲的流水聲……

他先用右手把扎在右耳底下的那根針拔出來，接著才拔後腦勺扎進去的那根針。

要是弄錯順序，後果會很可怕的。

拔出扎在後腦勺的針之後，他接著開始幫以藏拔針。

他把以藏右耳後方的針拔出來後，以藏發出輕微的呻吟，睜開了眼睛，但是光線似乎太刺眼了，所以他又把眼睛閉上。

「老大……」六郎盤腿坐在石頭上叫他。

「六郎……」以藏喃喃喚道，慢慢坐了起來，望著六郎。

「你沒事吧？」以藏宛如夢囈一般地喃喃低語。

「好像還活著呢！」六郎回答。

「那傢伙呢？」

以藏轉頭看了看四周。「我也不知道。總而言之，在我還有意識的時候，我看到那傢伙追過來了。看來好像是什麼都沒做就回去了……」

「怎麼會這樣？」

「可能是以為我們已經死掉了吧！」

「死掉了？可是我們明明就還活著啊！」

「是沒錯，不過我們曾經進入假死狀態，所以看起來就跟死了沒兩樣。」

「假死狀態？」

「我故意弄的。」

「怎麼弄？」以藏好奇地問道。

「就是用這根針。」六郎給他看剛從他們身上拔出來的針。「人類的身體上有各式各樣的穴道。只要把這種針刺進穴道裡，不只可以讓人跑得飛快，也可以讓人變得跟死人一樣。」

「所以你就把那根刺插到我身上……」

「沒錯。」

「那你自己怎麼辦？自己刺自己嗎？」

「是的。」

「可是如果你讓自己變得跟死人一樣，又要怎麼活過來呢？有人來幫你把針拔出來嗎？」

「這也得靠自己呢！我先把另一根針扎在別的地方，如此一來，時間一到就能自然甦醒過來。」

「你真是懂很多稀奇古怪的事呢。」以藏似乎很佩服。

「那是我以前的同伴，一個叫才藏的男人教我的……」六郎一面回答，一面拔出插在自己大腿上的針，也把插在以藏大腿上的針給拔出來。

「六郎……你這小子……為什麼要救我？如果只有你一個人的話，不用裝死也逃得掉不是嗎？」

「因為你以前救過我一命呀……」

「那已經是二十年前……甚至更久以前的事囉！」

「就算是一百年前的事也一樣。」

「呿！」以藏想要站起來，但是腿上卻傳來一陣痙攣似的劇烈疼痛，痛得臉都扭曲了。「腳好痛……」

「因為之前是靠這根針勉強身體逃命的，這樣的後遺症誰都會有。如果再繼續跑下去的話，可能會再也沒有辦法走路了也說不定……」六郎把手伸到腳上，按摩著在大腿的穴道。

「現在至少還能走路，已經要偷笑了，這三天就忍耐一下吧！」

「真是對不起你啊!六郎……」以藏說道。
「要謝就謝文平吧!他等於是捨身救了我們。」
以藏眨了好幾次眼睛，點點頭表示同意。
「文平……軍治……彥七……」以藏悄聲唸出三個人的名字。「他們都曾經是我的好夥伴啊!」豆大的眼淚從以藏的眼眶裡滾了出來。
「還有阿松……」以藏用手背胡亂地抹去透明的淚水。「昨天那個怪物……到底是什麼來頭啊?」
「它好像在找什麼東西呢!」
「六郎，我們再去看一次。」
「去哪裡?」
「去那個洞穴。」
「太危險了。」
「不要緊，反正老子已經死過一次了。如果不看個究竟，我死也不會瞑目的。如果那傢伙還在的話，老子倒要看它在那裡變什麼把戲?如果它已經走了，老子也要知道那裡變成什麼樣子了。還有阿松、文平、軍治、彥七的屍體，也得好好地為他們安葬才行。」
「老大……」
「老子說要去就是要去。」
「我明白了，去就去吧!不過由我先去觀察一下情況吧，如果危機已經解除了，我再來帶你過去。在那之前，老大你就待在這裡好好養傷，先把腳休養好了再說。如果過了半個時辰，我還沒有回來的話……」

「怎麼樣？」

「那你就當我已經死掉了，到時候你愛怎麼樣就怎麼樣吧！」

「我明白了……」以藏沉著臉，點了點頭。

5

明媚的陽光從天上斜斜落下，雖然還未觸及森林裡的大地，但是最後還是會到達的。森林裡充滿了鳥兒的啼叫聲。

洞穴還好端端地留在那裡，但是洞穴裡的那艘船卻已經不見了。

不對，正確地說，是那形狀跟船一樣的東西不見了。

六郎站在洞穴的邊緣，往洞穴的底部張望。

洞穴裡只剩下熔解變形的金屬塊，八成是原本那艘船化成的吧！

如今，從那個金屬塊完全想像不出本來的樣子。

這肯定是那個由金屬球變成的人形幹的好事。

恐怕就連船艙裡那具鬼的屍體，也一起被燒個精光，連骨頭都沒留下來吧！

連那麼堅固的金屬也變成這副德行，更別提原本散落在這艘船周圍的熊和狗的屍體了，他們全都被燒成了灰燼。

不知道那金屬變成的人形和那個頂著一顆蒼蠅頭的怪東西消失到哪裡去了。

洞口附近散落著三具人類的屍體。

一具是軍治無頭的屍體。

一具是胸部和腹部被炸得亂七八糟，裡頭的五臟六腑全往周圍四散紛飛的彥七屍體。

一具是胸脯開了一個大窟窿的阿松屍體。

「真悲慘啊……」六郎凝視著那些屍體。

屍體吸引了好多蒼蠅。有些蒼蠅在上頭產卵，有些卵甚至已經孵化，變成白色的蛆，在血紅的內臟上蠕動。

它的攻擊真是太偏激了。

明知彥七的肚子被它射成蜂窩，再也沒有活命的可能，還是不停地對他開槍。

明知就算放著不理，彥七也只剩下幾口氣好活了，卻還是執意要立刻結束他的生命。

針對腹部和胸部掃射的手法，乍看之下雖然有點像是在研究人類的弱點，但六郎卻覺得事情並沒有這麼簡單。

要確實置敵人於死地……那種手法完完全全就是出自於這種執念。

為什麼一定要做到不留活口的地步呢？六郎的胸口湧起一股奇妙的感覺。

因為如果不確實地把對方殺死，接下來就換自己受到攻擊了——肯定是這樣沒錯。

以人類為例，有的人即使被打得肚破腸流，看起來就跟死了沒兩樣，還是有可能會靠最後一口氣跳起來，從背後展開反擊。

也就是說，它曾經跟這樣的敵人交手過。那到底是什麼樣的敵人呢……

一想到這個問題，六郎不禁感到背脊一陣寒冷，全身寒毛都豎了起來。

六郎用視線尋找文平的屍體，可是卻遍尋不著。怎麼會這樣……

就在六郎百思不得其解的時候，背後突然感受到一股人類的氣息。六郎慢慢地回頭一看——

「老大……」

只見以藏茫然若失地站在那裡。「六郎……」

以藏拖著腳，一步一步地慢慢走近。目光逐一掃過散落地上的三具屍體，以及那個洞穴。

他咬牙切齒地擠出幾個字：「軍治……彥七……」

以藏在阿松的屍體前跪了下來。

阿松仍圓睜著大眼，直勾勾地仰望著藍天。眼眶裡有白色的蛆在蠕動。

以藏用手指頭把那隻蛆撥掉，抱住阿松的屍體，斗大、透明的淚珠從以藏的眼眶裡滾落下來。

「阿松……」以藏聲嘶力竭地哭喊著。「妳活過來呀……」

以藏像孩子一樣，聲嘶力竭地哭叫著：「阿松啊……我們一定會在地獄裡相見的……在那之前……妳先就和軍治、彥七一起等著吧……」以藏哭得連聲音都在顫抖。

「我說六郎啊……」以藏抱著阿松，抬起頭來，以低沉的聲音呼喚他的名字。「老子決定了。」

「決定什麼？」六郎面無表情地問道。

「我決定要用我剩下的人生做一件事……」以藏說道。

他的聲音雖然小又低沉，卻十分有魄力。

第四章 魔性

1

武藏當時置身於地獄之中，那是人間地獄。

武藏周圍的熊熊烈焰和哀鴻遍野形成一股漩渦，將他包覆其中。

強烈的鮮血和火焰的氣味刺激著他的鼻子。

一場慘絕人寰的大屠殺，正在武藏的周圍進行著。

武士發了瘋似的斬殺連武器都還不知道該怎麼拿的老百姓。

武藏混在那些殺紅了眼的劊子手當中，雙手握著被鮮血和脂肪暈染得閃閃發光的兩把刀，走在火光裡。

右手是大刀，左手是小刀。武藏輕而易舉地揮舞著這兩把刀。

在他的右手中呼嘯生風的大刀，舞動的速度要比一般人用兩隻手握著大刀揮舞的速度還要快上許多。

敵人只有一個，那就是益田時貞，其他全都是一些小嘍囉。在他心裡是這麼想的。

武藏不信神，也不信佛，對基督徒也沒有什麼特別的好惡。

對他來說，如果有人想要信神，那就讓他去信好了。

他對這些人既沒有恨，也沒有愛。硬要說的話，大概有一股憐憫的情緒吧。

他望著自己身邊接二連三被砍殺的基督徒們，心裡不禁浮現出一個念頭……真可憐。

只不過，他很清楚，這種憐憫的情緒在戰場上是一點用處也沒有的。

他不會主動去斬殺那些嘍囉，但是如果那些嘍囉對他兵戎相向的話，他也會毫不留情的一刀砍下。即使對方只是普通的農民。

如果是一對一，他閉著眼睛都可以把對方劈成兩半。

問題是，他砍了又砍，斬了又斬，農民的數量還是沒有減少。

對武藏來說，砍殺這些農民一點意義也沒有。農民是無辜的。

農作物的歉收已經持續了好幾年，這點武藏是很清楚的。餓壞了的人類會幹出什麼事來，他也很清楚。

拯救這些水深火熱的農民是政府的責任，但政府非但沒有拯救這些農民，反而還把他們逼入了絕境。

對於被政府逼入絕境的農民來說，耶穌教是他們唯一的救贖。

許多農民餓死了，但武士一個也沒有餓死。這點實在太奇怪了。

農民可是生產者，是他們種出那些稻米的。

武士什麼也沒做，他們只是從百姓手中把那些稻米搶走而已。

武藏今年五十五歲了……其中有四十多年都是靠劍活過來的。

但他面對劍——也就是對武士這種身分時，抱持的疑問卻比其他人來得多。

只不過，他生來就是一個武士，擁有一身普通人無法望其項背的劍術。

百姓只能過著尋常百姓的人生，同樣的，他也只能以武士的身分過完一生。百姓沒有辦法離開土地獨自生活，同樣的，他的生活裡也不能沒有劍。

所以對於武藏來說，他只能接受這一切，跟其他生活方式與自己相同的同志戰鬥。

不管是不是一對一，不管是不是在戰場上，武藏這一生交手過的對象全都是武士，是在彼此都同意的前提下進行決鬥的。

問題是，這場以基督徒為對象的戰役並非如此。

話雖如此，可是他也有不得不戰鬥的使命。

他的養子伊織在小倉藩的小笠原家做官。

他自己雖然沒有一官半職，卻也受到小倉藩的諸多關照。所以當農民起義的時候，小倉藩便命令他前去島原平亂。

要是當初沒有答應就好了。

當他決定要接下這個任務的時候，就代表他接受了這場戰役。既然接受了這場戰役，就不應該再想這些有的沒有的，只要一心一意想著要如何打勝仗就行了。

這就是武藏所面對的現實——和一乘寺的時候一樣呢！武藏做出這樣的結論。

武藏有一套自己的戰鬥邏輯，砍了幾個農民對他而言是毫無意義的，一旦決定要戰鬥，就算是不擇手段，也要贏得勝利。

在一乘寺下松㊵那次也是這樣。

當時，對於武藏來說，砍殺再多吉岡門下的弟子都是沒有意義的，他的目標只有一個，那就是作為那次決鬥對象的源次郎，即使他只有十二歲。

這跟年齡沒有關係。

究竟有什麼內幕隱情讓十二歲的源次郎必須變成這次決鬥對象也沒有關係。

既然決定要戰鬥，武藏的目的就只有取得源次郎的首級。只要取得源次郎的首級，就代表他勝利了。

如今來到島原也一樣。

既然決定要戰鬥，如果只是一味地斬殺眼前這些手無寸鐵的農民是不行的。
對於武藏來說，他的目標只有益田時貞一個人。
就算益田時貞只是被那些牢人㊶和某些庄屋㊷推派出來的代罪羔羊也一樣。
這就是武藏的戰鬥邏輯，他就是這樣一路走來的。
只要有人敢妨礙他，一律殺無赦。只不過，他這次面對的阻礙卻是數以萬計。
對於那些小嘍囉，武藏幾乎都是一劍就結束對方的生命，絕對不做多餘的動作。
他一共殺了十八個農民、四個牢人。
那些牢人全都是在大坂夏之陣的時候投靠西方陣營的武士。
一切都是命中注定的。
只要當初走錯一步，武藏說不定也會加入這場農民起義，成為被討伐的對象。
武藏找遍一間又一間的小屋，砍過一個又一個的牢人、殺了一個又一個的農民。
為了找出益田時貞，武藏深入這座徒具虛名的城池。
突然有個人從旁邊一劍砍來。
武藏用左手的小刀格開對方的劍，再用右手的大刀從來人的眉間一刀砍下去。
原來是一個農民用搶來的劍攻擊他。
接著是有把竹槍從後面刺了上來，武藏不慌不忙地把那把竹槍夾在左側腋下，一刀刺入對方

㊵位於京都市右京區，是宮本武藏與吉岡一門的決鬥場地，現為著名景點。
㊶亦稱「浪人」。日本室町時代到江戶時代之間失去或離開主君，也因此失去俸祿的人。
㊷江戶時代的村長。

的咽喉。
對方一聲不吭就死了。
這些農民為什麼可以奮戰到這種程度呢？一介農民居然比武士更不在乎生命。
武藏感覺到了，有什麼不對勁。
如果只是因為飢饉與暴政所爆發的農民起義，應該不至於慘烈到這種地步。
對這些農民來說，似乎有東西比他們自己的生命還要來得重要。
對於武士來說，有時候的確是有一些比自己的生命還重要的東西，例如「忠」、例如「家」、例如「主」……
為了這些東西，有時候即使犧牲生命也在所不惜。武士們從小就接受這樣的教育。
儘管如此，一旦面臨生死關頭的抉擇時，有的武士還是會選擇自己的生命。
農民又沒有受過這樣的教育，為什麼能拚命到這個地步呢？
如果只是普通的農民起義，應該不至於慘烈到這種地步。
武藏第一次覺得，自己似乎是在跟一群摸不透底細的對手戰鬥。
「天堂，我來了……」心臟被刺穿的男人居然在痛苦的表情中浮現出一抹恍惚的笑容，嚥下了最後一口氣。
什麼意思……武藏想不透。
在戰鬥的時候不應該出現的思緒掠過了武藏的腦海。
那到底是什麼意思？自己到底是在跟一群什麼樣的對手戰鬥？
他覺得自己現在面對的是一個以前從來沒有遇見過的對手，不管再怎麼砍，都砍不完，也砍不死……

對耶穌的信仰可以讓人改變到這個地步嗎？武藏不禁有些洩氣。

不行！為了振作起開始委靡的精神，武藏的體內湧起一股熱氣。

冷不防，旁邊的建築物發出了巨大的聲響，開始燃燒。

「喔——！」

「四郎大人——！」周圍的農民開始鼓譟。

——在那裡嗎？

正當武藏打算衝向那間小屋的時候，有四個已經拔刀出鞘的牢人衝出小屋入口了。跑在前面的男人看見武藏，直接往武藏的方向直撲而來。

「喝！」武藏把身子往旁邊一閃，同一時間把男人握劍的兩條手臂給削了下來。兩條手臂同時落地，發出低沉的悶響。

武藏的小刀水平一劃，割斷下一個男人的喉嚨。鮮血發出唰一聲，將武藏全身打濕了。

武藏解決了這兩個人後，繼續往小屋狂奔。

剩下的那兩個牢人，早就跟其他的官兵戰得不可開交。

似乎有幾個農民兵還想衝向小屋，不過都被官兵擋了下來，所以無法靠近。

只有武藏隻身衝進小屋。小屋裡沒有半個人。

只有地上兩具牢人的屍體、三具農民兵的屍體和三具官兵的屍體，如此而已。

還有一個裝著水的瓶子，幾綑可能是用來當作寢具的稻草。

用土堆成的大灶、鍋子、破掉的碗、盤子、水瓢，和兩把鐵鍬。

牆上貼著一張紙，紙上描繪著聖母瑪利亞，聖母瑪利亞的懷裡抱著耶穌基督。

紅豔豔的火舌看來隨時都要舔到那張畫了。

房間的正中央還有一塊巨大的石板。看樣子原本是石牆的一部分，是用來代替桌子的嗎？

除此之外，武藏又發現一具農民的屍體。就壓在那塊大石板的下面，上半身都已經被壓扁了，只剩下腰部以下的地方。

「嗯……」武藏的視線停留在那塊石板上。

農民的身體沒有完全被壓扁，在石板與地面之間仍存在著一點空隙。

武藏把兩把刀都插在地上，把兩隻手的手指插進那條隙縫裡，全身的肌肉彷彿肉瘤般地一塊塊往上隆起，硬是把那塊石板給搬了起來。真是令人驚訝的臂力。

「啊啊啊——！」武藏以驚人的臂力把那塊石板移到旁邊。

「喔！」武藏發出了驚嘆聲。

因為眼前出現了一個通往地下室的入口。那是一個人勉強可以通過的洞穴。

2

洞穴裡，有一座木製的梯子垂直地往下垂降。

「是這裡嗎……」武藏自問自答。

看樣子，那塊石板一開始是立起來的，所以這個入口原本應該是開著的。可能是那個農民想要鑽進這個洞裡的時候，支撐著石板的東西再也支撐不住，所以才把農民壓死的吧！

武藏把大刀和小刀繫回腰際，觀察裡面的動靜。沒有任何動靜。

似乎沒有人埋伏在洞穴底下，打算衝出來殺他個措手不及。

他不認為在這群掀起暴動的民眾裡，有誰有本事可以把氣息隱藏起來，不讓自己發現。

只不過……為求謹慎，武藏還是拆下一小塊正在起火燃燒的小屋夾板，將它丟進洞穴裡。

深穴的深度將近有十尺以上，大概是兩個人的身高加起來的高度。

即使燃燒著火焰的夾板掉到洞穴底部，還是沒有引起任何可疑的動靜。

突然有團火球從天而降，不可能還有人可以把氣息隱藏得這麼好的。所以至少在下到洞穴裡的那一瞬間，應該不會受到攻擊。

武藏順著梯子往下走。梯子上還沾著被石板壓扁的農民兵的血，黏黏滑滑的。

空氣中的泥土氣味令人不禁皺眉，看來這個洞應該是最近才挖出來的。

武藏下到洞穴底部了，洞穴底部是泥土地面，有一條地下通道。

通道左右兩邊的牆壁每隔六尺就打進一根柱子，柱子上還有樑，用以防止天花板的土石崩落。

一個成年人抬頭挺胸往前走還綽綽有餘的寬度。

和武藏垂直通過的地下通道入口相比，這條地下通道的歷史顯然要悠久得多。

原來如此……武藏懂了。

這條地下通道是以前的城主有馬氏在城裡地底下建造的密道。如今城樓只剩下廢墟，但是地底下還殘留著一兩條像這樣的密道並不足為奇。

放眼古今中外，無論是什麼樣的城樓，都一定會興建一兩條祕密通道，當城樓被包圍的時候，就可以逃到城外。武藏現在走的，就是一條這樣的密道。

該往哪個方向前進呢？武藏的迷惘只維持了一瞬間。

因為他馬上就在火光的映照下，看到一道再清楚不過的血跡，往一個方向拖曳而去。

武藏用右手拔出大刀，把大刀鋒利的刀刃朝向前方，彷彿是要刺向黑暗似的往前走。

他小心藏起自己的氣息和腳步聲。

那是一條長長的地下通道，中間還轉了兩個彎。

走著走著，地面從泥土變成了石頭。

他伸手一摸，左右兩邊的牆壁、天花板也都是石頭。四周是一片伸手不見五指的黑暗。

武藏以正常的速度在這片伸手不見五指的黑暗中踽踽獨行。如果是一般人，根本不敢進入這片黑暗，因為敵人不知道什麼時候會衝出來。

到底走了多久呢？

耳邊傳來一點聲音。是男人的聲音，而且是兩個男人的聲音。

一個聲音聽起來比較老，另一個比較年輕……兩個男人正在黑暗中的某個角落交談。

「怎麼樣？你到底說是不說……」年輕男人以非常溫柔的語氣問道。

「我、我不能說。」另一個年紀比較大的聲音回答。

看樣子，年輕的男人似乎問了一個問題，但是年老的男人不肯告訴他。

從聲音聽起來，年老的男人似乎受傷了。

「庄兵衛，你這傷已經沒救了，你就在死之前，把那三件神器的祕密告訴我吧……」年輕男人的聲音依舊溫柔得令人頭皮發麻。「聽說『猶大的十字架』就藏在聖母瑪利亞的神像裡呢！」

「呃……」

「問題是那尊聖母瑪利亞的神像究竟在哪裡？」

「我不能說。」

「為什麼不能說？」

「因為那三件神器都是從海外傳進來的，據說可以讓人類擁有魔王的力量。四郎大人，請不要把腦筋動到那種東西上。」

「那你當初為什麼要告訴我世上有那種東西呢？」

「所以我現在非常後悔啊！我後悔把『猶大的十字架』的祕密告訴四郎大人了……」

「但你還是說了呀！是你說只要有了那三件神器……不對，只要拿到『猶大的十字架』，或許就足以拯救這裡所有農民的性命不是嗎？」

「我是說過這樣的話，可是那也代表要把敵人全部殺光。」

「敵人……你的意思是說，只要有了『猶大的十字架』，甚至連幕府也可以推翻嗎？」

「那是我鬼迷心竅亂說的，怎麼可能光靠一個『猶大的十字架』就推翻德川的天下呢……」

「不可能的話，你就不會告訴我了。」

「才沒有那回事！」那聲音距離武藏愈來愈近了。

突然，黑暗中響起一陣尖銳的號叫聲。那是足以讓人血液結冰的號叫。

接著，比那陣號叫更令人毛骨悚然的溫柔嗓音傳來了。「你看，這就是你的眼珠子喔……」是那個年輕男人的聲音。

比較蒼老的聲音已經轉變成痛苦的呻吟了。

「庄兵衛，把十字架的下落說出來。」溫柔的聲音繼續逼問。

「四郎大人，您已經創造出好幾個奇蹟了，怎麼還會相信我說的不切實際的夢話呢？」另一個聲音氣若遊絲地辯解著。

「正因為奇蹟只有那麼一點點、微不足道，所以現在的我才更加相信比天國更強大的力量應該是存在的……」

「即使那是魔王的力量也無所謂嗎？」年老男人的問句當中摻雜著痛苦的呻吟。

他的話語立刻被一個低沉、含笑的聲音蓋過，聲音的主人似乎覺得年老男人說的話不合理極了。

「那麼你告訴我，神的力量到底為我們做了什麼？神有拯救那些農民嗎？神有給大家東西吃嗎？神什麼都沒做，只有眼睜睜看著這些相信祂的人類死去。不管是相信祂的人、還是不相信祂的敵對官兵們，神全都一視同仁，見死不救！這就是你口口聲聲的神……」

「四、四郎大人……」年老的聲音又轉變成號叫聲了。

「快說！」

武藏一面聽著他們的對話，一面前進。他的額頭上浮現出細小的汗珠。伸出去的手又碰到了堅硬的石頭，看樣子，這條地下通道又要轉彎了。這次是左轉。

武藏跟著向左轉，前面依稀可見微弱的火光。

地下通道的盡頭似乎有一間石室。石室的牆壁上有一個燈油盤，火光就是從燈油盤裡發出來的。

就在這個時候，那年老的聲音終於向年輕的聲音屈服了。

「『猶大的十字架』在赤坂村……有田屋的『聖母瑪利亞』像裡……」

「那其他兩件神器在哪裡？」

「一、一個在飛驒……」

「飛驒？」

「就是玄覺寺的黃金金剛杵……」

「另外一個呢？」

「我不知道。」

「不知道？」

「我真的不知道，范禮安告訴我的只有這些。不過第三件神器應該也已經被帶進日本了，這點是可以肯定的……」當庄兵衛說到這裡的時候，年輕的男人——益田時貞察覺到武藏的存在了。

天草四郎（即益田時貞）抬起頭來，望著武藏。那是一張充滿了魔性的絕美容顏。

3

「喝啊啊啊啊！」兩人視線相交的瞬間，武藏便衝了出去！絕不能給對方時間做出反應。

那個叫福田屋庄兵衛的男人並不是人質，他跟其他農民一樣都是基督徒，也就是敵人。這種敵人，武藏一路上已經斬殺無數了。

他不知道益田時貞為什麼要以這麼殘忍的手法拷問跟自己站在同一條陣線上的福田屋，他只知道這兩個人都是他的敵人。

武藏的目標只有益田時貞一個人。

就算在跟益田時貞打鬥的過程中，不幸把福田屋捲進來，害他丟掉一條命，也不算是牽扯毫無關係的人。

換作是尋常人，在那一瞬間可能都會猶豫一下。

那一瞬間的猶豫，往往會讓自己步上失敗的命運。

但是武藏毫不猶豫。在衝出去的瞬間，武藏就已經有了這樣的覺悟。

萬一被福田屋半路攔擊，他也已經做好覺悟，要把福田劈成兩半。

從他們剛才交談的內容聽來，那個年輕的男人肯定就是益田時貞。

只要解決掉那個男人，這場戰爭就算是他的勝利了。

武藏一面往前衝，一面拔出左手的小刀。

而那個年輕的男人——幾乎可以說是美麗的少年，穿著一身雪白的裝束，就只是靜靜站在那裡。

武藏邊衝、邊觀察周圍的狀況。

眼前是一個四面都是石頭的房間，益田時貞和福田屋就在房間正中央。

福田屋雙膝跪地，趴在石頭地板上，雙眼流出血淚。他的眼珠子被益田時貞挖出來了。

身形修長的益田時貞挺拔地站在他旁邊，面向武藏，拔劍以待。

武藏的身體裡逐漸充滿一股近似於熱氣的氣，那股氣讓武藏的身軀看起來更形龐大了。

通道原本就很狹窄，如今幾乎全被武藏發出的精幹之氣堵住了。

他像是一團熊熊燃燒的火球，以迅雷不及掩耳之勢，從狹窄的通道滾進那間石室裡。

益田時貞拔劍的瞬間，正好是武藏進入攻擊範圍的前一刻。

拔劍出鞘的益田時貞突然垂直劈下一劍。

那一劍並不是朝武藏揮來的，而是把福田屋的頭一劈兩半了。

鮮血從福田屋的額頭噴濺出來。

星星點點的血花染紅了益田時貞的雪白裝束，宛如紅豔豔的牡丹花瓣飄落在他的衣袖上一樣。

武藏縱身一躍，跳到他跟前。

「在下武藏！」武藏以宛如烈火般的雄渾嗓音報上姓名。

從武藏的肉體釋放出來的精氣爆發似的充滿了那間石室裡的每一寸空間。

若是一般對手，面對武藏強大、外顯的精氣就會畏縮了。整個人會被震懾住，會嚇到動彈不得。再不然至少也會露出害怕的表情。

然而，益田時貞卻完全不為所動。

不僅如此，他的四周似乎籠罩著一層透明的空氣，從容承受著武藏的壓迫。

他握著那把尚在滴血的劍，輕輕後退了一步，彷彿是被武藏的氣推動的。

就在武藏宛如從地獄暴風的氣撞上益田時貞的身體時，益田時貞的身體看起來就像是被他的氣推到了半空中。

儘管如此，武藏還是沒有停下腳步，反而更往前跨出了一步，由下往上朝向後退的益田時貞刺出一劍。

益田時貞縱身躍上半空中，彷彿是被武藏的劍風搧起的。

武藏的劍從下方追逐益田時貞，打算往益田時貞浮在半空中的雙腿間刺入，把益田時貞的恥骨切成兩半。

然而……益田時貞用兩隻腳的腳底夾住武藏由下往上挑的劍身，輕飄飄地站在武藏的劍上。駭人的平衡感！只利用膝蓋的彈性和體重，益田時貞便成功讓武藏的劍招慢了下來。

武藏單靠一條右臂便接住了益田時貞的重量，並繼續揮劍，打算趁益田時貞還站在他劍上的時候，一劍斃了他。

感覺就像要砍一團棉花似的。

這時，益田時貞的劍從武藏的腦門上方砍下來了。

鏗鏘！武藏用小刀擋住了他那一劍。

就在那一瞬間，益田時貞的重量從武藏握在右手的劍上消失了。

他從武藏的劍上騰空而起，飛越過武藏的頭頂，利用反作用力，在石板地上安然降落。

「想跑！」武藏的劍馬上又從後方追擊過來。

益田時貞正要轉身，後腦勺——也就是右耳的正後方頓時被武藏的劍劃開一道淺淺的傷口。

武藏接下來用小刀發動的攻擊全都被益田時貞的劍擋下來了。

益田時貞那雙美麗雙眸的眼角高高吊起，惡狠狠地盯著武藏說道：「你還真是不賴，居然能傷到我……」從他的右耳後方流出來的鮮血，宛如一條殷紅的小蛇，爬進他的領口。

「我也沒想到你的修鍊這麼了得……」武藏握緊大小雙刀，壓低聲音回敬一句。

這是真心話。

他還以為只要找到益田時貞，就可以輕而易舉地送他上西天，沒想到……益田時貞不僅可以像空氣一般承受他發出的氣，還可以擋下他招招致命的攻擊。

沒想到益田時貞竟有如此高的劍術。

不對，那不是劍術，更像是其他武藝。至少那不像武藏畢生見識過的劍術。

武藏的劍術已經達到出神入化的境界，是一般人絕對模仿不來的；同樣的，益田時貞的劍術也非比尋常。

基本上，武藏的劍術是由他強烈的個性所創造出來的。

同樣的，益田時貞的劍術也是他個人的自創一格。

「你可不要怪我，你那條命我是要定了！」武藏冷冷說道。

這一輩子，武藏用他那把劍殺過無數的人，從來不是因為憎恨對方才殺之。

硬要說的話，只能說是造化弄人，一切都是命運的安排。

無論是在戰場上，還是在平常的決鬥場上，他都不是因為憎恨對方才要戰鬥的。

益田時貞往後退了一步。如果轉身逃向出口的話，武藏的劍在那一瞬間就會刺穿他的背。

所以益田時貞不敢輕舉妄動。

不過，他雖然承受著武藏那股壓倒性的氣，卻還是一派從容地站在那裡。

他殷紅的嘴唇微動了起來，吐出一串武藏從沒聽過的語言。

益田時貞正小聲頌唱著異國的咒語。

「什麼?!」

就在武藏想要再往前踏出一步的時候，原本倒在地板上的福田屋庄兵衛突然發出微弱的聲音：「不可以把……猶大的十字架……交給……那個男人……」已經變成兩個血窟窿的眼睛，彷彿望著遠方某處。

「猶大的十字架?!」

正當武藏想要再問得清楚一點的時候，益田時貞牽動鮮紅的嘴唇，勾勒出一抹帶著魔性的清淺笑容。

就在這個時候——

呼……火光突然熄滅了。

油燈盤裡的燭火突然熄滅的瞬間，四周陷入一片伸手不見五指的黑暗。

同一瞬間，一道劍氣從武藏的正面襲來。

「嘿耶耶耶耶耶耶耶！」武藏用砍向益田時貞的劍打掉刺向自己的劍。

不用說，一定是益田時貞搞的鬼。

此時，益田時貞的氣息也消失得一乾二淨。只有一陣風往地下通道的方向吹掠過去。

武藏正想要追上去，腳卻突然被什麼東西絆住了。原來是福田屋庄兵衛。

「千萬不可以把猶大的十字架……交給那個男人……」庄兵衛抓著武藏的腳懇求著。

那也是庄兵衛在這世上說的最後一句話。

庄兵衛在黑暗中緊抓著武藏的腳不放，嚥下了最後一口氣。

轉章

那是一座寺廟，寺廟裡有一道緣廊。一個男人就躺在那緣廊上，看上去是一名武士。

男人用右手肘把右半個身子撐在緣廊上，然後把右臉頰杵在右手的掌心裡，眺望著庭園。

除此之外，還有另一個男人坐在從緣廊進屋的地板上，從背後注視這個男人。

第二個男人打扮得像一個旅行的賣藥郎中。

由於那個側躺在緣廊上的男人背對著他，所以作郎中打扮的男人看不見他的表情。

側躺在緣廊上的男人身材中等，既沒有特別壯碩，也沒有特別矮小，朝向賣藥郎中的屁股倒是翹得很。

男人身上的衣襟大大敞開著，有一大半都垂落在男人身後的緣廊上。

粗壯的雙腿整個裸露出來，不過他似乎一點也不以為意。

從男人的手臂和脖子構成的三角形空隙裡，可以看見放在緣廊另一端的東西。

那是一個托盤，托盤上放著酒壺和酒杯。

看樣子，男人似乎是躺在緣廊上一面喝酒，一面欣賞著庭園。

庭園裡充滿了秋天的氣息。

正前方有一棟老山毛櫸，右手邊稍微後面一點的地方有兩棵櫻花樹，其他還有櫟樹、柞樹、山茶花……等各式各樣的樹種，都生長在這座庭園裡。

在那些樹木的後面，可以看見一道土牆。

山毛櫸的落葉在午後的陽光中翩然飛舞著，宛如從天而降的光點一般，輕盈地飄落下來。

雖然早就已經過了盛放的季節，在他面前的蘆荻卻還是綻放著一簇簇花朵，紫紅色的花在微風中搖曳著。

栗耳短腳鵯和鶲鳥的鳴叫聲從四面八方傳來，不絕於耳。左手邊有棵柿子樹，上頭站著一隻栗耳短腳鵯，輕快地在枝頭與枝頭間跳來跳去。

柿子看起來有些重量了，不過還沒有成熟。

從屋簷下看到的天空既高又藍，不時還有潔白的雲朵緩緩飄過。

男人似乎就這樣一直躺在緣廊上，一面喝酒，一面欣賞眼前這再平凡不過的風景。

「然後呢？後來怎麼樣了？」男人突然開口問道。

聲音既洪亮又有精神，跟他的外表不太相配。

不過，他依然沒有轉過身來。

「這個嘛……」郎中低下頭去，對著男人的背畢恭畢敬地回答：「武藏現在正往有田屋的方向去了。」

這個郎中其實就是前幾天在靠近赤坂村的木賃宿附近，親眼目睹武藏和追兵小林平八郎及渡邊文吾進行決鬥的人，也是在那間木賃宿裡針對最近在附近神社發現油行有田屋掌櫃市松的屍體和另外兩具屍體一事，向周圍的人問東問西的人。

「宮本武藏啊……」躺在緣廊上的武士在嘴巴裡喃喃唸出這個名字。

「你們見過面嗎？」

「沒有。」男人的回答很簡短。

「那也是小的第一次見到武藏，長得一臉兇神惡煞的樣子，展現了傳說中……不對，是比傳說中更厲害的武藝。」

「喔？」

「有兩個自稱師承巖流佐佐木小次郎的男人，從小倉追到武藏身邊。兩個人同時向武藏挑戰，但是完全不是武藏的對手。」

「武藏贏了嗎？」

「武藏是一個全身上下都像是要滴出精氣來的男人，對方拔刀相向之前，他就已經先用氣勢斬人了。對方被他那股氣魄嚇得根本連動都不能動，只能眼睜睜地看著自己被武藏劈成兩半呢……」

「這樣啊……」躺在緣廊上的男人點了點頭，不過感覺只是隨口附和一下而已。

「既然連武藏都出現了，那就表示謠言應該是真的囉！」

「你是說……益田時貞還活著嗎？」

「是的。」一郎中點了點頭。

益田時貞——也就是天草四郎。

他就是島原之亂的時候，被推派為農民起義軍首領的男人。

所謂島原之亂，就是發生在寬永十四年到十五年之間的農民起義運動。當時，肥前島原藩和唐津藩的農民打著信仰基督教自由的旗幟，揭開了這場農民起義的序幕。

被苛刻的稅賦政策搞得民不聊生的農民和受到打壓的基督徒連成一氣，此外，連年的歉收也使百姓的怨氣升到了最高點。

寬永十四年的十月二十五日，在島原半島爆發的農民起義，才不過短短的一天，就已經快要攻破島原城了。

雖然島原藩向鄰近的其他藩主求援，但是其他藩主都在等待幕府的指示，只能按兵不動。在那段期間內，農民起義的活動如野火燎原般地延燒到整個四萬石的藩境。

到了二十七日，與島原相鄰、中間隔著一個有明海的天草大矢野島也有人揭竿起義，跟島原的勢力結盟，代理城主三宅藤兵衛就是死於這場戰役。
十一月過了一半的時候，富岡城也已經岌岌可危。幕府是在這個時候採取行動的。
在幕府的一聲號令之下，鄰近的其他藩主終於開始行動，農民逐漸被逼退。大約有兩萬多人躲在燒得只剩下一堆斷垣殘壁的前領主有馬氏的原城。
另一方面，幕府不但召集了九州的兵馬，還從中國、四國諸藩調了軍隊過來，並命令平戶的荷蘭商船長，毫不留情地從船上把砲彈打進原城裡。
第二年二月，城內彈盡糧絕，陸續出現活活餓死的人。簡直就像是人間煉獄一樣。
然而，農民還是堅守原城，一點也沒有要投降的意思。
二月二十七日，所有找得到的糧食全都被吃乾喝淨了。幕府軍在這天發動為期兩天的總攻擊，殺盡城內所有守軍。
幕府這邊也付出了相當龐大的代價。死者人數將近兩千人，傷者更是超過一萬人以上。
當時，人在小倉藩的武藏也加入了討伐的隊伍，踏上島原的土地。
煽動這場農民起義的幕後黑手，其實是一小部分的庄屋和靠他們賞飯吃的牢人。被他們一手塑造成精神領袖的益田時貞，據說當時只有十五、六歲。據說益田時貞在被農民占據的城裡顯現出各式各樣的神蹟。
還有人說，當所有的農民全都被屠殺之後，時貞和他母親的項上人頭被送回了長崎，曝屍示眾。問題是……
「看樣子，在長崎的那顆人頭應該是假的。」
「到底是連信綱那隻老狐狸也被騙過了，還是……」
「還是什麼？」

「信綱那老狐狸，說不定是想：要是沒拿下這場島原之亂主謀的項上人頭，事情恐怕無法善了，所以就自己準備了一顆假的人頭……」男人說完之後呵呵笑開了。

信綱幕府派來討伐島原之亂的老中㊸——松平信綱。

「您說的事情真是可怕呢。」

「總而言之，長崎那顆人頭是假的……這點應該錯不了。」男人面對著庭園，喃喃自語。

「所以武藏他才會……」

「嗯，據說小倉藩命令武藏暗中葬送益田時貞的性命。」

「根據潛入小倉藩的『草』回報，確實是這樣沒錯。」

「嗯。」

「這一整件事，會不會跟松平大人有關呢？」

「這倒是還不能下定論。只不過，這件事除了證明那顆益田時貞的項上人頭是假的之外，背後似乎還另有隱情呢。」

「會是什麼樣的隱情呢？」

「目前還不知道。」男人的語氣突然變得嚴肅了起來。

他伸出左手，將酒倒入杯中，把杯子拿到嘴邊。

呼……他輕吐了一口氣，像是在嘆息。

「『聖母瑪利亞』神像雖說是摔壞了，但我總覺得這裡頭似乎還有什麼文章。」

「如果這裡頭還藏有什麼玄機，您認為武藏了解多少？」

「這個嘛……如果你想知道的話，直接去問他本人不就好了？」

「別開玩笑了！這世上還沒有人知道我們柳生一族已經為這件事動起來了。」

郎中說完，男人忍不住又發出了低沉的笑聲。

「請問接下來有什麼指示？」郎中問道。

「這個嘛……」男人慢條斯理地坐起上半身，把身子轉向郎中的方向，盤腿坐在緣廊上。

那是一個皮膚黝黑，看上去大約三十出頭的男人，男人的右眼似乎看不見，因為那上頭有一條深深的刀疤，所以他用左眼凝視著郎中。

「去調查一下武藏去有田屋到底打算幹什麼。」

「不用繼續追查益田時貞的下落嗎？」

「那邊我會派萩去處理。玉蕈……你只要負責盯好武藏就行了。」男人說完，露出潔白的牙齒，微微一笑。

「遵命，十兵衛大人。」

被喚作玉蕈的郎中把雙手貼在地板上，畢恭畢敬地低下頭去。

㊸老中是江戶幕府時代的官職名，負責統領全國政務。

凶魔襲來篇

序章

1

「今晚陪陪我吧？」

聽到祥雲的邀請時，壽泉心裡一跳，腦海中浮現出「又來了……」這個念頭。

該不會又要叫他吃那個了吧？

壽泉腦海中浮現的那個，是狗肉。

這麼說來，昨天中午他的確看到祥雲把繩子套在一隻紅皮狗的脖子上，再將牠牽到寺廟後面去了。

就是那隻狗嗎……壽泉試圖從記憶中探求那個片段。

那是一隻瘦骨嶙峋的狗，尾巴夾在自己的兩條腿之間，眼睛裡充滿惶惶不安，在杉林裡被祥雲牽著走。

這次要吃那隻狗嗎？

雖然也可以裝病推託，不過這招對祥雲是沒用的，因為祥雲有一眼就看穿人在說謊的本事。

壽泉曾經親眼目睹祥雲屠宰狗的場面。

雖然祥雲有時候也會下毒，但是大部分的情況都是採用撲殺的方式。

所謂撲殺，其實就是將狗痛毆致死。

壽泉親眼目睹過好幾次祥雲殺狗的畫面。

有時候他只會瞄準被繩子綁住的狗頭，一擊斃命；有時候會刻意把狗的脊椎骨整個打碎，凌虐至死。

「嗯……」祥雲總是煞有介事地欣賞著狗血流不止、全身痙攣的模樣。

為了撲殺狗，祥雲隨身都帶著棍子，一根三尺半左右的橡木棍。

握柄的地方頂多只有小孩子的手腕那麼粗，但靠近前端、用來敲碎狗頭的那個部分，卻將近有大人的手腕那麼粗。

為了防滑，祥雲還在握柄的地方故意加入了刻痕，不僅如此，還細心裹上一層麻布。

壽泉也曾拿過那根棍子。

它比外表看起來還要沉很多，差不多是其他形狀相近的橡木棍子的三倍重。

「為什麼會這麼重呢？」

當壽泉提出心中的疑問時，祥雲以非常認真嚴肅的表情回答：「因為這根棍子原本是現在的三倍粗。」也就是說，是祥雲每天用大石頭壓它，才把它壓成現在的大小。

「花了整整三年呢！」祥雲驕傲地說道，他把棍子拿在右手裡，滿意地揮了揮。「一般的刀子可砍不斷這根鬼王丸喔！」

祥雲看起來明明完全沒有用力，棍子卻在空氣中劃出咻咻颯響。

「鬼王丸」是祥雲為這根棍子取的名字。

鬼王丸吸收了狗的血液和脂肪，變得油亮油亮的，閃爍著黝黑的光芒。看起來好像真的連鬼都可以一棒打死。

用那根棍子重擊狗的腦袋，只要一下，就可以把狗的腦袋敲碎，敲到第三下，狗頭就會變成軟綿綿的豆腐腦了。

「你摸摸看。」

有一次，祥雲要壽泉用手指摸摸剛被他三棍敲碎的狗頭。

壽泉伸手一摸，指尖碰到的地方馬上凹陷下去，感覺上就像是狗皮裡包著一團豆腐腦似的。

祥雲可以不在狗的頭部留下外傷，就將狗撲殺。

要從哪個地方？怎麼敲下去？以什麼程度的力道？狗會死成什麼樣子？關於這些，祥雲知之甚詳。

只不過，有時候他也會失誤，無法讓狗呈現他要的死狀。像這種時候，祥雲就會再去抓別的狗過來，以相同的方式撲殺，不斷反覆試到他心滿意足為止。

有時候，他會把狗放到山裡，加以追擊撲殺。

狗的運動神經比人類強上太多了，不管是跑步的速度，還是左右變換方向時的敏捷程度，都是人類難以望其項背的。

可是祥雲卻可以大氣也不喘一下就追到這些狗，並加以撲殺。

還有些時候，他會活生生把狗的肚子剖開，眼睛眨也不眨地欣賞那隻狗臨死之前的樣子。

肚子被刀切開內臟還未受損的狗，會一面發出吠叫聲，一面站起來，拔腿就跑。

只不過跑沒幾步，內臟就會從肚子裡掉出來，滾落一地。

狗會踩在自己粉紅色的內臟上跑個兩步，之後就會倒地斷氣。

祥雲會一直凝視這樣的過程。

有時候，他會把狗按在地板上，讓牠四腳朝天，然後把狗的肚子剖開，把狗的心臟、肝臟……等各式各樣的臟器一個一個拿出來，或者是破壞那些臟器，欣賞狗垂死掙扎的樣子。

祥雲總是以再認真不過的表情做那些事。

他很少露出笑容，是一個非常詭異的和尚。

祥雲在寺廟後面的森林裡自己搭了一間草庵，住在裡面。

草庵裡還挖了一個地爐，吃喝拉撒睡全都在裡面解決。再進去還有一個房間，供奉著他自己用木頭雕成的大日如來像㊹。

祥雲將那座草庵稱為外法寺。雖然玄覺寺裡本來就還有另一座廟，但也沒有正式的名稱。所以是祥雲自己把那座草庵稱之為外法寺的。

玄覺寺為什麼會縱容祥雲這麼做呢？

那是因為祥雲具有一種奇妙的能力，所以自高山城的第一代城主金森長近以來，金森家歷代的城主都對祥雲寵信有加。

祥雲會預言。他的預言，十之八九都會成真。

舉例來說，有一次他突然對城主說：「今年夏天的雨量會減少喔！要不要趁現在增加蓄水池的數量，好以備不時之需呢……」

結果，那年夏天的雨量確實減少了，甚至還引起大旱。

只有飛驒國因為祥雲的預言，順利躲過那一場天災。

又有一次，金森家有個女人病倒了，找過醫生來看，依舊藥石罔效，只能束手無策地坐以待斃，最後只好把祥雲召來。

只見祥雲把手放在患者身上的幾個部位之後說：「啊哈哈！她只是子宮裡長了點東西罷了。」說完，祥雲便把針扎在患者身上的幾個部位，患者只覺得身體一麻，就再也不能動了。

祥雲接著拿出隨身攜帶的小刀，放在火上烤，再用小刀把患者的肚子切開，三兩下就把患者

㊹釋迦牟尼佛的別稱。

的子宮給取出來，最後用據說是以昆蟲的腸子做成的線把患者肚子上的傷口縫合。

患者從頭到尾都沒有喊過一聲痛。

「這樣她大概還有四成的機會可以活到一百歲吧……」

祥雲說的存活機率或死亡機率都很準確。

再舉一個例子：有一次，城裡突然衝進一頭鹿。這頭鹿是打哪兒來的呢？

有人用弓箭把鹿射死，剖開鹿的肚子一看，鹿的胃裡居然還藏著一封信，信上寫著：

請停止明天的獵鷹活動，因爲會有危險。祥雲

像這種時候如果還硬是要出去打獵的話，肯定會發生有人摔馬骨折死掉之類的慘事，如果不去的話就什麼事也沒有。

諸如此類的事情層出不窮地發生。

因此，金森家雖然也覺得祥雲這個來路不明的和尚有點怪怪的，但還是待他如上賓。

這個祥雲，原本並不是玄覺寺的和尚……不對，嚴格說來，他現在也不是玄覺寺的和尚。

七年前的某一天，當時做山伏㊺打扮的祥雲突然來到玄覺寺，開始在玄覺寺的後山裡落戶。

他似乎精通藥王菩薩神咒、孔雀明王咒等真言，也就是所謂的咒語。

當時他一面誦唸著那類咒語，一面在玄覺寺附近的山林裡徘徊了好一陣子。

就在玄覺寺裡的和尚們開始談論起祥雲這個人的時候，祥雲主動找上門來，拜會了廟裡的住持寒水，提出一個要求：「可以讓我住在貴寺的後山裡嗎……」

祥雲的身高大約有五尺八寸多，重量應該落在三十貫前後吧！以現在的度量衡來說，相當於

身高一百七十六公分、體重一百零二公斤左右。

即使以當時的標準來說，祥雲顯然也十分高大，而且過於肥胖。

不僅脖子上的肉都被他擠出雙下巴來，從他身上緊繃的衣服似乎也可以想像得到他胸部和肚子上的贅肉因過重而臃腫下垂的樣子。

眼珠子濁濁黃黃的。

他一身肥肉，嘴唇倒算是薄，所以在他說話的時候，還可以隱隱約約看見他的雙唇間那宛如生物般蠕動的舌頭。

但是祥雲的聲音裡卻充滿了不可思議的說服力。

「為什麼想住在這裡？」

當寒水問他理由，他只是故弄玄虛地回答：「因為這裡的地氣感覺上還不賴。」

「地氣？」寒水不解地回問。

「是的，也可以說是大地特有的氣場。這一帶彌漫著一股鍾靈毓秀之氣，所以我想在這個地方修行一陣子……」祥雲解釋完，從懷裡取出一個小包。「有點小東西想請您笑納，作為謝禮。」

寒水把那包東西打開來一看。「這不是金砂嗎？」

「希望您能收下這個，答應我的請求。」

「你是希望敝寺收你入門為僧嗎？」

「這倒不必，小人自有一套修行的方法。只不過，在各式各樣的修行過程中，也有一些作法可能會玷污貴寺的清譽，所以還是讓我一個人在寺外自行修鍊就好了。」

㊺指住在山裡修行的僧侶。

祥雲的態度非常落落大方，說話的語氣也很誠懇穩重，看起來並不像個壞人。

「例如什麼樣的作法呢？」

「像是利用狗的作法。」

「什麼？利用狗？」

「是的。」

「要怎麼做？」

「關於詳細作法，請恕在下無法相告，如果您有興趣的話，遲早會明白的。」

祥雲不肯告訴寒水他要利用狗來做些什麼。

「雖然我不能答應你，但是我也沒有權利阻止你住在這裡。」寒水說道。

言下之意就是隨便他了。

看樣子，寒水打的如意算盤是——只要那個「好」字沒有說出口，日後萬一真的發生什麼事，也有藉口可以把祥雲趕出去。

「那麼就這麼說定了。」祥雲朝寒水點頭致意，轉身便離開了玄覺寺。

一開始，祥雲在玄覺寺的後山裡蓋了一間簡陋的小屋。他先住在那裡，一面上山砍樹，然後拜託村民幫他把木材運來，過了三個月就蓋好現在這間小屋了。

他還利用竹子山上的清水接到自家門前，再用水桶把水貯起來。

一個和尚滿臉驚慌衝到寒水面前報告祥雲之事，是在他落腳一年後的事了。

在那個時候，玄覺寺眾人幾乎都已經忘了祥雲這個人。

有時候，就算有哪個和尚在山上看到祥雲，頂多也只會有「喔，他還在啊！」的感想，幾乎不會特別注意到他的存在。

不知道祥雲是靠什麼生活的，但是偶爾會看到他下山來，似乎是到村子裡採買一些米啊鹽啊味噌什麼的。另一方面，似乎也開始有一些村子裡的人會帶著米去拜訪祥雲。

祥雲好像在自家後院開墾出一塊小小的菜園，他自己吃的蔬菜應該是從那塊菜園裡採收的。

有人說祥雲到村子裡是去幫人算命，或者是進行一些簡單的驅邪除魔儀式，以換取一些米和碎銀之類的，不過這對玄覺寺來說，並沒有構成任何困擾。

那個和尚滿臉驚慌衝到寒水面前告狀一事，大概就發生在祥雲開始出入村落的時候。

「出大事情了！」那個和尚說道。

「什麼大事情？」寒水問道。

「就是、就是那個祥雲啦！」

「祥雲他怎麼樣了？」

「那傢伙把狗……」

「把狗怎麼樣了？」

「他把狗殺了，把肉吃掉就算了，還把狗的屍骨掛在家門前。」

「什麼?!」

就是這麼回事。

原來那個和尚進入玄覺寺後面的森林裡時，突然聽到某種生物的叫聲。不知道是人類還是動物發出來的，但肯定不是尋常的聲音。以人類的聲音來比喻的話，就像是遭受攻擊時的垂死號叫。

聲音只響了一次。這時，和尚突然想起自己好像聽過一個傳言——

「後山裡有時候會傳來野獸的叫聲……」

難道就是這個聲音嗎？

於是和尚進入後山，打算一探究竟。

在後山的森林裡已經被踩出一條羊腸小徑了，它通往祥雲住的那間小屋。

和尚沿著那條兩旁雜草叢生的羊腸小徑往前走，沒多久就看到祥雲的小屋。

走到小屋前一看，和尚驚叫出聲。

身穿工作服的祥雲正在家門口肢解一具狗的屍體，草地上還有剛剝下來的狗皮。

皮完全被剝掉，露出白色脂肪層的狗屍就躺在那塊狗皮的旁邊。

狗屍旁邊有一大坨還在冒著蒸氣的內臟。

祥雲蹲在地上，正要用開山刀把狗腿從狗的屍身上卸下來。

不僅如此，掛在屋簷上的東西……全都是狗的屍體！

不只十具、二十具，至少有五十具……不對，恐怕有一百具那麼多。

有些狗的屍體還軟綿綿地垂著一條腿。

有些只剩下皮，有些只剩下骨頭，還有一些是皮被剝掉了，只剩下裡面的肉。

有些還很新，有些已經很舊了。有些已經腐爛，散發出惡臭。

有些爬滿了蛆，蛆太多還從屍體上掉落下來。

蒼蠅拍動著翅膀，在那些屍體周圍飛來飛去。

和尚看得目瞪口呆，連聲音都發不出來。就在這個時候，祥雲抬起頭來看著他。

「怎麼樣？你要不要也嚐嚐看？」

祥雲一面問，一面用開山刀從身旁的內臟裡割下一小塊肝臟，拿到那個和尚的面前。

「你這是在做什麼……」和尚好不容易找回自己的聲音。

「你不吃嗎？」祥雲似乎覺得自討沒趣，就把那塊活生生、血淋淋的肝臟送進自己嘴巴裡。

祥雲鮮紅的舌頭在口腔裡捲住那塊還閃著黑褐色光芒的肝臟，發出聲音咀嚼著。
和尚嚇得說不出話來，只能瞠目結舌地傻站在那裡。
等他回過神來，已經下山回到玄覺寺了。
和尚把他剛才所看到的事，全都一五一十向寒水稟報。
寒水連忙帶著那個和尚，前往祥雲的小屋。為了以防萬一，還有幾個武僧隨行。
到了小屋前一看，果然就像那個和尚所說的一樣，屋簷下掛著狗的屍體，而祥雲正在小屋前的大鍋裡烹煮著狗肉。
「你到底知不知道自己在做什麼？」寒水質問著祥雲。
「這就是我修鍊的方式，請無須介懷。」
「你說這也算修鍊？」
「我不是早告訴過你要用到狗了嗎？」
「你是有說過，但你可沒告訴我是這種用法！」
「那還真是對不住啊！」
「那時我要是知道你所謂用狗修鍊的方法是這樣的話……」
「你就不會答應讓我住下來了嗎？」
「我可不記得我有答應過你什麼。」這時，祥雲的唇畔第一次浮現出一抹微微的笑意。
「是這樣的嗎？可我怎麼記得當時寒水大師的確是收了在下的金砂，既然您收了在下的金砂，就表示在下與寒水大師之間產生了某種因緣呢！」
「什麼?!」
「不管是口頭上的約定，還是透過物品所締結的共識，寒水大師與小人之間都已經因為那一袋金砂而產生了某種因緣，這種因緣可不能等閒視之啊。我想身為真言寺住持的您，應該不會連這代表什麼也不知道吧？」

寒水擠不出話來回應。

「這到底是一種什麼樣的修鍊方法？」無話可說的寒水只好反問祥雲。

「這是一種稱為萬匹殺生的方法。」

「萬匹殺生？」

「是的。這是藉由殺掉一萬匹某種生物，並吃光牠們來跟神明訂契約，以實現自己願望的方法。」

「什麼……」

「蟲也好，蛇也罷，狗也行……」祥雲說到這裡，突然壓低了音量。「……就算是人，只要殺一萬個也會有同樣的效果喔……不對，蛇的效果會比蟲好，狗的效果會比蛇好，人的效果又會比狗好……以此類推。」

「這是什麼邪門歪道！」寒水不屑地啐了一口。

「您說得沒錯。」祥雲只是平靜地點點頭，然後深深地一鞠躬。「這的確是邪門歪道。」

「你口中的神明是何方神聖？」

「表面上……是掌管天地萬法的大日如來，實際上嘛……」

「說！」

「我們所崇拜的神，其實是夙神……」

「什麼?!」寒水的聲音驀地拔高了八度。「所謂的夙神……指的不就是宿神——後戶之神嗎？」

「正式的名稱是摩多羅神。」
「唔！」
「傳說叡山過去曾把摩多羅神當成後戶之神供奉在常行堂裡，修鍊法術，所以實在不需要那麼驚訝吧？」
「可是我聽說叡山的摩多羅神早就被吉法師親手消滅掉了……」吉法師是織田信長的乳名。
「又不是只有叡山才能供奉後戶之神。」
「所以你供奉著那種神，許下萬匹殺生的心願？」
「我沒有回答這個問題的必要。」
「快說！」
「我不能說。」
「你要是不說的話……」
「您就要以武力來逼我就範嗎？還是要用真言的咒術來懲治我呢？如果我是您，已經收了對方的砂金，與對方結下因緣的話，才不會傻到在還沒有跟對方結清因緣的情況下，就和他開咒術大戰呢！」
「你是在威脅我嗎？」
「我可沒有這個意思呢！哎呀！已經煮好了呢！寒水大師，您吃完狗肉之後就回去吧！」
「誰要吃你這種用來修鍊旁門左道的狗肉！」寒水強硬地回了祥雲一句，轉身就要走。
「我先回去了，但你可不要以為這件事就這樣算了。」寒水丟下這句話，走出小屋。
祥雲對著他的背影冷冷補上一句：「如果您不想變成琵琶手的話，回去的時候請一定要小心走好啊！要是眼睛或哪裡受了傷，以後可就麻煩囉！」

寒水快步沿著來時的羊腸小徑往回走，走進玄覺寺的後院時，突然往前撲倒了。

他先是發出「啊」一聲往前倒，在雙手撐住地面的時候，發出了更令人毛骨悚然的尖叫聲。

他雙手捂臉，滾倒在旁邊的草叢裡。鮮血從他雙手的縫隙之間泉湧而出。

「您怎麼了？」

「寒水大師！」

僧眾們全都圍攏上來，把寒水扶起來。

寒水這才鬆開雙手。僧眾們全都不約而同地發出驚叫聲，不約而同地把臉別開。

因有根折斷的樹枝正不偏不倚地插進寒水的左眼球裡。

顯然，寒水剛才跌倒的時候，撐住地面的手不慎讓掉在地上的樹枝立了起來，樹枝才插進自己的眼球裡。

2

壽泉常常回想起當時那一幕，如果自己沒把祥雲殺狗，並把狗屍吊在屋簷上的事情告訴寒水，寒水那隻眼睛或許就不會瞎掉了。

就算自己那個時候放著不管，之後也一定還會有別人去告訴寒水的。

多嘴的結果就是害自己被祥雲盯上了，壽泉怕祥雲怕得不得了。

「如果您不想變成琵琶手的話……」當時祥雲的確是這麼說的。

後來冷靜下來仔細想想，那句話的意思不就是要把寒水當成祭品獻給後戶之神嗎？

後戶之神就是俗稱的宿神之一，而彈奏琵琶的盲僧集團供奉的宿神叫十宮神。除此之外還有守宮神、守久神、主空神等各種名稱的宿神，但是這些其實指的都是同一個神，也就是摩多羅神。

所以祥雲表面上說寒水兩隻眼睛將會失明，實際上是要他變成彈琵琶的盲僧，終生侍奉摩多羅神。

一想到這層意思，一把冷汗就沿著背脊滾滾流下。

當壽泉回到玄覺寺為寒水治療眼睛的時候，城裡突然來了一個使者。

「聽說這座廟裡有個叫作祥雲的和尚。」使者用的語氣很肯定，並沒有疑問。

原來是城主的孩子生病了，而且是撐過今天還不知道有沒有明天的重病。

這時，有個人跑去跟城主說玄覺寺裡有個叫祥雲的和尚，村子裡如果有人生病了，他都可以馬上治好。

聽聞此事後，城主馬上下令，命人把祥雲帶回城裡。

「我就是。」結果答話的是不知道何時突然冒出來的祥雲本人。

祥雲就這樣被帶進城裡，十天後才回來，而且還順利地治好了城主孩子的病。

從那個時候開始，大家便心照不宣地認定祥雲是玄覺寺的和尚，寺內的人再也沒有辦法再把他趕出去了。

從此之後，祥雲便在玄覺寺的後山落戶，至今已有七年之久。

儘管如此，僧眾當中還是有人主張要把祥雲趕出去。但不管是設計陷害他，還是用武力強加驅逐，計畫者都會在將要成功之際發生意外或受重傷，有人甚至還因此送了性命。

有的是被剛燒開的熱水燙傷，有的是在吃飯的時候，突然咬著筷子站起來，結果莫名其妙地跌倒，讓筷子插進喉嚨裡送了命。

雖然死傷程度各有不同，但無論是死者還是傷者都有一個共通點，那就是曾經參與驅逐祥雲的計畫。

這種情況大約持續了一年半左右，終於沒有人敢再去動祥雲的歪腦筋。對於廟裡的僧眾來說，再也沒有比跟祥雲扯上關係更恐怖的事了。

就算是祥雲主動開口也一樣。

因為一旦回答，彼此之間就產生了聯繫。彼此之間一旦產生了聯繫，祥雲就可以透過這個因緣對自己施咒。

但是如果聽到祥雲在跟自己說話，卻故意假裝沒聽見的話，反而會種下更深的因緣。如果是真的沒聽到，所以沒回答的話也就算了，但明明有聽見卻故意不回答的話，後果會比回答還嚴重。

所以當祥雲叫壽泉去吃狗肉的時候，他也只能乖乖就範。

問題是，壽泉根本一點也不想去，偏偏不去又不行。

為什麼自己會遇到這種事呢？壽泉不禁詛咒起自己的命運。

為什麼這個男人哪裡不好去，偏偏要到玄覺寺來呢……

壽泉當時還不知道原因。

第一章 鬼女

1

好熱。身體裡像有一把火在燒似的。火焰宛如糾纏不休的黏液，緊緊包覆著他的骨和肉。那把火焰的中心似乎位在兩腿之間、腰椎深處。

他作了一個淫人妻女的春夢。對方是武家的女兒，而且是負責守城的武士之妻。

他趁一個月黑風高、武士不在家的夜晚，偷偷溜進對方的家裡，侵犯睡夢中的武士妻子。

不對，正確地說，是那個女人勾引他的。

沒錯，是那個女人主動告訴他，那天晚上她丈夫不會在家的。

他本來是要去報告某件事。至於到底是什麼事情，他也忘了，反正是在夢裡，是什麼事都不重要。總而言之，他似乎是為了某個任務才進入那間屋子裡，準備向武士報告他調查到的一些情報。

結果是武士的女人出來招呼他，說是她丈夫有點急事被城主叫去城裡，今天晚上不會回來了。

正當他想要打道回府的時候，女人叫他喝了茶再走。於是他便喝了茶。

就在他喝茶的時候，女人一直發出令人血脈僨張的妖豔嘆息聲，彷彿心中有把慾火難以排遣似的，還以一種非常迷離的眼神盯著他看。

「看來今晚會是一個寂寞難耐的夜晚了。」她說話的聲音很大，分明是故意講給他聽的。

她一直是個玉潔冰清、心高氣傲的女子。

他從以前就很想把這種心高氣傲的女人壓在床上，盡情蹂躪她，直到她在他面前再也端不起架子來為止，他想知道那是什麼滋味。

因此，他下定決心，在當夜偷偷溜進她的閨房裡。

他果然盡情蹂躪了那個女人，他玩到她差點死在床上，玩到她向他哀哀求饒——

「饒了我吧！我快不行了。」

即使如此，他還是不肯放過這個女人。

他反覆在這個女人的體內射精，就連她的嘴裡和臉上，也全都是他的精液。

即使如此，他的慾望還是不曾消退。

身體好熱。

然後……然後，他就醒來了。然後他就知道那只是一場春夢。

問題是，殘留在體內的熱度並不是夢。

發生什麼事了？

他想要翻身，卻發現自己動彈不得。

怎麼回事？

這時他才發現自己似乎還在半夢半醒之間。太奇怪了。

如果是平常的他，平日累積的修為應該會讓他的意識在張開眼睛的瞬間就清醒過來才對。

對了，原來是眼睛還沒有睜開。他慢慢把眼睛睜開……

有一張女人的臉正從他頭上俯瞰著他。

火光在女人的臉上跳躍著，耳邊傳來柴木燃燒的聲音。

再往更高的地方看去，可以朦朦朧朧地看見類似天花板的東西。

這裡是哪裡？

不知道。手不聽使喚，腳也不聽使喚。

這時，玉蕈終於發現自己正仰躺在地上，全身上下一絲不掛。看樣子，他之所以會呈現這種姿勢，是因為地上打了四根樁子，而他的雙手雙腳都被綁在那四根樁子上。

「你好像醒來了呢！」女人開口。

那是一個皮膚很蒼白的美女，玉蕈好像在哪裡見過這個女人。

想起來了，他白天的時候才在茶店裡見過這個女人。她的年紀大約落在二十四歲上下吧。

對了，那個時候玉蕈還跟這個女人說過話呢。

「您是不是在賣藥？」是女人主動開口跟他說話的。

「呃……是的。」

聽見玉蕈這麼回答，女人馬上又問：「有沒有什麼好的藥呢？」女人說她拉肚子，問他有沒有立即見效的藥。

還說她從京都出發，正要前往妻籠㊻。對了，她還說她跟一個男人一起。

她說她離鄉背井來到京都的大商號裡工作，後來輾轉接到母親病死的消息，所以正打算要回鄉奔喪。和她一起回去的，正是三年前和她在京都成親的丈夫。

總之，玉蕈把藥賣給那個女人，然後離開茶店。

為什麼要離開呢？啊……對了，是為了要追查武藏的下落，所以玉蕈其實是在趕路。

他以為自己的腳程很快，沒想到過沒多久就被那個女人和她的丈夫追上了。

那對夫婦從背後叫住玉蕈，玉蕈回頭一看，果然是那個女人和她的丈夫。

㊻中仙道上第四十二個驛站。現在的長野縣木曾郡南木曾町。位於蘭川的東岸。

「郎中先生，還好我們追上你了。」女人說道。「剛才的藥材錢好像少給了你一點……」女人邊說、邊把手給伸了出來。

咦?!他剛才明明已經收了足額的藥材錢了呀。

儘管如此，玉蕈受到女人伸手的動作牽引，也情不自禁地伸出自己的手。

就在女人把碎銀子放在他的掌心上時——

掌心突然傳來一陣劇痛，好像被針之類的東西扎了一下。

玉蕈馬上跳起來！「妳、妳幹什麼？」他的話只說到這裡。

在那之後，玉蕈的舌頭開始不聽使喚，一股強烈的睡意朝他襲來。玉蕈跪倒在地。

「哎呀！你怎麼啦？」

那對夫婦就站在玉蕈兩旁，支撐住他的身體，讓他不至於跌倒在地。

中計了！當玉蕈發現自己遭到暗算的時候，強烈的睡意也同時讓他失去了意識。

2

女人跨在玉蕈的身體上，陰部柔軟地包覆著玉蕈堅硬的陽具。

女人的陰部很有彈性，帶著火熱的溫度，輕輕在玉蕈的下體收縮。

那是一個頭髮很長的女人。炯炯有神的狹長貓瞳裡，燃燒著一把熊熊的慾火，閃爍著妖豔的光芒。

女人原本束起的長髮四散開來，披在她雪白的肌膚上，幾乎遮住了她的胸部。

強烈的慾望盈滿了玉蕈的每一個細胞，使他發出不知道是悲鳴還是驚嘆的輕聲呻吟。

「這、這到底是……怎麼一回事……」

女人發出不以為然的低笑聲。「郎中先生，再裝下去就不像囉……」

女人用鼻子哼了一口氣，慢條斯理地扭動身子，為玉蕈的慾望火上加油。

光是那慢條斯理地扭腰擺臀，幾乎就要把玉蕈送到高潮的顛峰了。

玉蕈差點就要發出享受的呻吟聲。

該怎麼說呢？女人陰部每一條肌肉彷彿都有獨立意識似的，它們巧妙在玉蕈陽具的每一個點上施以不同的刺激。光是這樣，快感就已經夠猛烈了，玉蕈還食髓知味地扭動著自己的腰，懇求女人再擺動得激烈一點。

他甚至像女人一樣發出嬌吟。

他約略知道自己似乎身在一個類似倉庫的地方。

應該是刺在他手上的那根針事先塗有蒙汗藥，他昏倒後才被抬到這兒來的。是那個藥的關係，快感才這麼強烈嗎？

從對方設計自己的手法來看，這女人絕不是普通人。

對了，他想起來了，應該還有一個男人才對。是一個眼睛很大的男人。跑到哪裡去了？

他想回頭搜尋那個男人的身影，沒想到女人把腰使勁一扭，讓他高高抬起下巴。

「說吧！郎中先生，你叫什麼名字啊？」

「彌、彌兵衛……」玉蕈說道。「我是京都……三條大路上的桔梗屋……」

玉蕈才說到這裡，女人便用力頂了一下自己的臀部。

「喔喔喔！」玉蕈扭動著臀部，發出極樂的號叫聲。

「我不是在問你這個！我早就知道你是柳生的忍者了，我要知道的是你真正的名字。柳生的忍者為什麼會到這個地方來？」

「什、什麼柳生？我不知道妳在說什麼……」

「好吧，我就讓你招出來。」女人才說到一半，就再度用力頂了一下自己的腰。

玉蕈又高聲發出號叫。堅挺的陽具濕淋淋地泛著水光，一寸一寸沒入女人的陰部裡。

明明只是這麼一點輕微的刺激，玉蕈就拚命扭動著自己的腰，幾乎都快把屁股的皮給擦破了。

「唔哇哇哇！」玉蕈瞪大眼睛，張開嘴巴，把脖子仰了起來。

脖子上的青筋都浮出來，陽具深深埋入那女人體內了，可是那女人卻一動也不動。

儘管如此，女人陰部裡的肌肉似乎在看不到的地方動作著。強烈的快感朝玉蕈襲來。

玉蕈雖然想要戰勝這股快感，但是在他體內如野火燎原般的快感顯然遠遠勝過他的意志力。

「為、為什麼到不了?!」玉蕈用力擠出宛如呻吟般的聲音。

玉蕈的肉體所承受的快感比他這一輩子所經歷過的快感都還要來得刺激好幾倍。

「還沒呢……」女人繼續擺腰。

玉蕈的眼珠子都快要從眼眶裡蹦出來了，臉上也開始浮現出咬緊牙關、承受苦痛的表情。

女人一面扭動渾圓飽滿的白皙臀部，一面往前趴。

髮絲散落在玉蕈的身體上，尖挺的乳房頂著玉蕈的胸部。

女人把嘴唇貼在玉蕈的耳朵上，輕聲呢喃：「我會讓你瘋掉……」然後把舌頭伸進玉蕈的耳朵裡。

玉蕈咬得死緊的齒縫鬆開了，他把一直憋在胸口的那口氣吐了出來。

女人的上半身和臀部開始扭動。

玉蕈張開嘴巴，想要吸進新鮮的空氣，但是這股突如其來的快感實在太強烈了，他的肺部根本吸不到空氣。

「妳、妳居然、居然可以……」玉蕈奮力擠壓出殘存在肺部裡的空氣來說話。「居然可以讓人類的身體……」

他大概是想說「讓人類的身體體驗到這種極樂的快感」，可是玉蕈肺部裡的空氣已經見底了，他大聲地喘著氣。

就在這個時候——

女人的長髮開始動了起來，她的每一根頭髮似乎都有各自的意識，宛如小蛇般攀爬上玉蕈的脖子、耳朵、小腹和雙腿之間……就連屁眼也不放過。

「喔喔喔喔哇哇哇哇！」玉蕈發出撕心裂肺的慘叫聲。

聲音之淒厲，不禁讓人懷疑他的嗓子能不能負荷。

「想要去了嗎？」女人貼著玉蕈的耳垂輕聲呢喃：「你想在我的身體裡盡情地射精，對吧……」

玉蕈點頭點得脖子都要斷了。

「那就告訴我，你叫什麼名字？」

「玉、玉蕈……」

「你們那幫人的主子叫什麼？快給我招來！」

「柳、柳……」

「叫柳生對吧？」

「對、對的。」

「你的主子就是柳生十兵衛三嚴，對吧？」

玉蕈就像點頭娃娃似的拚命點頭。

「柳生的人為什麼會到這個地方來？」

「那、那是因為……」

「柳生的目的是什麼？」

「武、武藏……」

「武藏？」

「宮本武藏。」

「你是說那個在舟島打敗巖流的武藏嗎？」

「是、是的……」

「柳生找武藏做什麼？」

「武藏在追一個男人……那個男人……他……」

「那個男人怎樣？」

「那個男人就是益田……益田時貞……」

「什麼?!」

正當女人想要繼續問下去的時候，玉蕈口中突然發出喀吱一聲。原來他咬舌自盡了。

剎那間，從玉蕈的嘴巴裡噴出大量濕滑黏膩的液體，濺射到跨坐在他身上的女人頸部。

「可惡！這男人居然咬舌自盡了……」

女人正要從玉蕈身上爬起來的時候，突然有個東西和著血花從他的口中飛向女人的臉……不對，是飛向女人的嘴裡。

就在那個東西快要衝進女人的口中時——

唰！女人的頭髮一動，在半空中捲住那個東西。

女人把那個東西放在掌心裡。是一顆臼齒假牙。

仔細一看，那顆假牙已經破掉了，裡面流出深咖啡色的液體。

女人把那液體湊近鼻子一聞，喃喃自語：「是烏頭屬㊼的毒嗎？」

玉蕈的嘴唇微微地動了一下：「失敗了嗎……」這似乎也是他此生最後的一句話。

玉蕈的身體在女人的身體下抖動著，因為他自己也服下了烏頭屬的毒。

玉蕈原本抱著必死的決心，要跟這個女人同歸於盡。

他的臉上開始浮現出痛苦的神情，嘴裡吐出被他咬掉一半的舌頭和大量的血液。

「你要死了對吧？你要死了對吧?!」女人居高臨下地俯瞰著玉蕈。

聲音一句比一句問得高亢激昂，眼睛裡浮現出喜悅的光芒，她開始劇烈扭動起臀部來。

「你要死了對吧？你要死了對吧?!」女人的叫聲愈來愈瘋狂。

玉蕈原本因痛苦而扭曲的表情突然轉變成欣喜若狂的神色。

女人的律動愈來愈激烈，玉蕈也激烈地扭動著身體，到底是因為痛苦？還是因為快樂呢？抑或是兩者皆有呢？

總之，玉蕈在女人的引領下，急速攀升至極樂的顛峰，他的喉嚨發出宛如野獸一般的嘶吼，隨後把咬斷的舌頭和鮮血全都吐在女人雪白的腹部上。

同時，女人也用力仰起雪白的頸項，發出尖銳的嘶喊聲。

轉瞬之後——女人慢條斯理地從玉蕈的屍體上站起來，右手探向自己的私處，用那玉蔥般的

㊼烏頭屬是重要的藥用植物，其毒性主要來自烏頭鹼。在藥學中主要使用烏頭的根，毒性非常高。

纖纖細指，從沾滿了鮮血和體液的兩腿之間取出一個肉塊。
那是玉蕈的男根。
「姬夜叉……」黑暗中傳來一個嗓音。
「半助。」姬夜叉輕聲回應。
「如果哪一天我真的要死了，也想和妳的兄長——變戲法的藤次一樣，嘗嘗和妳交媾的滋味再死呢！」
變戲法的藤次就是為了搶奪萬源九郎頭上的那根髮簪，被牡丹砍下左手，又被源九郎砍下右手的那個男人。
失血過多，自知死期不遠的藤次，提出了和自己的妹妹姬夜叉交媾的願望，最後在過程中死去。
「妳聽清楚那個玉蕈臨死前說的話了嗎？」半助壓低了聲音問她。
「他說柳生在追查武藏。」姬夜叉回答。
「而武藏在追查的是？」
「益田時貞。」
當姬夜叉從口中吐出這個名字的時候，鼯鼠的半助從黑暗的最深處慢條斯理地走向火光照得到的地方。
半助的右眼上有一道怵目驚心的刀疤。
那是在伊吹山裡被霧隱才藏暗算後留下的傷痕。
「也就是說，原本應該已經死在島原之亂的那個男人……或許還活著也說不定。」
半助凝望著玉蕈的屍體，以低沉的聲音喃喃自語。

3

潺潺的流水聲不絕於耳，響徹整個空間。隨著夜色愈來愈深，那流水聲似乎也漸漸減弱了。

這間小屋是給河裡捕魚的漁夫在白天使用的地方，漁夫偶爾也會在這裡過夜，不過他還是有自己的家。一到晚上，漁夫就會回自家睡覺。

這間小屋只是讓漁夫在白天避雨、遮陽的地方，所以並沒有鋪設地板。

小屋中央有個爐灶，是用河灘上撿回來的石頭堆成的，可以用來煮些簡單的食物。

地上四散著好幾只缺了一角的陶碗。

破破爛爛的魚網從小屋一隅的天花板上垂掛下來，看起來幾乎已經完全不能用了。

看起來還算牢固的，只有釘在四個角落的柱子，和柱子與柱子間的橫樑。

天花板上就是屋頂了。

屋頂是從各地撿來的腐朽板材隨隨便便拼湊起來的，雖然有打上幾根釘子，但是只要強風一吹，肯定會被吹掉。

為了不讓屋頂被強風吹跑，便在那上頭放了幾顆河灘上的大石頭壓著。

至於牆壁，也不過是在柱子與柱子之間橫向穿過幾根木頭，再用釘子簡單地釘上一些已經腐朽的板材，以及不知道從哪兒弄來的粗糙木板。

入口處沒有門。內側放了兩片木板打入三根木樁製成的簡陋建材，用木棒頂住，就成了門的替代物。

到處都是縫隙，所以外頭的風肆無忌憚地灌進小屋裡。

就連生長在小屋外的知風草、狗尾草、敗醬草等等，也都大模大樣地從那些縫隙長進小屋裡。

還有一些草是直接從小屋內的泥土地上長出來的。
從木板的縫隙裡滲透進來的不只有風和草而已。
就連月光，也像寒光森森的細長利刃一樣，射進那間小屋裡。
爐灶上的火還在明明滅滅地燃燒著。
爐灶旁邊的地上放著一口很大的鍋子，鍋子的底部還殘留著一點尚未完全冷卻的雜煮，似乎是不久前才從灶上拿下來的。
有三個人正在那間小屋裡休息，分別是兩個男人和一個女人。
其中一個男人是個虎背熊腰的彪形大漢。
男人把背靠在柱子上席地而坐，看起來就好像是一頭蹲踞在小屋裡的熊。
從鬆垮垮的褲管裡伸出來的兩條腿盤在一起，小腿上纏著綁腿帶，沒有穿足袋就直接穿了一雙草鞋。
男人的右臂裡抱著一把大劍，那並不是日本人俗稱的刀，而是雙面皆為刀刃的劍。
收在劍鞘裡的大劍插在他盤腿而坐的雙腿間，劍柄的部分則靠在他的右肩上。
男人把那把劍抱在右臂裡，雙手交叉於胸前，閉上眼睛，背靠在柱子上。
配合著男人的呼吸頻率，他那厚實的胸膛也隨之平緩地上下起伏。
男人身上的上衣沒有袖子，看樣子他似乎是徒手把袖子從肩膀的地方扯裂了。
萬源九郎……這是男人的名字。
宛如圓木一般粗壯的手臂就這麼裸露在外，給人一種乾脆俐落的印象。
靠在柱子上的後腦勺是一頭恣意生長的蓬亂頭髮。
如今，源九郎就睡在從入口進來靠左側的柱子旁。

女人則睡在他腳邊的地上。正確地說，女人並不是直接睡在地上，而是睡在代替墊被的草上。

女人的年紀大概只有二十出頭吧。鼻梁十分高挺，柔軟的唇瓣微微張開，露出了雪白的牙齒。

蘭。這是女人的名字。

舞。這也是女人的名字。

當她是蘭的時候，常常會說一些莫名其妙的話，是一個不可思議的神祕女子。

蘭拜託源九郎保護自己，還求他護送她去一個不在日本的地方——唐與天竺的盡頭、歐亞大陸的正中央。

對於她的請求，源九郎只說了一句「聽起來好像很有意思」，就接下了這個委託。

那是蘭與源九郎之間兩個人的約定。

只不過，就連源九郎也搞不清楚，蘭要他護送她去的那個地方究竟在哪裡。

他以為只要到了江戶，一定會有人比他更清楚蘭說的事，知道蘭所指的到底是什麼地方，所以他們現在才會沿著中仙道往江戶去。

舞是豐臣秀賴的女兒。

在大坂城陷落的時候，一個名為月讀、擅長「採精之術」的女人取了秀賴的精子，和另一個叫作中的真田忍者從大坂城逃了出來。當時取出的秀賴精子放入了女人的肚子裡，讓她生下一個小孩，而那個小孩就是舞。

不斷追殺舞，想要置她於死地的，是服部半藏的手下，也就是伊賀的忍者們。

「請把舞帶到江戶。」申侍奉的詭異的白髮老人如此拜託源九郎，源九郎也答應了這門差事。

真是一段玄妙的旅程。

申現在就躺在最靠近小屋入口的地方睡覺，還發出均勻的鼻息聲。
但問題是，申到底是不是真的睡著了呢？
申的身材矮小，體重連源九郎的一半都不到。
可是這個男人一旦動起來，動作比貓和猿猴都還要快。
說到神祕……其實源九郎本身也藏有許多祕密。
他說他父親是以前被耶穌會傳教士范禮安獻給織田信長的黑人。
而源九郎持有的那把大劍，據他所說，是過去一個叫作「馬其頓王國」的國王所擁有的東西。
古代馬其頓王國的國王——也就是俗稱的亞歷山大大帝。
那把劍也是范禮安從異國帶來的。
在河岸上的草叢裡鳴叫的蟲聲，伴隨著潺潺的流水聲，悄悄地闖進了小屋裡。
每經過一個夜晚，秋意似乎就會變得更濃一點。
就在這個時候——任誰看起來都像是在睡夢中的申突然在黑暗中睜開了眼睛。
只不過，他的鼻息聲絲毫沒有紊亂，還是以跟剛才一模一樣的頻率呼吸著。
申不動聲色地把左手伸向放在自己身旁的劍。
看樣子，申似乎比源九郎更早察覺到有人從屋外的黑暗中靠近過來的氣息。
來人沒有發出腳步聲，只有幾不可辨的氣息，宛如一道輕風逼近，然後在入口處的那道門前停了下來。
並沒有殺氣，只有柔軟但毫無鬆懈的氣息，刺探著小屋裡的動靜。
申隱藏起自己的氣息，悄悄把劍拔出一點。
就在這個時候——

「喂……」申的背後傳來一個怡然自得的嗓音。「如果你有什麼事的話，能不能大大方方走進來呢？」原來是源九郎。

源九郎依舊保持雙手交疊胸前、席地而坐、背靠柱子的姿勢。唯一不同的，是他張開了眼睛。

「不要緊，你就進來吧！」

從源九郎的語氣聽起來，他彷彿是在跟一個多年不見的老朋友說話似的。

就在這個時候，蘭也睜開眼睛，坐了起來。

「小人是在諏訪經營藥材生意的『辰巳屋』老闆，名叫伊吉……」中氣十足的聲音從門的另一邊傳了進來。

在對方還沒完全說完之前，申就先開口了。「才藏?!」

「申？是你嗎？」門的另一邊響起的嗓音同時透露出驚訝和安心。

申把靠在入口處的門打開，一個身段柔軟的男人便迅速鑽了進來。

那是打扮成經商旅人模樣，年約四十五到五十歲之間的男人。頭髮裡摻雜著幾根銀白色髮絲。

「唷！」申和那個男人互打招呼。

「原來你還活著啊！才藏。」

「嗯。」

「你居然能找到這裡來，真是了不起呢！」申讚嘆不已。

「我在那邊的木賃宿裡聽見有個前來打酒的漁夫說，他用很便宜的價錢把河灘上的小屋租給兩男一女，心想該不會就是你們吧！所以就過來看看了。」

才藏說完，把門關上，再把木棒頂回去，之後重新把目光投向小屋裡的人。

火光映照出三個人影。源九郎還端坐在原地，除此之外，還有另一個……

撐起上半身，坐在大灶旁，正望著才藏的女人。
「小舞……小姐?!」才藏不禁喊出舞的名字。
「不會吧？怎麼可能？可是……這的確是小舞小姐……」
才藏彷彿畏光似的瞇起眼，把女人的臉重新看過一遍，仔仔細細地確認。
烏溜溜的眼眸、形狀姣好的紅唇……
「這位的確是小舞小姐沒錯喔！」申補充說明。「可是呢……這個女人既是小舞小姐，也不是小舞小姐……」
「我的名字叫作蘭。」女人向才藏點頭致意。
才藏一瞬也不瞬地注視著這個自稱是蘭的女人。「申啊……這到底是怎麼一回事？」
「小舞小姐現在變成蘭小姐了……」
「什麼?!」
「我只能告訴你，小舞小姐的身體現在被蘭小姐支配了。除此之外，老實說，我也還搞不清楚這是怎麼一回事。」
「總而言之，小舞小姐目前暫時是平安無事了。」申也只能解釋到這裡。
「就算申這麼說明，才藏也不可能聽得懂。
才藏望著舞，問道：「妳還記得我嗎？」
「我雖然不記得，但是這個名叫舞的姑娘記憶中似乎是有你這個人的存在。」蘭如此回答。
才藏自從在伊吹山上受到半助的襲擊，和舞失散之後，他就沒再看過她了。
才藏的目光停留在小屋一隅環抱手臂的源九郎身上。「那這位又是……？」
「我叫萬源九郎。」源九郎把交疊在胸前的手臂鬆開，主動報上自己的姓名。
源九郎那巨熊般龐大的軀體輕輕一轉，在小屋的空氣中捲起一陣風壓。

看到源九郎那龐大的軀體轉身的樣子，才藏總覺得眼熟。
到底是在哪裡呢？才藏凝望他那龐大的軀體，思索著。
腦海中突然靈光一閃。對了！就是那個時候……
當他的眼睛遭到暗算，被困在伊吹山上動彈不得的時候，突然感覺到有人的氣息從非常靠近他的地方往那艘從天而降的船移動過去。
那股氣息宛如一頭巨大的野獸，全身上下都充滿了瀕臨爆裂的強大能量。
原來如此，那就是源九郎啊。只不過，才藏並沒有把這件事說出來。
「源九郎先生對於我們這次的任務已經有大致的認識了……」申說道。
「什麼?!」
「我已經讓他和首領大人見過面了，在我們還沒有找到小舞小姐之前，多虧有他一直保護著小舞小姐。」
「請多多指教。」源九郎說著，突然慢條斯理地在小屋裡站起來，眼神瞥向才藏剛才進來的那扇門，朝門背後的黑暗望去。
「唔?!」申和才藏也同時注意到源九郎察覺到的那股氣息。
「你叫才藏是嗎？你還有帶其他人前來嗎？」源九郎壓低聲音問道。
「沒有……」才藏回答。「雖然沒有，但是這股氣息我有印象，我以為已經把他甩掉了，看樣子還是被他跟來了。」才藏把重心放低，隱藏起氣息。
一股毫不掩飾的氣息從黑暗的另一頭逼近了，那氣息宛如野獸般強烈。
它正撥開河岸上的狗尾草，逐漸靠過來。
原本在小屋鳴叫的昆蟲也止息了。

「是敵是友？」申問才藏。

「是敵人。」就在才藏回答他的時候，那股氣息在門口停下腳步。它似乎正屏氣凝神地觀察著小屋裡的動靜。

「哼……」然後用鼻子哼了一聲。「我聞到囉……」那是一個低沉的男聲。

「我聞到了。」來人舔了舔嘴唇，發出陰濕的聲響。

「一共有四個人呢！」那男人自言自語。「嗯……」男人又呼出宛若嘆息的鼻息。

冷不防，那明目張膽的野獸氣息從屋外的黑暗中竄進小屋裡了。

氣息十分強烈。混有濃濃野獸氣味的風灌入屋內，發出嘈雜聲響。

「這真是太有趣了……」源九郎說道，他咧開豐厚的嘴唇，露出大大的笑容。

4

「我聞到女人的味道囉……」那個嗓音說道。

蘭突然站了起來，像是被針扎到一樣。「看樣子，該來的終於來了。」蘭的語氣十分嚴肅。

「什麼該來的？」

「嗯。」

「也就是說，那傢伙就是要找妳麻煩的人囉？」源九郎用左手握著尚未出鞘的大劍說道。

「那不就輪到我上場了嗎？」源九郎挺身而出，以握著大劍的左手把蘭護在自己的身後。

「我還以為已經把他甩掉了，沒想到還是被他跟來了。」才藏也把手伸向腰間的劍。

「對方是什麼樣的角色？」申問道。

「是人類，又不太像人類。」

「是野獸。」

「不對……」才藏的語聲未落，蘭便搖了搖頭，以一臉緊繃的表情說道：「是比人類、比野獸都還要更厲害的東西！」

「我可終於找到你了，還不快給我滾出來！如果你不出來的話，那我就進去囉！對我來說，這麼破爛的小屋，有跟沒有都是一樣的……」陰濕的聲響再度響起，對方似乎又舔了舔嘴唇。

接下來——牆壁突然受到猛烈的撞擊。

一陣巨響傳來，一隻野獸的前肢打破牆壁，探進小屋裡來了。

那是隻覆蓋著黑色獸皮的熊掌，接下來是一陣更猛烈的力道，撞擊在門板上。

只見門板連同支撐的木棒，宛如爆炸般往屋內飛了進來。

源九郎用右肘擋住門板，接連承受兩次衝擊，已經完全看不出原樣的門板，七零八落地散落在源九郎腳邊。

權三就站在已經失去大門的小屋入口，接受著天上月光的沐浴。

是人嗎?!不對，他既是人，也不是人。

因為從權三左邊袖子裡探出來的，是一條粗壯的熊掌。

不僅如此，在權三的肚子上還長出一顆巨大的紀州犬狗頭。

「那顆頭……不是在不久之前已經被武藏砍下來了嗎？」

為什麼還好端端地長在權三的肚子上呢？

「因為那生物擁有的肉體接近不死之身，就算把手啊腳的砍下來，甚至把肚子剖開也不見得會死，所以絕對不能掉以輕心。」蘭說道。

才藏抽出繫在腰間的劍。「是我把這傢伙引到這裡來的，我有責任再次把他引開。小舞小姐，趁我纏住對方的時候，妳趕快逃。」

「等一下！」源九郎制止才藏，把身子擋在他前面。

「解決這傢伙是我的工作，你們兩個人負責保護好蘭。」

權三的肚子上長的狗頭發出低沉的咆哮聲，外翻嘴唇中隱約可見黃色的獠牙，嘴角還積著白沫。

源九郎原本就已經笑得很開懷的嘴角，此刻又往上勾了幾度。

「這傢伙真是太有意思了。」

源九郎把尚未出鞘的大劍握在手裡，悠哉遊哉地走向權三。

權三把左手伸入懷裡，拿出一把刀刃厚得嚇人的鉈刀㊽。

「嘿嘿嘿……」權三笑出聲了。

就在源九郎走到權三置身的月光下時——

「嘿呀呀！」權三揮動那把鉈刀，朝著源九郎砍來。

「喝！」源九郎的厚唇裡吐出一口大氣。

5

鏗鏘！空氣中響起金屬悶響。

源九郎左手握住劍鞘，右手握住大劍的握柄，舉起雙手，用只拔出一半的劍正面接下權三朝他額頭砍下來的鉈刀。

大劍還有一半收在劍鞘裡。

就在這個時候——

「揮呀！」權三左手那隻熊掌迅速往源九郎的右頰掃了過來。

源九郎只能先舉起右肘吃下這一招，根本沒有時間揮劍砍下那隻熊掌。

把權三砍下來的鉈刀往上格開後，源九郎便用右肘承受權三全力揮來的一掌。

他往前踏出半步，把自己的右肘頂在熊掌的手背上，而非熊爪上，藉此封住權三的攻勢。

儘管受了這麼沉重的一擊，源九郎的身體卻連晃也沒晃一下。

經過這一連串的動作，源九郎的大劍終於從劍鞘裡完全拔了出來。

權三把手裡的鉈刀拋向半空中。

「喝！」當源九郎準備拿大劍朝權三腦門砍去時，權三並沒有閃避，反而向源九郎踏出一步，抱住源九郎。

與其說是抱住源九郎，還不如說是為了讓他肚子上的狗頭更容易咬住源九郎的腹部，才打算用雙手抱住源九郎。

白虎張開血盆大口，就在牠的獠牙即將插入源九郎的腹部時，源九郎也向前跨出一步。

源九郎主動抱住了權三。

源九郎的右手還握著大劍，左手還握著劍鞘，但他還是將這兩條手臂繞到權三的背後，使勁一抱。

當時歪頭想把獠牙插入源九郎腹部的白虎，竟無法把獠牙插進源九郎的肚子裡。

因為白虎轉了半圈的頭硬生生卡在權三和源九郎的肚子之間了。

源九郎此時的臂力已無比驚人了，但他還繼續加重力道。

㊽刀身厚，適合劈斷樹枝、撥開雜草，也可用於動物解體的刀。

喀。那是狗的頸椎被折斷的聲音。

「什麼?!」權三叫出聲來。

喀喀。聲音接二連三地響起。

「你這小子……居然、居然把我的白虎……!」

在極近的距離內跟源九郎大眼瞪小眼的權三，他長著大鬍子的臉完全扭曲變形了。

「喂，要打就打得開心一點嘛！」源九郎讓嘴角大大上勾，露出潔白的牙齒。

他從權三面前跳了開來，讓對方離開自己懷中。在那瞬間，他也同時單手舉劍，砍了下去。

權三往左邊一滾，避開了這一招。

大劍沒有砍下權三的腦袋，倒是從肩頭處把他整條右手臂給削了下來。

「哇啊啊啊！」權三仰天長嘯，似乎氣得渾身發抖。

剎那間，權三失去手臂的肩頭噴出了瀑布般的鮮血。結果，不可思議的事情發生了，原本如柱的血流突然止住了。

「什麼?!」源九郎望著眼前的景象，露出驚訝的表情。

「好、好痛啊……」權三嘴歪眼斜地哀號著。

不過讓他臉部表情扭曲得這般猙獰的，並不是手臂被人削下因而產生的驚嚇或恐懼。而是疼痛，以及憤怒。

就在這個時候——脖子被扭斷，舌頭從嘴巴裡伸出來的白虎，突然發出低沉的吼叫聲。

脖子的骨頭已經被扭斷了，所以白虎的頭抬不起來，就只是痙攣著，彷彿受到電擊。

「就算把手臂砍下來，也不能掉以輕心，必須把頭……」身旁的嗓音如此警告源九郎。

仔細一看，才藏和申正站在小屋的入口，而蘭就站在他們的背後。

剛才的忠告就是從蘭的口中發出來的。

源九郎和權三的相對位置已然改變，如今小屋的入口在源九郎的右手邊，在權三左手邊。

權三一聽見蘭的聲音，馬上往小屋入口飛奔而去。

兩道金屬光在月光下一閃即逝。

一道是針的光芒，一道是手裡劍的光芒，兩道光芒幾乎同時射在朝入口奔去的權三胸膛上。

但是權三的速度卻只有稍稍減慢。

「什麼?!」

「不會吧?!」就在才藏和申並肩擋在權三和蘭之間的時候——

源九郎在權三背後揮劍，將他的腦袋剖成垂直的兩半。

權三整個人直挺挺地往前撲倒，腦袋剛好落在申和才藏腳邊的地面上。

就在這個時候——令人難以置信的事又發生了。

權三伸出兩隻手，左一半、右一半的捧著被砍成兩半的頭，慢慢站了起來。

眼珠子還在眼眶裡左右轉動著，像是在黑暗中，拚命想要看清楚東西似的。

腦漿從切開的頭殼裡流了出來，被割成兩半的舌頭各自蠕動著，似乎有什麼話想說。

他高高舉起熊掌，由上往下奮力一揮，似乎想要打擊敵人。

可惜，他揮了個空。

「真是個不像話的對手啊。」源九郎就站在權三的旁邊，目睹著這一切。

權三原本轉動不停的眼珠子突然停止轉動，反倒是垂在肚子上的狗頭突然動了。

白虎張開眼睛，惡狠狠地瞪著躲在申和才藏背後的蘭。

然後權三也動了，他高高舉起熊掌，瞄準蘭撲了過來。

「真煩！」源九郎的大劍一揮，一劍砍下長在權三肚子上的狗頭。

狗頭掉在地上，發出沉甸甸的一記悶響。

權三往後仰倒，一動也不動了。

問題是，還是有個東西在動。那就是白虎的狗頭。

掉在地上的狗頭一面齜牙咧嘴地咆哮著，一面以窮兇極惡的眼神瞪著跑到小屋外的蘭。

「這傢伙還活著耶！」源九郎嘖嘖稱奇。

「得把這顆狗頭燒掉。」蘭冷靜地回答。

「燒掉？」

「沒錯。一直在追殺我的既不是倒在那邊的那個男人，也不是這隻狗的頭。我想，該讓你們見識一下那東西的真面目了。」

「可以幫我把火從小屋裡移過來，在這裡燒出一個大火堆嗎？」

「喔？」

「遵命。」才藏允諾，身影迅速消失到小屋裡了。

申也跟在才藏後面跑了進去。

不一會兒，才藏拿著從爐灶裡取出的火種，申抱著柴火，從小屋裡走了出來。

他們在權三的屍體以及眼球還會動的狗頭旁燃起火堆。

就在火勢燒得最旺的時候——

「把狗頭丟進火堆裡……」蘭指示。

源九郎聞言，伸出右手，正想要抓起狗頭上的毛時——

「不可以！」蘭大叫一聲。「不可以直接用手去摸！」

「為什麼？」

「要是你手上有傷口的話，那個東西就會從你的傷口侵入！」

「侵入？什麼意思？」

「你等一下就會知道了……算了，還是我來吧！如果是我的話，就不用擔心會被那個東西侵入了……」蘭伸出右手，抓住那顆狗頭上的毛。

白虎還不死心地露出滴著血的上下兩排獠牙，咬牙切齒地怒吼著。

蘭完全不為所動，把那顆頭扔進火堆裡。

過沒多久，獸毛被燒焦的噁心臭味就鑽進眾人的鼻孔裡了。

「請仔細看……」蘭話還沒說完，狗頭上的傷口斷面處出現了非常詭異的東西。

「唔！」源九郎屏住了呼吸。

「唔……」申和才藏也都不約而同地悶哼一聲。

一團綠色黏液狀的物質從那個傷口的地方慢慢地爬出來了，硬要比喻的話，它並不是像膿一樣流出體外的。

而是跟生物一樣爬出來的。

那物質似乎具有十分清楚的自我意識，知道要從火焰裡逃開。它拱起自身的一部分，讓觸手往四面八方延伸。

有根觸手離開火苗，落在地上了。

接著，那團黏液狀物質從狗頭的傷口處爬出來的速度就更快了。

黏液狀物質開始往逃出火堆的觸手移動，彷彿是在追它。不過這畫面看起來更像是觸手本身逐漸變大，然後朝火堆以外的地方移動。

掉在地上的觸手前端變得愈來愈大了。
那團綠色黏液顯然是有生命的，還打算從那堆烈焰裡逃出來。
只不過……綠色黏液還沒有完全逃出來，在火堆裡被燒得冒泡。火堆的熱度剛好到達可以把水燒開的沸點。
那物質在烈焰裡被燒得滋滋作響。
「這玩意兒……」源九郎開口了。「這玩意兒就是在追殺妳的傢伙嗎？」
「是的……」即使在火光的映照下，蘭的臉色還是很蒼白。
從火堆裡傳來一股完全不同於狗毛或狗肉燒焦的臭味，像是有別的東西被燒焦了。是那個東西被燒焦的味道。
過沒多久，那個東西就停止了所有的動作。
一陣漫長的沉默降臨了。火焰燃燒的聲音、潺潺流水聲，以及秋蟲的鳴叫聲，將沉默填滿。
從河面上吹過來的風，悄悄撫過河岸上的狗尾草。
「剛才那是什麼？」申凝視著火苗，喃喃低語地問道。然後過了許久，才抬眼注視著蘭。
「換句話說，蘭……妳跟剛才那個東西是同類囉？」
被源九郎這麼一問，蘭只能輕輕點了點小巧的下巴。「是的。」
「等、等一下，」才藏出聲了。「你們的意思是說，小舞小姐是被剛才那種東西附身了嗎？」
「如果現在在我們眼前的蘭就是那個東西的話，那就沒錯了。」源九郎大大嘆了一口氣，然後把大劍收回劍鞘裡。
「那麼，如果要讓蘭變回小舞小姐的話，難道也要像剛才那樣，把小舞小姐的身體丟到火堆裡去烤嗎？」才藏繼續丟出問題。

「不用，如果我想出去的話，隨時都可以從這具身體裡出去。只不過，我得先找到下一個宿主才行。」

「什麼宿主？」中壓低聲音問道。

「關於這點，我前幾天不就告訴過你們了？對我來說，這個名叫舞的姑娘就是我的宿主。」

「也就是說，閣下把你們附身的對象稱之為宿主嗎？」

「沒錯。我們沒有辦法在這個世界的空氣裡生存太長的時間，必須附在這個世界的生物肉體上才能在這個世界裡生存下去。」

「好比魚離開了水就沒有辦法活太久的意思嗎？」

「是的。」蘭再次點頭。「但是另一方面，如果宿主遭遇到什麼不測，肉體受到傷害的話，我們可以在極短的時間內把那個傷口治好，也可以讓疼痛變得比較輕微。如果血流不止的話，我們還可以利用自己的肉體在傷口上製造出一層薄膜，把血止住……雖說是『治療宿主』，但其實生物的肉體本來就具備有這種能力了，我們只是把生物與生俱來的能力加以強化而已。」蘭說到這裡，把視線投向火焰，抿緊雙唇。

「蘭，」這次換源九郎開口了。「妳說妳是搭乘我看到的那艘天空船來到這裡的，對吧？」

「是的。」

在蘭點頭的同時，才藏突然出聲。「什麼天空船？」

「不久之前，我在伊吹山中看見一艘飛在天空中會發光的船。蘭說她就是搭乘那艘船，從天上來到我們這個秋津州的。」

聽源九郎這麼說，才藏低沉地發出「啊」的一聲。

「怎麼了，才藏？」中問他。

「其實我也看到了。」

「看到什麼？」

「那艘船。」

「什麼?!」

「詳情我等一下再跟你解釋，」才藏再次把頭轉向源九郎。「你先把你想問的問完。」

於是源九郎繼續問蘭：「剛才被火燒死的那傢伙，也一樣是搭乘那艘天空船從天而降的嗎？」

蘭又點了點她那小巧的下巴。

「妳以前也曾經告訴過我，從妳們的角度看來，我們其實全都是同伴，但是卻在自相殘殺，所以妳們也是同樣的狀況嗎？」

「有同為人類的人想要這位小舞姑娘的命。同樣的，從你們的角度來看，我也是被同類追殺。」

「為什麼……」

「我們在天上的那個世界和這個世界一樣，國與國之間彼此征戰著。我偏偏又是這場戰爭的重要關鍵。這件事，總有一天我會慢慢告訴你們，但是在目前這個時間點上，我還不確定該讓你們知道多少……」

「如果妳不想說，我是不會逼妳的。」

源九郎把粗糙的手指插進蓬亂的頭髮裡，搔得頭皮窸窣作響。

「不過啊，」源九郎把大劍扛在肩上，抬頭仰望繁星點點的夜空。「沒想到就連天上的國家也是紛爭不斷呢……」源九郎的語氣似乎有些感慨。

第二章　獨眼龍

1

男人仰躺在鋪著榻榻米的被褥上，雙手交疊，枕在後腦勺下。

他吸飽陽光的膚色略顯黝黑，似乎連皮膚內側都染上陽光的顏色。顯然不是最近才曬出來的。

結實的胸膛高高隆起，無論是大腿、小腿，還是腳踝，全都粗得跟木頭一樣，肌肉看起來很強健，線條分明。

男人只有一隻眼睛，在他的右眼上，有一道怵目驚心的刀疤，從額頭延伸到眼皮上方，然後到右臉頰的正中央。

那道傷疤雖然已經痊癒了，但還是可以想見，在受傷當時一定是很嚴重的刀傷。

男人的年齡大約三十出頭吧，是個武士。

如今，這名武士正仰躺在榻榻米上，一隻眼睛睜得大大的，用他僅剩的左眼仰望著黑漆漆的天花板。

室內的紙門全都敞開著，飽含著秋草味道的風無拘無束地從敞開的大門灌進來。

白天雖然有出大太陽，但是一到了晚上，夜風還是很冷的。

然而，男人依舊一絲不掛地迎著風，似乎一點也不覺得冷。

榻榻米的另一邊有條寬敞的緣廊，緣廊的對面是座庭院。看樣子，這裡好像是某個寺廟住持居住的地方。

青白色的月光灑向庭院和緣廊。

從外頭灑進來的月光和屋子裡的燈籠火光就是這房間的所有光源了。

即使在那麼昏暗的光線底下，還是可以看出男人的皮膚有多黑。

不對，與其說是男人的皮膚黑，還不如說是躺在男人懷裡，跟男人四肢交纏的女人皮膚太白了，所以才把男人的黝黑襯托得更加明顯。

那是個頭髮很長的女人，年紀大約是二十歲上下吧。

女人把頭靠在男人枕在頭部底下的右手臂上，她雪白的右手臂環抱著男人厚實的胸膛。

每當男人呼吸的時候，那條雪白的玉臂就會在男人的胸膛上緩緩起伏。

女人用自己的右腳勾著男人的右腳。乳房壓在男人的側腹上，有些變形。

女人閉著眼睛，臉上表情似乎很滿足。不過，女人的右手還不安分地在男人的胸膛上挑動著，看來她沒有睡著。

兩個人都一絲不掛。

在二人頭頂的榻榻米上，擺著兩把大小不一的刀和裝有酒壺、酒杯的托盤。

旁邊有盞行燈，明滅的火光在行燈的表面上製造出陰影。

如果要說那個房間裡除了被褥、托盤和行燈之外還有什麼東西的話，大概就只有放在房間最裡面的書桌了吧。

除此之外，什麼都沒有。榻榻米上只剩被推到一旁的被子，和二人散落一地的衣物。

「這樣啊……」男人輕聲呢喃著。「還不曉得益田時貞在什麼地方嗎？」

「是的。」女人一面撥弄男人左胸的乳頭，一面低聲回答。

「還有玉蕈也下落不明了？」

「是啊。再怎麼說，他也太慢回報消息了。」

「慢一點不好嗎？我們可以再來一次。」

「你是說真的嗎？」

「是啊！」

聽見男人這麼說，女人睜開眼睛，把嘴唇湊近男人的右耳邊，喃喃低語著：「那就讓我來確認一下你是不是說真的好了。」

不等男人回答，女人玉蔥般雪白的手指開始從男人胸膛往腹部底下滑……再繼續往下滑……

當女人的纖纖玉指捕捉到男人的陽具時，女人在男人的耳邊輕聲說道：「你這個大騙子。」

「我才沒有騙妳。」

「我的意思是，你那裡堅硬成這個樣子，別說是一次，就連兩次、三次……」

聽見女人這麼說，男人露出潔白的牙齒，大笑了起來。

「妳真是個有趣的女人啊！萩。」

「有趣？您是說奴家嗎？」

「是啊！跟妳一起旅行真是太有趣了，永遠都不會膩呢！」

男人總算把兩隻手從自己的後腦勺移開了。他的右手繞過女人的頸項，直接握住女人左邊的乳房，用指尖捏著她的乳頭。

把手輕輕貼在男人陽具上的女人，開始改變手指頭的律動。原本只是惡作劇地輕觸著，現在撫摸的速度開始加快了，顯然是要點燃男人的慾火。

這是對男人加諸在自己乳頭上的攻擊所做的直接反擊。

「萬一武藏在找的那個人真的是益田時貞，你打算怎麼做？」

她完全不提自己此時此刻對男人做的事，以及男人此時此刻對自己做的事。

「妳說呢？該怎麼辦……」男人回答的語氣也是一副事不關己的樣子。

「喂！你說該怎麼辦？」男人突然朝夜晚的院子裡丟出這麼一句，彷彿有誰站在院子裡。

然而，院子裡並沒有傳來回答，只有此起彼落的蟲鳴聲不絕於耳。

「到底怎麼樣？」男人再問一次。

可惜還是得不到半句回答。

「真是沒辦法。既然你不肯回答，我只好過去問你了……」

男人放開捏著女人乳頭的手指，將右手伸向枕畔的劍。

「萩，妳先在這裡等一下，我去去就來……」全裸的男人站了起來。

2

男人把未出鞘的劍握在右手，飄然地走到緣廊上。

「如果我記得沒錯，你不久之前才來刺探過我，怎麼又來了？如果有什麼事的話，乾脆就直說了吧！如果沒事情要找我的話，就快點滾，我還想好好抱抱我的小美人呢。」男人的語氣四平八穩，既沒有在生氣，也不緊張。

「柳生十兵衛三嚴大人。」黑暗中的某個角落響起一個低沉的男性嗓音，那像是從院子裡的某個樹叢傳來的，也像是從樹梢上傳來的。

「喔，你知道我的名字啊？」

十兵衛的語聲未落，黑暗中便飛來一塊小小的黑色物體，掉落在十兵衛的腳邊。

那是一束人的頭髮。

緊接著馬上又有東西飛過來，一樣落在緣廊上。這次是一個小藥盒。

兩樣東西從不同的方向飛來。

如果不是有兩個人同時潛伏在院子裡，就是有人在黑暗中迅速移動位置。

「這是玉蕈的……」十兵衛輕聲低喃。

「我想知道的是，柳生十兵衛三嚴為什麼會出現在這樣的地方？」聲音又從別的方向傳來了。

如果是尋常人，早就不敢繼續站在緣廊上了，因為那裡和院子之間沒有任何遮蔽物相隔。

但是這個男人——柳生十兵衛卻還是一派輕鬆地站在那兒，而且一絲不掛。

「你們把玉蕈怎麼樣了？」十兵衛問道。

對方沒有回答。

「把他殺了嗎？」十兵衛喃喃自語。與其說是在問話，還不如說是在自問自答。

「柳生，你到底來這裡做什麼？」那嗓音繼續提問。

「你是哪一門、哪一派的忍者？」十兵衛又問了一次，但是對方依舊沒有回答。

「你和武藏以及益田時貞之間，到底有什麼關係？」

「你連這個都知道了嗎？」

「只知道這些。」

「話說回來，你這忍者的口風還真不緊呢。」

「你還說呢，是被你一問，不小心講出來的。」

「那我再告訴你一件事好了，你用的千里傳音之術，是伊賀的伎倆吧！如果你是伊賀的忍者，又是為那個在江戶替幕府將軍執行政務的人工作，那就是半藏家的人了。半藏那傢伙，是不是做了什麼不能讓我柳生知道的事啊？」

呵！呵！呵！院子裡的各個角落陸續傳來此起彼落的低沉笑聲。

不讓對手知道自己聲音出處的千里傳音之術，是伊賀的獨門絕學。

「現在都什麼時代了，千里傳音之術有哪個忍者不會。倒是你……柳生，是不是在進行什麼陰謀，不能讓江戶的半藏知道，所以才會來到這個地方呀？」

聽見對方這麼說，十兵衛苦笑了一下。「看樣子事情似乎不能善了了！我收回剛才所說的話……」

「什麼話？」

「我剛才叫你快點滾，但是現在我要你等等……」

「等什麼？」

「等我捉住你，把你揪出來，再慢慢逼問也不遲。」

「聽起來很有意思呢。」

「是吧。」

「如果是小的先抓住十兵衛大人，小的就可以逼十兵衛大人說實話了喔。」

「如果你有這個本事的話。」

「話說回來，那未免也太驚人了吧。」那聲音說道。

「什麼東西太驚人？」

「您的那話兒，還朝天而立呢！」原來如此。十兵衛的那話兒依舊堅硬充血，傲然挺立著。

「那就請您移駕到院子裡來吧，十兵衛大人。在緣廊上打總覺得綁手綁腳，無法發揮……」

「也好，那就這麼做吧！」十兵衛光著腳丫，慢條斯理地往緣廊下的院子裡跨出一步。

就在那一瞬間，一道銳利的銀光，從十兵衛的正上方襲來。

「喝！」十兵衛的氣朝黑暗中的高處迸發。

鏗鏘！空氣中響起金屬的撞擊聲。

接著，一截右腳掉落在十兵衛眼前的地面上，發出沉重悶響。

「在上面啊……」十兵衛抬頭一看，只見兩道黑影從頭頂上的月光中閃過，然後降落在另一邊的寺廟正殿屋頂上。

在那之前，十兵衛早經倏地飛奔起來。

宛如一隻巨大鼴鼠的黑色人影降落在屋頂上，同時十兵衛的左手也探向垂掛在本堂屋簷下的燈籠上。

手碰上去後就利用反作用力翻身，躍到屋頂上。

正前方的屋頂上坐著一個忍者打扮的男人。

「腳都被切斷，你逃不了了。」十兵衛一面說，一面踩在灑滿月光的屋瓦上，自在地朝那男人走近。

「真是太了不起了……」那個人影發出讚美。

那是一個骨瘦如柴的男人，眼睛是正常人的兩倍大。

「真不愧是柳生大人……」

那名忍者——也就是鼴鼠的半助，還沒說完話，就把拿在右手裡的劍刺入咽喉裡了。

半助悄然無聲地朝前方倒下。

「嗯？」打算走向半助的十兵衛突然停下腳步。

靜止不動，然後吸了一口氣，再吸一口氣……

在那十幾次吐納的空檔間，十兵衛始終按兵不動地站在原地。

突然間——半助抬起頭來，拔出插在喉嚨上的劍。

「嘔！」他的嘴裡吐出大量的鮮血，同時把手裡的劍射向十兵衛。

十兵衛把頭稍微一偏就躲開了他的攻擊。

半助擲出的劍落在屋瓦上，轉了幾圈，繼續往下掉。

「我賭上自己的性命，想要與十兵衛大人同歸於盡，沒想到還是失敗了呢！」半助惆悵地說。

「您那裡，還真是壯觀呢……」半助說到這裡，嘴角突然浮現一抹笑容，之後就往前撲倒。

這次他真的再也起不來了。

「死了嗎？」

十兵衛慢條斯理地走向半助，把他的屍體轉正，然後從他懷裡摸出一張摺成小方塊的紙片。

那是忍者綁在路上的地藏菩薩像底下或者是樹枝上的聯絡用紙條。

十兵衛就著月光端詳了一會兒，只見紙片上頭繪有一尊觀世音菩薩。

十兵衛凝視著那尊觀世音菩薩好一會兒，喊了聲：「萩！」

「十兵衛大人，我在這裡。」已經穿好衣服的萩單膝跪在十兵衛身後。

「我們要出門囉！」十兵衛說道。

第三章 死手丸

1

與此同時，牡丹正沐浴在月光下。他站在蜿蜒曲折的長良川㊾上，腳下水流深不見底。

牡丹是個豔麗無雙的青年，容貌宛如女性般姣美。

暴露在青白色月光下的肌膚，顏色白到幾乎可以透光的地步。小袖裡隱約可見的手臂、從衣襟裡伸長的頸項雖然帶點小麥色，但全都纖細粉嫩、柔若無骨，看起來就跟妙齡女子沒兩樣。全身上下散發出令人不敢逼視的風情。

沐浴在月光下的牡丹，彷彿一朵芍藥般，綻放著潔白的花瓣。

風緊貼河面吹來，輕輕撩動覆蓋在這朵妖豔芍藥額前的髮絲。

牡丹穿著小袖和半袴，外頭罩著一件肩衣。

即使在夜色深重的朦朧月光下，還是可以清楚看見他一身的鮮豔紅色。半袴的底色是穩重的藏青色，從上到下滿滿盛開著無數的紅色大牡丹。

牡丹花一路盛開到褲管的下襬，而且愈開愈密集，到下襬時已是一整片殷紅。

上半身是一件純白的小袖，小袖的兩隻袖子上依舊星星點點地散佈著大紅色的牡丹花。乍看之下還以為是濺上了鮮血。肩衣一樣是深濃的朱紅色，宛如剛從人體噴灑而出的血色。

這身血色的裝束映照在月光下，看起來像一把藍色的火焰。

㊾源流自岐阜縣郡上市的大日岳，與木曾川、揖斐川合稱為木曾三川。

除此之外，腰間還繫著兩把大小不一的紅色劍鞘。

此刻，比牡丹傲然挺立的水潭還要深沉的靜謐，正籠罩在牡丹的四周。

牡丹睜著漆黑的星眸，眺望著遠方虛空。

宛如剛吸完血的朱唇雖然緊閉著，但看起來又像是在微微蠕動著。蠕動的幅度極小，如果不仔細看的話絕對看不出來。就算看出來，也會懷疑自己是不是眼花看錯了。

他微微輕啟的兩片唇瓣，正以不可思議的韻律吐出低沉的語聲，使其飄散大氣中。

那並不是日本的語言。

和誦經的頻律、山伏吟唱的曼怛羅[50]都不一樣。聽起來像是用異國的語言所誦唸的異國咒語。

牡丹的身體並沒有完全浮在半空中，腳底還淺淺地踩在水面上。

右手握著掛在脖子上的十字架，是「猶大的十字架」！

就在這個時候，牡丹手裡的「猶大的十字架」發出了微弱的光芒。

那是一般人肉眼無法看見的光芒，若要比喻的話，比較像是人類肉體釋放出來的氣。

但是牡丹卻看見了。

「嗯……」牡丹暫時不再誦唸咒語了。

除了那道光芒之外，牡丹似乎還察覺到其他氣息。

在離他不遠的地方，似乎有股不可思議的力量解放了出來。

具有壓倒性的力量掀起一陣爆炸般的風壓，從它的所在之處颳向牡丹。

風是從上游的方向過來的，而且是由人類——正確地說，是由生物發出的力量。

「沒想到居然就在這麼近的地方。」牡丹喃喃自語。

牡丹不再唸咒，沉默了下來，似乎在思考些什麼。

只不過沒多久，牡丹似乎就下定決心了。

「去看看吧。」低聲說完這句話，牡丹便朝岸邊邁開步伐。

他走在水上的樣子和走在陸地上沒兩樣。

2

「喂，總不能把這傢伙直接丟在這裡吧？」源九郎把收回劍鞘的大劍扛在右肩上，如此說道。

腦袋被砍成兩半的權三屍體仰倒在萬源九郎、申、才藏以及蘭的腳邊。

火堆裡的烈焰還燃燒得十分旺盛，傳來陣陣肉燒焦的臭味。

「我是不知道他是在哪裡被妳的同伴附身，但他原本應該只是一個普通人類吧！」源九郎說。

蘭點點頭。

「這裡就交給我和才藏來處理吧！」申輕輕低頭致意，走近屍體。

才藏也在權三的屍體旁邊蹲下來，正要將手伸向權三的時候——

「等一下！」蘭突然阻止了他。

「怎麼了？」才藏回頭，不解地問。

「在把他埋葬之前，有件事我想要先確認一下。」

「什麼事？」才藏的語氣畢恭畢敬，怎麼聽都像是在對舞說話，而不是對蘭。

㊿起源於印度吠陀傳統，據稱能夠「創造變化」的音、音節、詞、片語等等，後來逐漸成為印度教傳統的重要組成部分以及佛教、錫克教、耆那教的慣常作法，用途與類型依照與曼怛羅相關的哲理而變化。

「麻煩你搜一下那個男人的懷裡，說不定裡頭有什麼東西。」

「什麼東西？」

「目前還不知道，總而言之你先搜搜看再說。」

才藏把右手伸進倒在地上的權三懷裡。起先搜出一個裝有碎銀子的小布包，然後是曬乾的飯和曬乾的獸肉，以及一條破爛得像條抹布的手帕。

才藏繼續把手探進權三懷裡，心想「應該沒有了吧」的時候——

「咦？好像還有什麼東西……」才藏邊說、邊把探入權三懷裡的右手伸出來。他手裡握著一個白色石頭狀的小東西，還散發著金屬光，所以可以推測那是由金屬之類的材質製成，而不是石頭。才藏想要把那個東西拿給蘭看，不過蘭只遠遠瞥了一眼，臉色立刻大變。她喊了一聲：「不可以把那個東西對著我！」

此時，突然有條像觸手的東西以迅雷不及掩耳的速度從圓形的物體裡衝出來。

蘭伸出右手，想要揮開那條瞄準自己的臉直撲而來的觸手，沒想到那條觸手的尖端卻插入了蘭的右手肌肉，然後馬上又極速縮回才藏手中的圓形金屬裡。

「什麼?!」才藏不禁喊出聲。

「小舞小姐！」申也馬上衝向蘭身邊。

「不用那麼緊張……」蘭開口制止了想要衝向她的申。「這個叫作舞的姑娘目前並沒有任何生命危險。」

蘭只有最初的那一瞬間露出了驚慌的神色，如今已恢復冷靜。

「剩下沒多少時間了，你們仔細聽我說。我剛剛說，目前叫舞的人並不會受影響，這點是千真萬確的，因為受到影響的人，是我……」蘭說話的速度突然整個慢了下來。「你手上的……那個東西……是可以在不傷害到宿主……的情況下……把我們的動作封印……封印起來的武器……所以……我很快……就會……停止活動了……以這個星球……以你們的時間……來換……算的話……大約是……十五天左右……在這段時間裡……我將沒有……沒有辦法……再保護……這個……叫作……叫作舞的姑娘……的身體……在……這段……時間裡……舞……的……身體……會恢復……恢復成……一、一般人……的肉……身……」說到這裡，蘭的聲音突然中斷了。

她的眼睛完全沒有聚焦在任何事物之上。

「舞……小舞小姐！」才藏失聲喊道。

蘭的身體失去平衡，整個人往前癱倒。源九郎趕緊接住她，以單邊膝蓋跪地。

蘭仰躺在源九郎的懷中，閉上眼睛。不一會兒，蘭又慢慢睜開眼睛了。

「小舞小姐。」才藏和申不約而同地驚呼。

她用一雙烏溜溜、水靈靈的美眸看看才藏，看看申，再看看源九郎。

「才藏、申……」然後，她用微弱的聲音叫了這兩個人的名字。「還有這位是萬源九郎先生……」柔軟的紅唇輕輕吐出源九郎的名字。

「小舞小姐?!」才藏大喊。

「才藏……這一路上真是辛苦你了……」

「妳認得我嗎？妳恢復意識了嗎？」

「我當然認得你。從伊吹山上發生的事，到現在剛發生的事，我全部都記得，包括和萬源九郎先生相遇的事……」

「太好了。」才藏臉上浮現出喜悅的笑容。

3

源九郎、申、才藏以及舞等四人又回到小屋裡，在地爐的火光旁圍成一圈，相對而坐。

他們剛報告完各自在這段時間遭遇到什麼事，正要開始討論接下來的動向。

「既然事情已經演變成現在這個地步，不能繼續再往江戶前進了。」盤腿而坐、駝著背的申說道。

「上次交談的時候，幸村不是要我們繼續往江戶前進嗎？」

源九郎口中的幸村，指的就是申他們尊稱為首領大人的人物。

「誰是幸村？」申鸚鵡學舌似的，又把源九郎剛才提到的那個人名複誦一遍。

「還有誰？不就真田幸村嗎？可不要告訴我你們不認識他，再裝就不像了。」

「你說什麼?!」

「幹嘛驚訝成那個樣子？你們的老大能夠讓真田底下的人這麼有組織地行動，除了真田幸村本人還會有誰？雖然我聽說幸村的首級早在大坂之役的時候被砍下來了……」

申的體內充滿恐怖的肅殺之氣，彷彿隨時都會有尖銳的利刃從他的身體裡射出來。「源九郎！」

申的語氣變得十分生硬，不過才藏以柔軟的口吻說話了：「哎呀！源九郎先生，您還真是會給我們出難題呢！就算首領大人真的是幸村好了，您覺得我們能爽快地說您猜得真準，說『對呀，就是他』嗎？」

源九郎看了才藏一眼，豐厚的唇畔浮現出一抹笑意。

才藏也笑笑地迎上源九郎的視線。「你還真是會說話呢……」

「千萬別這麼說，我只是把實話說出來罷了……」

「我明白了，那這件事就先跳過吧！申……」

聽到源九郎這麼一說，申只好一臉無奈地把肉眼看不見、但可以明顯感覺到他的鋒利氣場已經硬收回他那矮小的身體裡。

「總而言之，至少小舞小姐已經恢復自己的意識了。不僅如此，就連她的身體也變回以前的肉身，所以也不能再跟之前一樣，大搖大擺地走在街上了。」申說道。

「這倒是。還有，跟我們真田一族的人走在一起，對方雖然很難下手，但是相對地，也很醒目呢。」這次換才藏發言了。

「所以才要去找首領大人商量啊！不管是權三還是天空船的事情，都應該跟首領大人報告，由首領大人決定接下來要怎麼做比較妥當吧！」

「也對。」

「總而言之，我先去找首領大人，最晚明天中午之前就會回來。在我回來之前，你們先待在這裡，不要輕舉妄動。如果無論如何一定要離開的話，請在老地方留下記號，讓我可以掌握你們的行蹤……」

申口中的「老地方」指的是路邊的地藏菩薩像底下，或者是神社屋頂上等等用來聯繫彼此的地方，這些聯絡地點的位置是申和才藏之間共有的祕密。

「我知道了。」才藏點點頭回答。

「你一定要在我還沒有開始感到無聊之前回來喔！」源九郎說道。

申不等源九郎把話說完，就轉身面向舞，雙手撐地，深深磕了一個頭。

「小舞小姐，就像我剛剛說的，請您暫時先在這裡委屈一陣子。」

「不知道你什麼時候還會碰到像那樣的怪物，或者是德川那邊的人，請你務必要保重自己的性命。」舞強壓下內心的不安，溫柔地叮嚀申。

「那我走了。」申站起來，轉身朝小屋入口邁開腳步，身影消失在屋外後，有幾聲撥開河岸草叢的沙沙聲傳來，接著就什麼也聽不見了。

申宛如風一般迅速消失。

「好快啊。」源九郎發出敬佩的讚嘆聲。

申的腳步聲消失之後，又過了一會兒，才藏轉向舞，也把雙手撐在地上，深深磕了一個頭。

「小舞小姐……」

「怎麼了，才藏你何必突然這樣呢？」舞不解地問道。

「才藏在伊吹山裡沒有盡到好好保護小舞小姐的責任，真是罪該萬死！」

「怎麼連你也這樣說，你們大家都對我太好了。這陣子你遇到的艱險，一定是我這種人無法想像的吧！」

「只要小舞小姐您沒事就好了……真的是太好了……」聽才藏的語氣就知道，他完全是打從心坎裡為舞平安無事這點感到欣慰的。

可能是天生的性格使然，舞有一種可以讓身邊所有人都感到安心的特質。剛才也是這樣，她所說的每一句話都像一道輕風，拂過眾人的心田。

「已經有太多人為了保護我而犧牲生命了，先是庄助和長太在伊吹山上送了命，後來就連與四郎也死了不是嗎？」

「是的。」

「事到如今，就算我活了下來，我也不認為我們有辦法顛覆德川的天下了……」

當舞說到這裡的時候，一直保持沉默的源九郎突然開口了。

「說到這個，我有件事想問你們，這問題跟舞剛剛講的事也有一點關係。舞為什麼非去江戶不可呢？對舞來說，江戶反而是一個很危險的地方，不是嗎？」

源九郎以好奇的眼光看看舞，又看看才藏。

「這麼做如何？隱姓埋名找個地方躲起來，或是乾脆揭露身分，接受某個大名的庇護……啊，不過大家可能都會唯恐避之而不及吧。總而言之，請你們給我一個合理的解釋，讓我知道為什麼要去江戶。妳繼承了曾經權傾天下的豐臣家族血脈，若要保護妳，沒有抱著必死的決心是不行的，畢竟是要跟現在的天皇老子作對嘛！」源九郎問話的語氣既沉著又冷靜，還帶了點戲謔、滿不在乎的味道，完全聽不出他「抱著必死的決心」。

「到底是為什麼呢？才藏。」舞沒回答，反而向才藏問起同樣的問題。

「原諒我，小舞小姐，這件事說來話長，請容才藏以後再慢慢告訴妳。」

才藏看著源九郎，眼神透露他似乎有什麼話想說。

源九郎眼神表示肯定，他知道才藏想說什麼。

「這件事請容才藏以後再慢慢告訴妳吧……」才藏又說了一次。

「那就這麼辦吧！」源九郎說完，屈起一邊的膝蓋，把手伸向大劍。

4

源九郎把大劍稍微拔出幾寸，無奈地嘆了一口氣。「今天客人未免也太多了吧。」

「看樣子，對方似乎也是忍者呢。」才藏一面觀察屋外的氣息，一面附和他。

「那麼肯定是土蜘蛛裡那個叫死手丸的傢伙了。」

「喔……」

「要在這裡等對方來？還是主動出擊？」

「對方好像只有一個人。雖然我一時半刻還想不透他為什麼要故意讓我們察覺到他的氣息，不過既然對方也是忍者的話，那就交給我吧。」

「你要出去嗎？」

「是的，我先去探探對方的底細。」

「你一出去就會成為敵人攻擊的目標喔。」

「比起源九郎先生，我這個目標要小得多。」才藏說完，壓低身子，站到出口去。「先在這裡等我一下。」才藏丟下這句話，保持壓低身子的姿態往外飛奔。

鏘！空氣中傳來金屬撞擊聲。

似乎是才藏用手裡的劍擋下了天外飛來的金屬暗器。

咻！咻！咻！

小屋四周的河岸上響起風聲般的暗器飛行聲，有時候還會響起金屬與金屬互相撞擊的聲音，伴隨著些微的對話聲。

「喝！」

「往哪裡逃！」有兩道氣息從遠方朝小屋急速逼近。

「源九郎先生，往那邊去了！」才藏大叫。

源九郎立刻站起來，拔出他的大劍。

那道強烈的氣息從西方步步逼近。如果它繼續維持那氣勢直衝而來，這棟破爛小屋的牆壁恐怕連一時半刻也抵擋不住。

源九郎面向那道牆壁，把大劍握在兩隻手中，直挺挺地站著。

愈來愈近，愈來愈近了。

就在這個時候——那道氣息突然從他面前牆壁的對面消失了。

「上面！」

才藏的叫聲傳進源九郎耳裡時，屋頂上薄薄的木板也被割開，一道黑色人影跳進小屋裡來。

原來，那道疾如閃電的人影在隱藏起自身氣息的同時，縱身一躍跳上了屋頂。

那道人影和月光，以及壓住木板以防木板被風吹走的石頭一起掉了下來。一道強烈的金屬光在月光下朝舞直線飛去。

「休想！」

源九郎把大劍往上一撥，格開那個發出金屬光芒的暗器。

鏗鏘！那個金屬暗器在射到舞之前就被彈飛。

「呿，失手了啊。」那道人影毫不遲疑地拔腿往外跑。

源九郎趕緊追上去，又有一個尖銳的東西撕裂大氣，朝源九郎的臉破空而來。

源九郎一樣用大劍將其格開。朝他臉部飛來的東西發出銳利的金屬音，插在門口的柱子上。

那是一根前端削得尖尖的細金屬棒，源九郎見過這玩意兒。那叫飛鐵。

在他打敗蛭丸的那個晚上，曾經被這玩意兒攻擊過。

死手丸、空丸。那兩個土蜘蛛的忍者使用的就是這種武器。

這麼說來，對手的確是死手丸。

源九郎的動作被飛鐵牽制住，慢了一拍，而死手丸已經跑到小屋外了。

源九郎鑽出門外，動作就像個大型肉食動物。

死手丸就站在前方不遠處。

手持短刀的才藏站在死手丸的正前方。

死手丸全身上下都包裹在一身黑衣裡，他靜靜站在月光下，右手握著一把劍柄被砍斷的斷劍。

為了同時觀察源九郎和才藏的動靜，死手丸側身站著。他整張臉都是黑的，像是塗了什麼顏料，看不出他的表情。

只有看得出他是長著一張馬臉的男人。

死手丸的眼神裡充滿戒備。

「你就是土蜘蛛的死手丸嗎？」源九郎問道。

「你還記得我啊？」

「我就知道你遲早會來，等你好久了呢！」

「我今晚只是來查看一下狀況而已，那傢伙如果沒有突然衝出來，我早就乖乖回去了。」

「那還真是遺憾啊。」源九郎把大劍拿在右手裡，將劍尖朝下，立在地面上，一派輕鬆的樣子。那是一把雙面刃的大劍。

用來當作武器的劍，大抵可以區分為兩種。

其中一種只有單邊刀身磨出劍刃，而且形狀略帶弧度，青龍刀或日本刀便是此類，這就是俗稱的刀。另一種是刀身兩面都磨出劍刃，通常用來刺擊，而非斬殺對手的武器，就是所謂的劍。

雖然刀和劍常常被混為一談，統稱為劍或統稱為刀，但是如果要細分的話，差別就在這裡。

依照上述分法，源九郎手中所持的大劍便是所謂的劍，而且不是普通的劍。

劍刃異常地寬，重量也是一般太刀的三倍以上，即使是平常有在練臂力的人，也只能勉強以雙手揮動。如果不是平常就有在使劍的人，還可能會被其重量壓倒，先切到自己的手指。它實在太笨重了，光是要用雙手揮動就得使出全力，在實戰的時候應該會是一把無用的劍。

然而，源九郎只用單手就能自在揮舞這麼重的劍。這劍的握柄部分有細緻的象牙雕刻，而且還鑲嵌著土耳其石。

源九郎說，這把劍曾經是古代「馬其頓王國」的國王——亞歷山大大帝的所有物。

萬源九郎，身高六尺五寸五分，相當於兩公尺。

壯碩的肉體令人自嘆弗如，脖子是一般人的兩倍粗，手腳也比一般人還要來得粗壯精悍，柔軟的皮膚底下是結實的肌肉，而非脂肪。

正因為源九郎擁有如此出類拔萃的身體與肌肉，才能隨心所欲地耍弄那把大劍。

聽到源九郎說遺憾，死手丸嗤之以鼻。「算了，今晚還是不要跟你們糾纏了。」

不管他跟源九郎或才藏交手，另一個人肯定會從背後一刀砍來。

不管是往前還是往後逃跑，那兩個人一定會同時追上來，結果還是會被左右夾擊。

「只不過，在我回去之前，總得讓我帶點紀念品回去吧！看是要帶走你們哪一個人的性命，還是一隻手、一條腿都可以……」

「喔？」源九郎的嘴角高高往上翹起。「聽起來很有意思呢，那就由我來陪你玩玩吧！」

「就憑你？」死手丸說道。

「源九郎先生，跟忍者交手的過程中最好不要說太多話喔，免得對方有機可乘。」才藏提醒源九郎。

「聽見了嗎？有人在警告你囉！」死手丸說完，突然藏起全身上下的氣息，彷彿被風吹熄的蠟燭火焰。

如果說死手丸現在還有散發出氣息的話，那肯定就是死人的氣息了。

活人永遠不知道死人在另一個世界裡如何行動，同樣的，正常人也絕對猜不到死手丸此時會採取什麼樣的攻擊。

「才藏，你可別出手喔！這傢伙由我來處理。」源九郎說完話便用雙手握住大劍，擺好架式。

「呼……」同一瞬間，源九郎巨大的軀體內盈滿了強大的氣場。

與隱藏起自己氣息的死手丸恰恰相反，源九郎故意將自己的氣息在夜晚空氣中毫不掩飾地釋放出來。

那股氣在源九郎的體內一點一滴地蓄積起來，慢慢膨脹，最後一起湧出。

「喔……」死手丸發出了讚嘆聲。

不知不覺，源九郎的肉體已經變得像一團熊熊燃燒的火球。

就連源九郎那把在月光下閃著寒光的大劍也充滿了那股氣。

大劍的劍刃似乎吸收了月光，不，應該說劍刃似乎自己發出了光芒，開始在月光下放射出氣的飛沫。

從源九郎的肉體內釋放出來的氣，撞擊在隱藏起所有氣息的死手丸身上。

一收一放的拉扯之間，死手丸的氣息反而被逼出原形了。

「居然會有這種事?!」死手丸發出驚嘆的叫聲。

他的意思是：居然有人可以發出這麼強烈的氣場。

就在這個時候，那把大劍發出尋常人的肉眼也可以清楚看見的雪亮光芒。

死手丸沒辦法動了，只有源九郎能動。

不管死手丸往哪邊動，源九郎的大劍一定會在同一個瞬間往自己的腦門上一劍劈下來吧！

不管是轉而攻擊才藏，還是一跳逃開，都快不過那把大劍的速度。就算用手裡的劍抵擋，源九郎的一斬一定也會砍斷自己的劍，然後再深深劈進自己的腦袋裡吧。

死手丸已經覺悟了，除了直接迎擊源九郎的大劍之外，再也沒有其他脫身的機會。

「真拿你沒辦法，紀念品我不要了。」死手丸塗了墨的臉似乎發青了。

死手丸從正面朝著源九郎直衝過去，彷彿是再也承受不住他身上釋放出來的熱氣了。

「去死吧！」尖端被砍斷的劍柄從死手丸的手中飛向源九郎的臉。

與此同時，死手丸高高往半空縱身一躍。

他似乎打算在從源九郎的頭上跳過，然後從正上方把飛鐵擲向源九郎的腦門。然而……

「哼！」

源九郎以大劍由下往上撥開射向自己臉上的劍。

不只如此，源九郎把大劍往上撥，自己也跳到了半空中。

在那一瞬間，令人難以置信的光景映入了才藏的眼簾。

在沒有助跑的情況下，源九郎那龐大的身軀居然跳得比想要從他頭上跳過的死手丸還要高、還要輕盈。

浮在半空中的源九郎把大劍高舉過頭上繞了個圈，朝向死手丸揮去。

「喝！」空氣中傳來肌肉和骨頭同時被切斷的聲音。

有個東西掉在河灘上，發出一記沉重的悶響。

原來是死手丸的左手臂，從肩膀處被整齊地一刀切斷。

源九郎就落在那截斷臂的旁邊，死手丸則落在源九郎的後方。

因為跳得比源九郎低，所以死手丸的腳也比源九郎先踩到地面。

死手丸不再對源九郎發動攻擊，選擇逃跑。

他以驚人的速度，衝過河堤上的斜坡，揚長而去。

「結果反而是我留下了紀念品呢……」

空氣中迴盪著死手丸的聲音。

他在對小屋發動攻擊時令人印象深刻，離去的時候也一樣。犧牲自己的左臂，藉以保住性命的判斷十分正確明快。不僅如此，被砍掉一條手臂後，還能一鼓作氣衝到河堤上，速度一點也沒有衰退，其體力與精神也絕非等閒之輩能相比的。

「被他跑掉了。」

源九郎把大劍扛在肩膀上，站在原地，雙眼凝視著死手丸消失的方向。

「那也是沒辦法的事。」才藏一面把劍收回劍鞘裡，一面走了過來。他望著源九郎說道：

「更重要的是，那群人已經知道這個地方了，所以不能繼續在這裡待下去。」

第四章 神器

1

黑暗中，牡丹的紅唇往左右兩邊大大咧開，近似喜悅的笑意浮現在他的唇畔。

「這樣啊……」他口中發出了細小、壓抑著興奮的呢喃聲。「這樣啊……原來是那個啊……」呵呵。他的喉嚨間發出笑聲。

「終於讓我找到了，第三件神器……」

無數的狗尾草在牡丹的周圍迎風搖曳，發出沙沙聲響。

狗尾草的穗子宛如刀尖一般，在月光的映照下閃爍著銀色的光芒。

「沒想到那個男人手裡拿的那把大劍居然就是第三件神器……」牡丹樂不可支地笑開了，露出潔白的牙齒。「猶大的十字架、玄覺寺的黃金金剛杵，還有那個男人的大劍……這些東西我益田時貞全要了！……可是……」

益田時貞——也就是牡丹的眉頭突然皺了起來，似乎在思考著什麼問題。

「從那個男人的樣子來看，他似乎還不知道自己手上的那把大劍有什麼作用呢。也就是說，他從來沒有使用過那把大劍的力量……」

「嗯……」牡丹再度把視線望向小屋的方向。

源九郎的氣場注入那把大劍的時候，劍刃發出耀眼的光芒。

這個男人渾身上下都充滿了彷彿要滴濺出來的精氣。受到他的精氣影響，那把大劍就像生物一樣有所反應了。

當時，那把大劍與源九郎的意志相呼應，發出尋常人肉眼難以辨識的光芒。

牡丹站在水面上時感受到的那股風壓，原來就是那把大劍發出來的。

源九郎和才藏正在牡丹的視野所及之處交談著，他們的聲音片片段段地傳入牡丹的耳裡。在那些隻字片語裡夾雜著秀賴的女兒、舞、逃走之類的單字。

「喔……」牡丹豎起耳朵來傾聽他們的對話。「看樣子，事情似乎變得愈來愈有趣了呢。」

有個女人從小屋裡走出來。

正當那個女人打算叫住源九郎和才藏的時候——牡丹察覺到了那股氣息。

2

風中夾雜著一絲氣味，火的氣味。

一開始還以為是從尚未完全熄滅的火堆裡發出來的，但似乎不是那麼一回事。因為那火的味道裡夾雜著燃燒枯草的氣味，也夾雜著焚燒青草的氣味。

「嗯？」最先注意到那股味道的是源九郎。

正當源九郎準備進一步確認這股衝進鼻腔裡的味道究竟是什麼的時候——

「這個是……」才藏也注意到這股味道了。

兩人轉頭環視四周，發現黑暗中隱約可見星星點點的紅色火光。

「失火了嗎?!」源九郎說道。

當他看見那道火光的時候，馬上就知道那並不是普通的火焰。

如果是普通的火，也就是火堆裡的火星被風吹到河岸草叢裡造成的火勢，並不會同時有好幾個起火地點。

但是眼前的火勢卻圍繞著源九郎和才藏、舞所待的小屋，形成一個半圓，顯然是基於某人刻意縱火。

不知道是不是還用了油或其他助燃物，星星之火一下子就延展成燎原巨龍。

只有一個地方的火勢比較弱。問題是……

「再怎麼樣也不能逃往那個方向呢！」源九郎說道。

「是啊。」才藏也點頭附和。

縱火者故意留下一個看起來比較容易逃出生天的地方，肯定是因為他已事先在那佈下重重的陷阱。要是真往那個方向逃的話，無異是自投羅網。

源九郎和才藏一面護著舞，一面在狗尾草叢中移動。總之目前只能先往後退，再做打算。

後面是一條河。

「先退到河邊吧！」源九郎提議，才藏接受了，一行人退到河邊。

狗尾草叢的盡頭是石頭河灘，在河灘上多走幾步，馬上就會到水邊了。長良川豐沛的水量在河床上捲出一個又一個的漩渦。

才藏一馬當先跳進水裡，強勁的水流衝擊著他的腹部。

才藏把頭埋進河裡一會兒，然後把頭抬起來問源九郎：「要直接跳進河裡跳走嗎？」

「如果對方在下游也安排了埋伏的話會很危險吧！而且這條河的下游有一道激流，要是被那道激流捲進去，舞的生命會有危險。就算要跳，也等到萬不得已的時候再跳吧！」

「我明白了。」才藏從水裡爬出來。

接著換源九郎跳進水裡，從頭到腳浸濕全身，再從水裡爬出來，然後是舞。

趁著才藏正在觀察敵人動靜的時候，源九郎抓住舞的手，帶著舞沉到水中，再把她的身子拉回河岸上。
這時，火焰已經延燒到小屋了。小屋裡竄出一道火龍般的巨焰和無數火星，直上雲霄。在風勢的助長下，火龍般的巨焰和無數的火星被送上更高的夜空，煞是壯觀。
只可惜，現在沒有時間在那裡慢慢欣賞了。
源九郎和才藏拔劍出鞘。為了不讓火苗繼續延燒過來，他們開始用劍剷除附近的狗尾草。火焰的熱氣緊緊包圍兩人，幾乎要燒到他們的毛髮了。幸好他們事先把全身打濕，所以暫時沒有立即性的危險。
就在這個時候——從火勢最微弱的地方衝進一道全身黑衣的人影。
那道人影的右手裡握著一把已經出鞘的劍，他一衝進火場馬上朝源九郎砍來。
源九郎把來人的劍往旁邊格開，下一瞬間，源九郎的劍已貫穿了那個人的胸膛。
在那個男人應聲倒地之前，第二個、第三個男人就衝了進來。
才藏撂倒一個，源九郎也撂倒一個。這時，敵人又增加到三人了。
「可惡！」
與其一一把敵人撂倒，還不如先保護好後面的舞比較重要——這是源九郎和才藏共同的判斷。
他們在激烈的刀光劍影中把源源不絕湧上來的敵人一一砍倒，同時往舞的方向飛奔而去。
只不過在他們和舞會合之前，已經先有兩個男人擋在源九郎和舞之間，先他們一步朝她奔去。
源九郎緊追在後，先用大劍的尖端斜斜劃開第一個男人的背部。就在源九郎準備擊倒第二個男人之前，有人從旁邊對他發動突擊！
源九郎只能先擋下逼到眼前的突擊，但這麼一來就趕不及回到舞的身邊了。
舞獨自面對朝她狂奔而去的殺手。

「跳啊！舞！」源九郎放聲大喊，一面用握在右手裡的大劍抵禦敵人的攻擊，一面用左手拔出插在腰間的小刀。

正當舞想要衝向水邊的時候，腳下似乎被什麼東西絆了一下，整個人往前撲倒。

沒想到這麼一撲反而救了舞的命。

敵人的劍在舞的項上人頭前一刻還在的位置揮了空。

就在他準備對舞發動第二波攻擊的時候，一把小刀硬生生插上了自己的背。

原來是源九郎一面應付眼前的敵人，一面朝正想攻擊舞的傢伙射出他的小刀。

舞的嘴裡發出了淒厲的尖叫聲。

「小舞小姐！」才藏也想趕快回到舞的身邊保護她，但是在敵人的阻撓之下，始終無法如願。

「這是什麼？」舞尖叫著。

明明水邊就近在眼前，可是她卻遲遲爬不起來。

好像有什麼東西纏住舞的右腳踝，害她沒有辦法自由行動。舞用力地甩著自己的右腳，似乎是想甩掉那個東西。

這時，源九郎總算看清楚是什麼東西纏住舞的腳踝了。

那是一隻人類的手。從肩口到指尖都完好如缺的左臂，那隻手的指尖正牢牢抓著舞的右腳踝。

看來應該是源九郎砍下來的死手丸左臂。

「死手丸?!怎麼會……」源九郎發出驚呼。

他硬揮出一劍，劈開眼前敵人的腦門，如此一來，終於可以趕回舞的身邊了。

就在源九郎衝向舞的時候，舞也一腳踩進水裡，好像是有什麼東西正在把她的腳往水裡拉。

不對，還能有什麼東西呢？死命把舞往水裡拉的，除了死手丸的斷臂還會有什麼？

既然源九郎可以趕在所有人之前趕回舞身邊，舞沒有必要跳進水裡。

問題是，舞腰部底下的身體都已經泡在水裡，就快要被水流捲走了。

舞抓住岸邊岩石的手突然滑了一下。

就在源九郎衝到岸邊的前一瞬間，舞的手離開了岸邊。

「舞！」

打算跳進水裡把舞救回來的源九郎，被從左右兩旁夾殺過來的敵人牽制住了。

「舞！」源九郎一面擋下他們的攻擊，一面呼喚著舞的名字。

只可惜，舞的身影一下子就被水流推到長良川的正中央，捲入黑色的漩渦中，一路沖到下游去了。

「可惡！」

源九郎砍下敵人握劍的手臂，再度往水面望去的時候，舞的身影已經從水面上消失了。

到處都看不到舞的身影。

「小舞小姐！」

只剩下才藏的叫聲迴盪在寬廣的河面上。

第五章 暗黑牡丹

1

穿著一身黑衣黑褲、臉上也塗得黑黑的男人自腰部以下全都泡在河水裡。
那個男人是死手丸。
死手丸面向上游站著，眼睛一眨也不眨地注視著河面，彷彿是在月光下等待著從上游流下來的獵物。
潺湲的溪流聲從上游傳來。過沒多久，果然有個獵物從上游漂了下來。
死手丸的嘴角一撇，露出一個略略抽動的笑容。
那是一個女人的身體，雖然打扮成旅行的町人，但那千真萬確就是舞。
死手丸伸出右手抱住隨波而來的舞。
死手丸抱住舞的身體之後，把她的衣襟往左右兩邊大大扯開，露出形狀優美的白皙乳房。
月光灑落在舞濕淋淋的乳房上，反射出青白色的光芒。
死手丸把耳朵貼在她左邊的胸脯上。過了好一會兒，死手丸才把臉抬起來。
「什麼嘛……還活著啊……」
死手丸把舞再次拋回水中，可是舞的身體卻勾住死手丸的身體，不肯往下游流去。
死手丸只好把右手伸進水裡，在舞的腳邊摸索著。
當他把右手從水裡收回來的時候，手裡握著他被源九郎砍下來的左臂。
哼哼……死手丸從鼻子裡發出了笑聲。

「幹得好啊，你這傢伙。」彷彿是在回應死手丸的冷笑聲，那條左臂的手指居然微微抽動了一下。

死手丸把那條斷臂的切口對準左肩的切口接合起來。

深呼吸……再呼吸……

反反覆覆進行大約二十次的深呼吸之後，死手丸終於把右手放開了。

那條斷臂居然沒有從肩頭上掉下來，曾經骨肉分離的肩膀與手臂居然又接起來了。

「暫時會有一陣子不能動了呢。不過那也無所謂，反正該做的事情都已經做完了。」死手丸自言自語，並伸出右手，從懷裡掏出一把短劍。「這一來，我的任務就算是大功告成了……」

死手丸反手握住那把短劍，正打算一劍刺進舞的心臟時——

「等一下喔……」耳邊傳來一個聲音，應該是男人的聲音。

死手丸暫停手邊的動作，望向對面的河岸。

死手丸的夜視能力非常好，如果有人站在那裡，他一定一眼就可以看出來。

可是岸邊卻沒有半個人影。

當死手丸再度把視線移回舞身上的時候——

「等一下喔……」耳邊又傳來同樣的聲音。

聲音到底是從哪裡傳來的呢？聽起來是比河岸更靠近自己的地方。

難道是從附近的沙洲上傳來的嗎？還是那聲音的主人也跟自己一樣，潛在長良川裡？

死手丸再度用視線將周圍搜尋一遍。

「我在這裡……」那聲音說道，這次聽得很清楚。

聲音並非從岸邊的方向傳來，而是從右手邊，也就是長良川的正中央傳來的。

死手丸望向自己的右手邊，才看一眼，便倒抽了一口涼氣。
那一瞬間，他還以為自己是不是在不知不覺中被人施了什麼妖術。
眼前的光景令人難以置信。有個風情萬種的長髮男子正輕飄飄地站在滔滔奔流的長良川上。
看起來彷彿是一朵鮮紅欲滴的嬌豔玫瑰，綻放在倒映月光的晶亮河面上。
男子穿著一件上頭繡滿紅色牡丹花的小袖，和同樣盛開著紅色牡丹花的褲子。
益田時貞——又名牡丹，就站在那裡。
牡丹踩著與河流速度同樣韻律的步伐，往上游的方向緩緩邁步，宛如輕風拂過水面。
透過這個動作，牡丹的身體才有辦法一直停留在同一個地方。
這是幻覺嗎……？
雖然這念頭只在死手丸腦中停留一瞬間，但這也已經可以證明牡丹的妖豔姿態的確不是俗世可見的。

2

「你是誰？」死手丸握好短劍，擺出備戰的架式。
「牡丹。」牡丹簡短地回答，轉身面向死手丸，以極優雅的姿態往前跨出腳步。
「什麼?!」死手丸慢慢動起水面下的腳，往岸邊移動。
舞的身體被死手丸的身體勾著，所以舞也被他帶往岸邊。牡丹踩在水面上追了上來。
「你想幹嘛？」死手丸邊退後、邊問。
「我希望你能把那個女人交給我。」
「憑什麼？」

「有個獵物，得用那個女人當餌來釣。」牡丹回答。
「不好意思，我只能給你這個女人的屍體。」
死手丸準備一劍刺進舞的胸口時——
「我勸你不要這麼做。」牡丹用十分輕柔的語氣警告他。
「否則，在你的劍碰到那女人胸部之前，你的項上人頭就會先跟脖子分家了。項上人頭如果跟脖子分了家，應該沒有辦法像手臂那樣接回去吧！」
死手丸的手停了下來。牡丹此刻也已經讓死手丸進入他腰間那把劍的攻擊範圍內了。
牡丹站在水面上，慢條斯理地把劍從腰間拔了出來。
月光下緩緩從劍鞘滑出的那把劍發出森森寒光。
「眼下只有一個辦法能保住你的性命，那就是馬上放開那個女人，離開此地。」
死手丸不動聲色地摸近水比較淺的地方，如今水面已經退到他大腿以下了。
水流還在他膝蓋以上的高度，但是只要再踏出幾步，應該就可以比那自稱牡丹、站在水面上的男人還要活動自如了吧！
死手丸又往前走了幾步，把舞放下。
仰躺著的舞雖然身體還在水面上，但是因為被凸出水面的岩石勾住，所以沒有被河水沖走。
而且那裡位於下游，其實水很淺。
死手丸又往後退幾步，然後停下腳步。如今水深只到他的腳踝。岸邊就在不遠處。
根據死手丸的判斷，站在水面上的牡丹重心較不穩，不若自己擁有壓倒性的優勢。
在水面上肯定沒辦法盡情踏步，所以站在離岸邊不遠的淺灘上的自己比較占上風。
「你似乎做了一個很愚蠢的決定呢。」牡丹說道。

「你說什麼?!」死手丸反問的當下，牡丹抬起右腳輕輕踩了水面。

撲通。就在那一瞬間——

唰！死手丸周圍的水面濺起潔白的水花，把死手丸包圍起來。

「唔！」在什麼都看不見的空間裡，一道犀利的殺氣直逼而來。

死手丸朝那道殺氣揮劍，劍氣在空氣中劃出一道缺口。

等水花散去，死手丸定睛一看，已經不見牡丹的人影了。

跑哪裡去了？死手丸環視了一圈，到處都不見牡丹的蹤影。

只有傾注在寬廣河面上的微明月光。就在這個時候——

死手丸感覺到腦門上有一股癢癢的感覺，那股癢癢的感覺迅速沿著額頭滑下來。

死手丸用握劍那隻手的手背往額頭上一抹。居然是血。

「嗚！」死手丸把握著劍的手伸向腦門時，指尖傳來一陣尖銳的痛楚。痛到他連手裡的劍都差點握不住。

在他的食指和中指之間，出現一道被利刃劃開的大傷口。

呵呵呵。一個悶笑聲傳入死手丸的耳裡，聲音的主人似乎很愉快。

「上面嗎？」

死手丸抬頭往上看的時候，有個東西從正上方滑進他的腦門裡。腦稍微被傷到了。

死手丸不敢輕舉妄動，只能轉動眼球往上看。

牡丹就在死手丸的上方，他的劍淺淺插在死手丸的腦門上。

只見牡丹以雙腳的大拇指夾住握柄，輕盈地站在劍鍔上。

牡丹俯視著死手丸，臉上浮現出樂不可支的笑意。

「受死吧。」牡丹淡淡地說道。

冷不防，牡丹把全身的體重都壓到插在死手丸腦門上的刀尖上！

噗滋。將近半把劍的劍身從死手丸的腦門沒入他的身體裡。

死手丸倏地翻了白眼，身體劇烈地抽搐起來。

然而，死手丸並沒有倒下。牡丹也還文風不動地站在劇烈顫動的劍鍔上。

死手丸一面抽搐，一面舉起手裡的劍胡揮亂砍。

只不過，那完全不能傷到牡丹分毫。

死手丸口吐鮮血，撲倒在水面上。

這時，牡丹才終於降落在水面上，把劍從倒地而死的死手丸腦袋裡拔出來。他用水沖洗了劍，收回劍鞘裡。

「接下來……」牡丹正打算走向舞的時候，突然停下腳步。

有個東西突然從水裡彈出來，掐住牡丹的咽喉！是死手丸的左手！

只見那隻左手掐住牡丹的脖子，手指持續施力。

牡丹停止呼吸，閉上眼睛，輕啟朱唇，無聲地誦唸起異國的咒語，然後再用自己的雙手抓住死手丸的左手。

呼……牡丹吐出一口長氣，然後再深深吸進一口氣。

死手丸的手終於鬆開他的脖子了。

「這筆帳我就不跟你計較了。」牡丹喃喃自語了一陣，然後把那條斷臂扔進河裡。

他走到卡在岩石上的舞旁邊，把舞的身體抱起來。舞的乳房還暴露在月光下。

「喔……」牡丹凝視著她的乳房，發出呢喃。「真是太美了……」

牡丹低頭含住舞的乳頭，以舌尖舔舐。

「就拿這個女人去換那把大劍吧！」牡丹在月光下低聲笑了。

那是一抹充滿魔性的美麗笑容。

第六章 鬼神

1

一道細細的清泉流經黑暗的最深處。

夜以繼日、不絕於耳的潺湲水聲，將暗夜森林裡的靜謐襯托得更加深沉。

清泉的水氣融解在氤氳的夜露裡，有一座落葉林。

清泉旁有一條小徑，寬度比泉水還細，埋沒於荒煙蔓草中，位於泉水右邊、緩緩的上坡路。

小徑上長著古老的楓樹和榆樹，依舊翠綠的枝葉尚未染上秋意。

有個男人在那條小徑上踽踽獨行。那是一個身高六尺以上的偉岸男人，他只靠樹葉間隙篩下的月光指引，一步一步踩在石頭和樹根上。

看樣子，他的夜視能力似乎比一般人還要好。

但是黑暗和巨石這兩個敵人依舊不時擋住男人的去路，小徑會一下往左、一下子往右繞過巨石，往上延伸。可以說是一條奇岩怪石林立的小徑。

在深夜，這裡更是人煙罕至。就連山賊之類的盜匪也不見得會在這裡出沒，是條人煙極稀少的小徑。

中仙道是從鵜沼與太田之間往西延伸的道路，從這條小徑便可以通往木曾川51以西——也就是勝山52山中。

這條小徑並不長，走沒多遠就是盡頭了。

小徑的盡頭有一個鑿穿岩壁所形成的洞窟，洞窟裡供奉著觀世音菩薩的石像。

勝山窟觀音……周圍林立的奇岩巨石讓這裡形成一個奇境。
如今男人正走在山路上，往那個洞窟前進。
男人的年齡大約五十開外，一頭亂髮在後腦勺隨興地紮成一束。
每一個腳步都十分穩健，呼吸更是有條不紊，宛如野獸般炯炯有神的眼神，堅定地望向前方的黑暗。
但在男人行經的空氣中，卻夾雜著一股魚內臟腐爛似的異臭。
看樣子，那個男人似乎是故意把搗爛的魚內臟和著魚血揉進自己穿的衣服裡的。
男人的腰間繫著兩把大小不一的劍，顯然是一個武士。
宮本武藏是這個武士的名字。
他從九州的小倉出發，就是為了要追查益田時貞（也可以叫他天草四郎）的下落。
武藏已經掌握到線索，得知有一個很可能是益田時貞的人，正從這條中仙道往江戶前進。
他向有田屋的老闆打探到消息，知道該人應該穿著一件上頭繡有牡丹圖案的小袖。
前幾天的清晨，益田時貞才和有田屋的掌櫃市松一起前往附近的神社。
後來在那座神社裡發現了市松的屍體，但益田時貞則一直到今天都不知去向。
在屍體附近還發現到毀壞的「聖母瑪利亞」像碎片。
藏在那裡面的「猶大的十字架」恐怕已落入益田時貞的手中。

㊿鵜沼是中仙道上第五十二個驛站，相當於現在的岐阜縣各務原市。太田是第五十一個驛站，相當於現在的岐阜縣美濃加茂市。木曾川發源於長野，流經岐阜、愛知、三重，注入伊勢灣。
52海拔五十三公尺，位於岐阜縣大垣市。

如此一來，益田時貞就會得到在島原之役時，福田屋庄兵衛所說的「魔王的力量」。那是一種什麼樣的力量呢？武藏試著想像。

想不出來，怎麼可能想得出來？也許益田時貞還沒有得到那股力量。

如果益田時貞真的得到了那股力量，自己有本事殺掉益田時貞嗎？

或許應該要思考的是——對方會不會變成用劍也殺不死的人呢？這是武藏的思考邏輯。

只要對方是用劍殺得死的人，就還有勝利的機會。

問題是，自己目前還不了解那股「魔王的力量」究竟是一股什麼樣的力量。

在還不清楚對方底細的情況下，就不應該跟益田時貞硬碰硬。這也是武藏的思考邏輯。

就在不久之前，武藏才跟一個從肚子上長了一顆狗頭的男人決鬥。

雖然是令人難以置信的光景，但武藏確實看到了，還和對方戰鬥。

既然親眼看見、也親身迎戰了，內心就必須坦然接受——這也是武藏的思考邏輯。

對於武藏來說，戰鬥最重要的不外乎氣魄。技術或計策之類的，全都要排在氣魄的後面。只要最重要的氣魄沒有輸人，就不可能會失敗。所謂的失敗，指的其實就是氣魄被人摧毀。

這是武藏的信念。

只好等到真正碰上再說了……武藏是這麼想的。

話說回來，決鬥總是無法預測。

當然，可以想的計策還是要盡量想，也要鉅細靡遺地查清對方所有的事。面對吉岡的時候如此，面對小次郎的時候也是如此。

只不過，對方當然也會擬定一些策略，所以不可能一切都照自己的計畫發展。到了那個時候，決定勝負的關鍵就在於個性——這是武藏的想法。

也可以用素質、才能之類的說法來代替「個性」。在每一個不同的時刻、每一種不同的場合，在瞬息萬變的決鬥過程中，要如何臨機應變呢？靠的無非是速度、機智，或者是獨特的創造力。就是這些東西決定了勝負的關鍵。

他一絲不掛地出現在吉岡傳七郎面前時，就是在發揮它的創造力。

一絲不掛地現身，狀似毫無警戒地靠近傳七郎……這些是武藏事先想出來的計策。

雖然是非常冒險的策略，但是這也表示武藏對贏得勝利有絕對的把握。

但是，按住傳七郎想要拔出大刀的刀柄，靠的就是武藏的臨機應變。

如果沒有這樣的臨機應變，他們可能打到天亮也分不出個高下來。

在面對小次郎的時候，他對扔掉劍鞘的小次郎說「這場比試是你輸了」，這也是武藏的臨機應變。

這種臨機應變（或者說是創造力）可以讓自己在原本難分軒輊的較量中迅速勝出！

儘管如此，還有一件事讓走在黑暗中的武藏走不時掂量著。

那個叫作才藏的男人，究竟是何方神聖？

實在是個詭異的男人。

他巧施計謀讓自己跟那個肚子上長了一顆狗頭的獸人碰面……

他知道才藏是一名忍者，可能是在被那個獸人窮追不捨，無計可施的情況下，想到讓自己跟那個獸人打上一場。

自己被那個才藏給利用了，但不可思議的是，武藏居然一點也不覺得生氣。

以一名忍者來說，才藏的舉手投足都很有分寸，而且散發出一股很古怪的氛圍。

結果自己居然連益田時貞的事也跟他說了。

呼……武藏輕嘆了一口氣。

不管是在鵜沼的驛站，還是在半路上僅有屋頂和地板、只能勉強遮風蔽雨的破客棧裡，都沒有看到像是益田時貞的人。

他在路上向投宿在這些地方的人詢問，也沒有問到類似益田時貞的人在某處投宿的消息。

問題是，路上卻又有人看見很像益田時貞的人。

也就是說，至少益田時貞沿著中仙道往江戶前進的情報應該是沒錯的。

他到底打算去哪裡呢？武藏還真是想不到。

「一、一個在飛驒……」

當時，庄兵衛在益田時貞逼問下是這麼回答的，他回答的聲音還停留在武藏的耳膜深處。

飛驒有什麼東西？武藏知道。

庄兵衛告訴益田時貞「猶大的十字架」在赤坂村的有田屋後，還說了一句：「玄覺寺的黃金金剛杵……」

這也就表示，三件神器之一的「猶大的十字架」在赤坂村，而「黃金金剛杵」在飛驒的玄覺寺裡。

所謂的三件神器，到底又是什麼東西呢？

其中兩樣他已經知道了，分別是「猶大的十字架」和「黃金金剛杵」。

至於第三件在哪裡？又是什麼東西？似乎連庄兵衛也不知道。

只不過，根據名為范禮安的伴天連信徒的說法，那第三件神器似乎也已經傳入日本了。

范禮安是耶穌教的和尚，他透露給福田屋庄兵衛聽的三件神器到底有什麼作用呢？

據說只要得到那三件神器，就可以得到魔王的力量。那麼，魔王的力量又是什麼呢？

結果想了半天，思緒又繞回同樣的地方。武藏只好暫時把這件事擱到一邊，專心思考益田時貞的問題。

益田時貞完全沒出現在鎮上的客棧裡，想必是知道有人正在追查自己的下落。

武藏大致可以猜到，益田時貞要不是在客棧以外的破廟或空無一人的神社裡過夜，就是露宿在荒郊野外。因此每到入夜之後，武藏都會盡量往破廟或無人的神社去，好追查益田時貞的下落。

過去，武藏自己也幾乎都不住客棧，在全國各地遊走時，幾乎都是露宿野外。

他當然是為了要鍛鍊自己的氣魄才故意這麼做的，不過最大的原因還是由於他沒有錢。像這種時候就要往人潮聚集的地方去。

武藏在鵜沼聽到勝山窟觀音的事。他聽說那裡有個洞窟，洞窟裡供奉著一尊觀世音菩薩像。所以他打算去那裡碰碰運氣。

如果益田時貞今夜不在那裡的話，他打算折返中仙道上繼續打聽，在天還沒亮之前到太田的渡船頭去，等待益田時貞的出現。

就算益田時貞不出現，他至少也可以向船夫打聽，看有沒有人曾經用船送過像益田時貞的人橫渡太田川。

如果有的話，就追上去。如果沒有的話，就在那裡守株待兔。武藏是這樣盤算的。

太田渡船頭的上游很寬廣，從東流過來的木曾川和從西流過來的飛驒川㊼在此會合。

雖然這一帶的人都稱其為太田川，但這條河的主流其實是木曾川。木曾川的水量比飛驒川豐沛，所以大家會覺得是飛驒川匯入木曾川。

㊼木曾川水系的支流之一，從岐阜縣北部流向南部。

太田川其實也就是所謂的木曾川，距離江戶九十八里半，距離京都三十七里四丁。

如果益田時貞還是沒有出現在這個渡船頭的話……

就算這樣，武藏還是知道益田時貞打算前往哪個方向。

他要去飛驒高山的玄覺寺……益田時貞應該不會放過傳說藏在玄覺寺裡的黃金金剛杵。

要從中仙道前往飛驒，大抵只有三種方法。一是從距離太田六里八丁的加納[54]出發，經由關、八幡，越過金山，再通過下呂[55]，進入飛驒高山的那條路；一是不橫渡太田川，從太田沿著飛驒川逆流而上，出金山，通過下呂，再進入飛驒高山的那條路，也就是俗稱的飛驒道；最後一條路是繼續沿著中仙道往江戶前進，從奈良井[56]向左轉，翻越野麥峰[57]，最後通往飛驒高山。

無論哪一條都是非常險峻的山路。

他已經掌握到一點，那就是益田時貞並沒有選擇從加納經由八幡進入飛驒的那條路。那麼只剩下從太田沿著飛驒川前進的飛驒道，以及從奈良井翻越野麥峰的那條路了。

武藏認為他應該會走飛驒道。

就算沒有猜中，武藏自己也打算走飛驒道過去。因為如果要前往飛驒高山，走這條路是最快的選擇。

只要他比益田時貞早一步抵達玄覺寺，遲早都能等到益田時貞的。

從上方的黑暗中傳來另一道流水聲，那聲音和身旁水聲的源頭不同。

看來岩窟的觀音堂就在不遠處了。

武藏停下腳步，調整一下自己的氣息。之前搖曳在武藏四周的氣場突然消失了。

武藏重新踏出腳步。他已經把全身氣息藏得滴水不漏了。

武藏往前走，宛如一陣清風。

2

黑暗中盤踞著三個比夜色還要幽暗的身影，空氣中傳來不絕於耳的蟲鳴與水聲。那三道人影從剛才開始就一直用比蟲鳴還要低沉、細微的聲音交談著。

「這樣啊……」其中一道人影喃喃自語著，從低沉的語氣聽來，他似乎是個老人。那聲音繼續喃喃低語：「這麼一來，明天那群人就會橫渡太田川了嗎？」

「應該是這樣沒錯。」空氣中響起另一個男人的聲音。

「死手丸那傢伙，到底打算在哪裡取舞的性命啊？」老人的語氣裡帶了點期待。

「他似乎打算在長良河邊動手。」這是另一個男人的聲音。

呵呵。哈哈。第三個男人的口中流洩出壓抑的笑聲。

「這個死手丸，可不要又失手了。要是他又失手的話，就輪到我空丸上了。」那把聲音接著說。

「對了，破顏坊。」老人出聲喚道。

「在。」另一個被稱為破顏坊的男人回答。

「半藏在江戶嗎？」

「是的。」

54 中仙道上第五十三個驛站，相當於現在的岐阜市中心。
55 由關、八幡、金山和下呂均為岐阜縣的地名。
56 中仙道上第三十四個驛站，相當於現在的長野縣塩尻市。
57 位於岐阜縣高山市和長野縣松本市的交界，是江戶時代連接飛驒國和信濃國的街道上的一個山口。

「半藏知道我們土蜘蛛一族也介入這件事了嗎？」

「……」

「怎麼不說話？」

「這件事，人在江戶的半藏大人還不知道。是小的自作主張，拜託蓑翁大人的。」

「是嗎……」被稱為蓑翁的老人吐出一口氣，既不像是笑聲，也不像是在嘆息。

短暫的沉默中，只聽得見此起彼落的蟲鳴和水聲。

蓑翁、空丸和破顏坊此刻正在一個四周都是岩壁的洞窟裡，壓低聲音交談著。

蟋蟀。草雲雀。邯鄲。這些蟲正在洞窟外的草叢裡頻繁地鳴叫著。

「那另一件事，你打算怎麼處理？」蓑翁問道。

「您是指柳生的事嗎？」

「沒錯。」

「如果那個男人真的是柳生十兵衛三嚴的話，為什麼會出現在這個地方呢？」

「我已經派鼯鼠的半助和姬夜叉去盯著了，應該很快就會有消息回報……」

「我總覺得他這次行動的目的不只是為了要斬斷豐臣的血脈……」

「此話怎講？」

「還有半助看到那個肚子上長了一顆狗頭的男人、飛在天上的船……我總覺得這些東西似乎也都跟這次的事情有關……你還沒有跟江戶的半藏聯絡，不就是因為你對這件事有自己的想法嗎？」

「沒這回事，我怎麼可能有什麼想法呢……」

「算了，無所謂。一切就等我看完死手丸明天的表現再說吧。」

空丸「呵呵呵」地笑了幾聲，像是在附和蓑翁的見解。

就在這個時候，蟇翁突然屏住了呼吸，隱藏自己全身上下的氣息。

空丸、破顏坊也配合他，藏起自己全身上下的氣息。

「怎麼了嗎？」破顏坊把聲音壓得極小極微，以忍者話術問蟇翁。

「有人過來了……」

「有人?!」破顏坊繼續以忍者話術問道。

蟇翁、破顏坊和空丸三人在黑暗中搜尋來人的氣息。

但是黑暗中就連呼吸聲也聽不見，只有蟲鳴聲在沉默中顯得格外喧囂。

「感覺不到任何氣息呢。」破顏坊說。

「我也感覺不到。」空丸附和。

「的確是沒有氣息。雖然沒有，但對方的確在往這個方向靠近……」蟇翁不疾不徐地回答。

「您是怎麼知道的？」

「靠蟲啊。」

「蟲？」

「我事先在從下面上來的一路上放了很多會叫的蟲，如今那些蟲的聲音逐漸消失了。根據蟲聲消失的距離來判斷，那個人正在慢慢靠近這個洞窟。」蟇翁解釋著。

又是一陣沉默。

「慢慢地，慢慢地，愈來愈靠近囉……」蟇翁說道。

看樣子，在這麼喧嘩的蟲鳴聲中，蟇翁還能把依序消失的蟲鳴聲一一聽分明。

「對方是個高手喔。等他來到這裡，一定會察覺出我們的氣息……」

三個人各自在黑暗中進入備戰狀態。

說是備戰狀態，也只是把盤腿而坐的雙腳給稍微鬆開一點點而已。
「是敵人嗎？」空丸問道。
「至少不會是朋友吧。」破顏坊點醒他。
「那就是敵人囉！」就在空丸說出這句話的時候——
「已經來到洞窟前了。」蟇翁壓低了聲音說。
然而——幾次眨眼的時間過去了，蟇翁口中此時此刻就站在洞窟前的那個人還是一動也不動。
冷不防，有一股強大的氣壓突然從洞窟的入口往裡面釋放。
洞窟內的三人腦中都浮現出一個畫面：綁著一頭巨大野生老虎的鐵鏈突然鬆開，猛獸一口氣衝出牢籠了！一股散發著野獸臭味的氣息隨風竄進他們的鼻子裡，那股氣場還不停增加著壓力。
「喔……」蟇翁發出了些許佩服的讚嘆聲。
那股氣場還在不斷增強，彷彿沒有盡頭。
加強。再加強。那道氣場的壓力已經遠遠超越了一般人的領域了。
「真是太有意思了……」蟇翁低沉的語氣裡竟帶了些微微的笑意。「在靠近這裡之前，居然能把這麼強烈的氣藏得那麼好，真是太了不起了。」
要不是有過人的膽識，怎麼可能毫不遮掩，還大搖大擺地把氣從身體裡釋放出來呢？
更何況還是這麼大量的氣。
洞窟裡的空氣彷彿也帶了電，劈哩啪啦地響個不停。空氣似乎正慢慢地凝固。
對方氣場突然停止膨脹了。
黑暗中充滿劍拔弩張的緊繃感，彷彿只要一個呼吸，就會讓空氣裂開似的。
就在那一瞬間，那道氣場居然又開始膨脹起來，彷彿消了氣的皮球又重新開始充氣。

跟現在這個氣場比起來，剛才那個差點就要把空氣撐破的氣場就像是小孩子手裡拿的氣球一樣，微不足道。

周圍的空氣像是被震碎了，幾乎可以聽見空氣被碾碎的聲音。

附近的蟲聲也全都靜止，彷彿被那股氣給吹跑了。

當然，正常人是聽不見這些聲音的。

只不過，洞窟裡的那三個人並不是正常人，只要豎起耳朵，還是可以聽得一清二楚。

三個人同時在心裡發出「喔」的一聲，頭髮也彷彿在一瞬間倒豎起來。

「一共有三個人嗎？」洞窟外傳來一個男人的嗓音。

「你是誰？」蘿翁從洞窟裡出聲問道。

「不能告訴你。」

「是嗎？」

「我在找一個人。」

「找什麼人？」

「那個人的名字我也不能說。只不過，我要找的人只有一個……」

「一個？我們有三個喔！」

「這我知道。但是我在找的人或許就是你們三個的其中之一也說不定。」

「就算是好了，你想怎樣？」

「我要殺了那個人。」男人斬釘截鐵地回答。

「那你認錯人了。」

「認錯人了？」

「我們不是你要找的人。」蓋翁、破顏坊、空丸異同口聲地說道。
「聽聲音就知道了吧！」破顏坊補充。
「光憑聲音無法取信於我。」
「一定要親眼看到人就是了？」
「沒錯。」
「要是你認錯人了呢？」
「我會向你們道歉。」
聽男人這麼一說，破顏坊靜靜笑了。「可是我們也有我們的苦衷，非到最後關頭，是不能以真面目示人的呢！」
「如果你真想要看到我們的臉，就只能請你進洞窟裡來了。」
「我不進去。」男人說道。
「真是個有趣的男人啊！報上名來，只要你報上名來，我們就出去。」蓋翁提出交換條件。
男人沉吟了一會兒之後，以非常洪亮的低沉嗓音自我介紹——
「在下乃作州⑸浪人，宮本武藏……」

3

武藏先是楞了一下，然後才在心裡驚嘆。他和洞窟裡那三個男人對峙著。
看不見對方的底細，即使釋放出強烈的氣場，對方依舊不為所動。
只有優閒、和緩的氣息從洞窟裡傳送出來。
如果他們是普通人，就算承受武藏的氣場也沒什麼大不了的，因為普通人根本感受不到武藏氣場的存在。

問題是，這些人不一樣。

他們不但可以感受到別人的氣場，還可以隨心所欲地控制自己的氣場。

像這樣的高手接收到他那麼強烈的氣場時，不可能一點反應都沒有的。

武藏的氣場就像是突然在他們耳邊大吼一樣。

一般人聽到別人大喊，早就不由自主地捂住耳朵了。同樣的，這些人接受到五臟的氣場，心裡應該會產生波動，氣息應該會出現一些變化才是。

可是，他們並沒有。這些人到底是什麼人……

話說回來，三更半夜會待在這種地方等待天亮的人，既不可能是一般的旅人，也不會是當地人。

三個人當中有益田時貞在的可能性並不高。

雖然不高，但在確定益田時貞真的不在這裡之前，誰也別想叫他離開這裡。

既然一次出現三個人，就算這些人都不是益田時貞，也可能是跟他有關的人。就算真的毫無關係，他也不覺得這三個人和自己能裝作什麼事也沒有發生過，就這樣分道揚鑣。

可能會有一場惡鬥也說不定。武藏冷靜地認清這個事實。

只不過表面上還沒有發生任何爭端，他只是把自己的氣持續送入洞窟裡查探。

除此之外，武藏還報上了自己的名字，不僅報上了自己的名字，還告訴對方自己正在找人。

但也只不過是如此而已，他並沒有提到小倉藩小笠原家的名號。

㊽現岡山縣的東北部，宮本武藏的故鄉。

說穿了，小笠原家與自己的關係也只不過是自己的養子宮本伊織在那裡任官罷了。如此而已，別無其他關聯。

說穿了，小笠原家其實是伊織的主子。自己的身分還是浪人，並無變化。

縱使伊織讓他與小笠原家產生一些聯繫，那也不表示小笠原家也成了他的主子。

自己頂多只是受小笠原家禮遇的客人，如此而已。

寬永九年，小笠原家將領地遷移到小倉。那年，武藏又開始踏上旅程，四處漂泊。

去年，也就是寬永十四年，發生了島原之亂，他才以伊織監護人的身分前往當地。在那裡，他遇見了益田時貞。

武藏從來沒有看過哪個男人使出益田時貞那樣的劍法。當他和益田時貞短兵交鋒的時候，他感覺到自己全身的血液都在沸騰。

他是不是為了想再體會一次那種血液沸騰的感覺，所以才一路追到這裡來呢？

這個問題就連他自己也沒有答案。

當武藏在長崎看到那顆人頭的時候，他一眼就看出那並不是益田時貞的項上人頭。

的確是很像，但是和自己當時見到的那個益田時貞還是有一點微妙的出入。

從那顆頭顱上感受不到那股魔性……那股美麗的魔性會讓所有看到的人都覺得背上升起一股寒意，像是被刀劃過般……

武藏這輩子看過太多人頭了。

雖然有些和身體分家的人頭會呈現出宛如變了一個人的表情，但還是有一些東西是無論如何都不會改變的，例如那個人深藏在心中的品格、個性。就算只剩下一顆項上人頭，這些東西還是會原封不動地保留下來。

但是在長崎的那顆人頭上卻沒有這些東西。

如果那顆人頭真是益田時貞的項上人頭，那麼，當初在地下室被武藏劃下的刀傷應該還留在他的右耳後面才對，但是長崎的那顆人頭卻沒有那道刀傷。

「有件事不知該不該說……」武藏向小笠原家報告。「長崎那顆人頭並不是真的。」

這件事很快便傳進老中松平信網的耳朵裡，奉了松平信網密令的人，很快便來到小倉。

武藏被叫到小笠原家，吩咐他前往小倉藩內一座隱密的寺廟——成願寺。

在成願寺裡，武藏見到了帶著松平信網密令的使者和小笠原家的當家小笠原忠貞。

「你說益田時貞的頭是假的，此話當真？」

當武藏被問到這個問題的時候，他很老實地說出自己的想法：「是真的。」

奉有信網密令的那個男人問他：「這件事還有其他人知道嗎？」

「只有松平大人和我小笠原家的家臣知道……」小笠原忠貞搶在武藏回答之前先替他回答。

一旦長崎的那顆益田時貞的項上人頭是假的這件事曝了光，就會變成是負責討伐島原之亂的松平信網的責任問題。加入討伐的小笠原家也會面臨同樣的問題。

「證據呢？」

「沒有證據。」武藏坦承。「在時貞耳後劃下傷痕的這件事，從頭到尾就只有我武藏一個人知道……」

換句話說，在現在這個時間點上，要判斷益田時貞的首級是真的還是假的，就得決定要不要相信武藏所說的話，就是這麼簡單。

結論在第二天就出來了。

無論是松平，還是小笠原，都決定要維持原本的立場，堅稱目前在長崎示眾的那顆人頭確實就是益田時貞的項上人頭。

如果武藏執意要說那是假的，就要請武藏拿出證據來，也就是要武藏送上益田時貞真正的項上人頭。

這並不是一道命令，所以如果武藏決定要這麼做，那也是武藏個人的自由……

表面上聽起來是這樣，但事實上並非如此。

那句話的意思就等於是命令武藏去把益田時貞真正的項上人頭帶回來。

倘若他真能夠帶回益田時貞真正的項上人頭，松平信綱答應幫他在江戶謀個一官半職。

任官是武藏此時此刻的夢想，也可以說是武藏的執念。那念頭宛如野火般在他胸中始終燒不盡，春風吹又生。

問題是，他並不肯輕易為五斗米折腰。

在這之前也有好幾次可以任官的機會，只等武藏點頭。然而，這些機會全都被武藏以「俸祿太低」為由，拒於門外了。

就連尾張德川家(59)想要延攬他的時候也是一樣，武藏獅子大開口，要求三千石的俸祿，最後逼得對方只好打退堂鼓。

如何向天下人展現自己的能耐？最具體的方法之一是與精於兵法的人比試，並取勝，之二是成為享有高級俸祿的高官。

武藏對自己有極強烈的自信。那是對自己劍術的絕對自信。

在劍術上，他有自信不會輸給任教於將軍府的柳生和小野。

就連江戶來人邀請他去任官的時候，他還是一臉平靜地說著大話。

「如果你們開出來的條件可以讓我滿意的話，要我去也不是不可以……」

真是不可愛。

武藏決定去追查益田時貞的下落德川御三家之一㊾。宗主是德川家康的第九個兒子德川義直，在江戶時代負責治理尾張藩。唯一的線索只有福田屋庄兵衛的那兩句話。

「猶大的十字架在赤坂村的有田屋所持有的聖母瑪利亞像裡……」

「飛驒玄覺寺的黃金金剛杵……」

「需要派人跟你去嗎？」

面對小笠原忠貞的好意，武藏只淡淡回了一句：「我一個人就行了。」便離開了小倉。

在武藏的內心深處，有兩把火焰正在熊熊燃燒著。

一把是「想用自己的劍將益田時貞劈成兩半」的慾望。另一把慾望之火則是想要成為「坐領巨額俸祿的高官」。

就算不能成為高官、不能坐領高薪，他心中那「想將益田時貞劈成兩半」的慾望之火也不會因此熄滅。

不管能不能當官，在他的內心深處都有一部分被益田時貞給牽動了。武藏總覺得，在自己和那個男人之間，似乎有什麼東西在互相呼應著。或許是因為那個男人在本質上和自己有一些相似之處也說不定。

武藏並不知道「猶大的十字架」能給人帶來什麼樣的力量。

對於武藏來說，管他是魔王的力量，還是神佛的力量，都無所謂。

他只是想要知道，人類的力量……應該是宮本武藏這個人的力量到底能發揮到什麼地步。

㊾德川御三家之一。宗主是德川家康的第九個兒子德川義直，在江戶時代負責治理尾張藩。

就算那個益田時貞真的得到魔王的力量，他也想靠自己的力量來制伏那個男人。找出益田時貞這決定或許能為自己爭取到做官的機會，但他最初是基於私心才想這麼做的。所以武藏才會把自己的真名告訴洞窟裡的那幾個人。如果只是這樣的話，對小笠原家並不會造成任何危害。

武藏把自己的姓名告訴洞窟裡的那幾個人之後，沉默持續了好一會兒。

「你是在舟島和巖流的佐佐木大人決鬥的那個武藏大人嗎？」老人發出低沉混濁的嗓音。

「這真是太有趣了。」

似乎有人敏捷地在洞窟裡站了起來。

「我們出去吧。」低沉的嗓音傳來，一道黑影也出現在洞窟的入口。

幽微的月光傾瀉在那個人的身上。那是一個身量矮小、滿頭白髮，還長著鬍鬚的老人。細碎的月光從樹木的枝葉間灑落在那個老人的白髮和白鬍鬚上，閃爍著藍色的燐光。

老人兩手空空。

「真是傷腦筋，」洞窟裡又傳出一個聲音。「既然是宮本武藏叫我們出來，我們如果還不出來就太不給面子了呢。」兩道身影慢條斯理地從洞窟裡走出來。

一個是握著錫杖、打扮成雲遊僧的男人，另一個是全身黑衣黑褲的男人。

打扮成雲遊僧的男人頭上光禿禿的，一根頭髮也沒有，與月光相映生輝。

長著白色鬍鬚的嘴角噙著一抹笑意。

即使在黑夜裡也能清楚看見，那打扮成雲遊僧的男人正在展顏而笑。

那種笑法即是所謂的破顏。

嘴角往兩旁高高翹起，眼睛瞇成一條縫，彷彿是在看自己的兒孫輩似的。

武藏就著傾瀉而下的月光，隱約可見那笑容。

他馬上就發現這個笑容不太對勁了，因為對方臉上的表情文風不動。

無論是什麼樣的笑容，從開始笑到結束之間，臉部表情都會隨著感情的起伏產生些微的變化，但是這個打扮成雲遊僧的男人卻沒有，笑容在他臉上靜止著。

另一個全身黑衣黑褲的男人，其表情始終無法解讀，因為他用一塊黑布密密實實地包住自己的頭部。看得到的地方只剩下眼睛和眼睛周圍而已。

看起來並不是武士，也不是町人，更不是百姓。

每一個人都有非常強烈的個人風格。

就連打扮成雲遊僧的男人，應該也不是以和尚為本業。

「你們是……忍者嗎？」武藏問道。

4

「我們這幾個人裡面有你要找的人嗎？」蟇翁反問。

蟇翁就像是一隻巨大的蟾蜍蹲在地上，身體縮成一團。

長長的白髮披散在臉上，縱是夜視能力很強的武藏，也讀不出他臉上的表情，只看見黃色的眼珠子從髮絲的縫隙間犀利地瞪著武藏。

「沒有。」武藏平靜地回答。「真是對不住，我向各位致歉。」武藏微微低下頭去。

就在那一瞬間，一身黑衣的男人右手稍微動了一下。

武藏本來正要把頭抬起來，這時機警地在半空中停止動作。

就在距離武藏頭頂不到幾寸的空間裡，有個東西發出「咻」的一聲飛過去。

看起來有碰到武藏的頭髮，又像沒有碰到。

那個東西發出一聲銳響後，沒入武藏後方的樹幹上了。

武藏抬起頭來，看著那個一身黑衣的男人。

武藏剛才沒有感覺到絲毫殺氣，但如果他直接把頭抬起來，如今眉間早就被那飛來的暗器給射出一個窟窿來了。

「不要亂來，空丸。你會害我們無法全身而退的。」蓋翁說道。

「我還以為只有死手丸在經歷好玩的事，害我羨慕得不得了。沒想到這傢伙居然自己送上門來，就讓我跟這個武藏過兩招嘛！」空丸雖然大放厥詞，兩隻眼睛卻始終不曾離開武藏身上。

「你叫武藏嗎？本大爺原諒你認錯人這件事，不過相對地，你得陪本大爺過兩招……」

「過招？」

「我早就想跟名滿天下的武藏進行殊死鬥了。」

「你是認真的嗎？」武藏紮穩馬步，輪流試探那三個人的氣息。

沒有任何可乘之機，感覺上似乎是有，但實際上並沒有。

要是有的話，就可以先衝向離自己最近的男人，先撂倒一個再說。

真是一群莫測高深的男人，完全試探不出底細，不是他可以一打三的對手。

「放心吧，你的對手就只有我空丸一個人……」

「忍者可以主動報上自己的名字嗎？」

「我們並不是普通的忍者。」

空丸說得一點也沒錯，如果是普通的忍者，才不會挑起不必要的戰鬥。就算有必要，也不會刻意報上自己的姓名，而會趁對方還沒有準備好的時候突然發動攻擊。

這也可以說是一般習武之人跟忍者最大的不同。

「你在吉岡的時候不也是這麼幹的嗎？」空丸故意挑釁他。

「吉岡？」

「你當時不也是自顧自地下了戰書，沒理會對方願不願意，硬把對方約去決鬥的地方，殺了對方不是嗎？我現在也只不過是以其人之道還治其人之身罷了。」

就算真如空丸所說，這場決鬥是跟他一對一單挑，自己依舊處於不利的狀態。

因為他還不知道空丸這麼做的真正目的到底是什麼。

就算空丸的真正目的真如他所說的，只是要以其人之道還治其人之身，武藏也無從確認。因為武藏必須在其他兩人隨時都有可能發動突襲的狀態下和這個傢伙決鬥。

「你不願意陪我過兩招嗎？武藏……」

「我現在沒那個興致。」武藏說道。

呵呵，哈哈。空丸發出低沉的笑聲。

「你沒有，但我有。如果不想死的話就出招吧！」空丸突然把重心放低。

「你就陪他玩玩嘛！武藏。也讓我們這兩個老頭子開開眼界。」語聲未落，蟇翁的身體已經輕輕往上一躍，在旁邊的岩石上坐定。

破顏坊也退到後面去，兩條手臂交疊在胸前，把錫杖靠在自己的左肩上。

只剩下空丸一個人在原地。武藏也已經有勢必要一戰的心理準備。

他收回那股不斷從身上釋放出來的氣場，從容不迫地用右手拔出大刀，左手拔出短刀，把身子稍微往右邊傾斜，擺出備戰的姿勢。

從武藏身上感覺不到一絲半縷的殺氣，一切都是那麼自然。

當然，空丸也一樣。
在蹲得低低的空丸身上也絲毫沒有散發出殺氣，彷彿只是草地上的一塊岩石。
蟲鳴聲此起彼落。
冷不防，空丸下方的草叢裡突然有個東西撥開草，直線衝向武藏。
就在那個東西衝到武藏的腳邊之前，一把火焰燃起，發出啪一聲。
那火焰燒到武藏的腳邊之前，握在武藏右手裡的劍發出一道光芒，一閃即逝。
那小東西從半空中掉到草地上，火焰在武藏劍光一閃的地方停下來。
原來是一隻老鼠。
空丸把油塗在那隻老鼠身上，然後再點上火，讓老鼠往武藏的方向奔竄。
武藏用劍砍掉了那隻老鼠的頭。
空丸看準了那一瞬間，縮起身子撲向武藏。
「什麼?!」武藏把短刀插在地上，刀鋒朝向直撲而來的空丸。
接著，他以雙手握著大刀，把刀高高舉起。
如果空丸繼續直衝而來，就會撞上武藏插在地上的短刀刀鋒。為了避開那道刀鋒，他勢必要在半路停下來，不然就是要往左、右或上方跳開。
往上！空丸的身體高高跳了起來。
「嘿啊啊啊啊——！」武藏把劍往空中一揮，水平掃向那道黑影。
就在空丸的身體眼看要被武藏的劍狠狠砍成兩截的瞬間——
「看招！」同一時間，武藏用腳踢向自己插在地上的短刀。
短刀的尖端飛離土壤，往上方彈去。

比那道黑影所在空間還要再低一點的地方，浮現出另一道影子。
鏗鏘！空氣中響起金屬撞擊的聲音。
浮現在較低位置的影子格開了武藏從地上彈起來的短刀。
同一時間，武藏也往後跳開，把劍舉高，擺出應戰的姿勢。
武藏第一次砍下去的只是空丸的影子，當他把刀砍進那道影子的身體裡時，感覺異樣的輕，而且完全沒有砍到東西的感覺。
如果硬要比喻的話，就像是切開一片巨大的枯葉那種感覺。
「怎麼樣啊？武藏。一刀揮空的滋味如何……」空丸再度匍匐在地上，說著風涼話。
武藏一聲不吭。
他的精氣依舊十分充沛，但他不想為了說話，就讓氣往外逸散。
正當兩個人打算再次過招的時候——
天外突然飛來一團黑色的圓形物體，掉在武藏和空丸之間的草地上，發出一記沉重的悶響。
「什麼?!」
那是一顆人頭。
人頭滾了幾下，在空丸腳邊的草地上靜止不動了。
「咦……」空丸忍不住發出略顯低沉的喊叫聲。「這不是半助嗎？」
掉在空丸腳跟前的人頭死不瞑目地張著異於常人的大眼睛，他正是鼯鼠的半助。
「請問你們誰才是我的敵人呢？」黑暗的另一頭傳來一個十分爽朗的聲音。
「既然閣下知道這顆頭的主人叫什麼名字，那麼就假設你是我的敵人吧。那邊正在跟你打得你死我活的傢伙，姑且就先當是我的朋友。好啦！問題只剩下那兩個人了。」

這時，有一道光朝向天際，落在高高的樹梢上，發出清脆的聲響。
那一瞬間，樹梢上啪地燃起一團火球，照亮了黑夜。
在那棵樹幹的另一邊，站著兩個人影。
一個是男人。
一個是女人。
女人手裡拿著一把弓。
剛才那道光似乎就是那個女人射出的火箭。
「萩，這樣就已經夠亮了。」男人說道。
那是一個中等身材，做旅行打扮的浪人。
他的唇畔綻放出一朵微笑，露出了雪白的牙齒。
男人只有一隻眼睛。右眼上覆蓋著劍的護手，是用皮繩固定在那裡。
覆蓋著右眼的護手下，有一條明顯的刀疤。
男人慢條斯理地往前走。
「說吧！你們盯上我柳生十兵衛三嚴，究竟有何目的？最好講出一個能讓我接受的理由……」
這個自稱是柳生十兵衛的男人，神態自若地走進火光映照得到的範圍內。

第七章 異人

1

夜涼如水，空氣中充斥一股焦味。

一場大火似乎才剛撲滅，河灘上到處都還可以看到裊裊煙霧彌漫著，還有一堆堆燒得火紅的灰燼，宛如地上探出臉來的野獸，張著血盆大口。

姬夜叉就站在這片焦土之上，沉默不語。

之所以沉默不語，並不只是因為現場只剩下姬夜叉一個人，而是因為焦土上遍地都是屍體。那些屍體都是破顏坊手下的忍者。

光是用眼睛數，就多達十幾具屍體，沒有留下半個活口。

如果是還活著、還可以動的人，早就已經逃離這個地方了。

儘管如此，能夠活著從這個地方離開的人，最多也不會超過五個。

有些或許原本還活著，但是卻受了傷沒辦法動，只好跟屍體一起留在這裡，結果不是被火燒死就是給煙嗆死，最後還是難逃劫難。

在前往觀音堂報告十兵衛消息的途中，姬夜叉先繞過來這裡一趟。因為她知道死手丸將在這裡偷襲舞。

原本她應該要馬不停蹄地趕至觀音堂的。

但是在保護舞的那群男人裡面有個背負著大劍的男人，他就是殺死自己兄長藤次的仇人之一。

變戲法的藤次在杭瀨川的河灘上曾想從背負大劍的男人頭上搶下珊瑚髮簪，結果在搶奪的過程中，兩條手臂分別被兩個男人砍掉了。

一條是被那個背負著大劍的男人砍下來的，另一條則是被一個自稱牡丹、長得像一朵妖美罌粟花的男人砍下來的……

兩條手臂都被砍下來的藤次，最後因為失血過多而死去。

在藤次臨死之前，姬夜叉答應了藤次與她交歡的請求。她用自己的陰部把藤次的那話兒擰下，吃下自己兄長的男根。

姬夜叉這輩子也忘不了當時的仇恨。

她已經和牡丹交過手了，地點就在靠近赤坂村的神社裡。

當她趕去和潛伏在那裡的半助會合時，在那裡遇見了牡丹。

然後便是一場惡鬥。

牡丹使出令人難以置信的妖術，他居然在戰鬥的過程中整個人飄浮在半空中。

那可真是一副異樣的光景。

牡丹擁有即使是身為土蜘蛛一族的自己與半助都沒有的能力。

她和半助身上都流著土蜘蛛的血液，所以她可以隨心所欲操縱頭髮，而半助則具有身輕如燕的異能，可以像鼯鼠一樣，利用布做的翅膀在空中飛。

問題是，牡丹的能力跟土蜘蛛一族的能力似乎有些不同，土蜘蛛裡沒有人可以不靠任何外力或工具就飄浮在半空中。

如果只是這樣的話，並不表示她就殺不死那個叫作牡丹的男人。

「得到『猶大的十字架』的人，怎麼可能還是個普通人呢？」

她記得那個時候，牡丹似乎還輕聲細語地說了這麼一句話。

意思好像是說，牡丹是因為得到那個「猶大的十字架」，所以才能夠浮在半空中的。

「猶大的十字架」。

姬夜叉並不知道那是什麼東西。

那場決鬥結束得非常草率，因為她必須盡快把半助得到的消息轉告給破顏坊知道才行。

如今她也不知道牡丹現在人在哪裡，但是，她知道那個揹著大劍的男人原本在哪裡。

不對，應該說，她知道那個揹著大劍的浪人在哪裡。

就在不久之前，那個男人應該還在這裡才對。

他在這裡遭受到死手丸的攻擊，和死手丸交手過。

如果那個揹著大劍的男人還在這裡跟死手丸纏鬥，那麼，自己或許也有機會可以打倒那個男人——姬夜叉心裡打著這樣的如意算盤，所以才到這裡來的。

然而……

倒在地上的全是些三流忍者的屍體，並沒有那個男人的屍體，也沒有死手丸的屍體。

發生什麼事了？

姬夜叉在殘留著餘熱的河灘上慢條斯理地移動著。

燒光的狗尾草、屍體……除此之外什麼都沒有。

姬夜叉一路走到了水邊。

月光灑落在河面上，反射出閃閃光芒，還有水聲……

除此之外什麼都沒有。

當姬夜叉決定放棄，正想要轉身回頭的時候——

她感受到了那股氣息……

2

堤防上，有一個人影正沐浴在月光下。

人？

不對，那個東西只是看起來像個人影。

雖然看起來像個人，但似乎不是人。

它站在堤防上，居高臨下地俯視著河灘。

姬夜叉一發現它，立刻就把身子趴到地面上。

被發現了嗎？

不知道。

如果是自己的話，一定會注意到吧。注意到自己的存在。

身邊的狗尾草雖然長得很高，畢竟還是不能作為藏身之處。何況，這些草全被烈焰燒焦了。

那一帶河岸上的草全都被一把野火燒得一乾二淨，沒有留下任何視線死角。

雖然還是有一堆可以用來藏身的草叢，但是姬夜叉發現的時候，它已經站起來了。

姬夜叉趕緊以迅雷不及掩耳的速度把身子縮到一塊大小剛好可以藏身的石頭後面。

它還站在那裡，一動也不動。

在姬夜叉抵達這裡的時候，還沒看到它。是在姬夜叉下到這個河灘上，四處查探的時候，它才出現的。

如果對方夜視能力跟自己旗鼓相當的話，應該會發現自己才對。

但如果不是的話……

當它開始沿著堤防往河灘前進時，姬夜叉有一瞬間的迷惘。

要逃走嗎？還是繼續躲在那裡就好？

下一秒，姬夜叉便決定繼續躲在那裡。

因為對方只有一個人。

既然對方只有一個人，那麼不管他是什麼人，基本上自己應該都還應付得了。

就算對方是自己對付不了的人，要選擇不戰而逃的話，也要先確定自己不會有危險。所以她躲在石頭後面的時候，還一面在思考可以往哪裡逃。

只要再往上游跑一小段距離，就會有一大片茂密的蘆葦。要是有什麼突發狀況，也可以跳進河裡，從水中逃走。

然而……下到河灘上的人影不只一個。

不對，正確的說，還是只有一個。

只不過，有個東西跟著那道人影一起下來了。

那是一個金屬球體，差不多是兩隻手可以環抱的大小。

那顆球體就浮在它頭上三尺的半空中，配合著那道人影的移動速度，亦步亦趨。

在月光的映照下，那顆球體發出微微的光芒。

它慢條斯理地走到外觀像營火殘跡的餘燼前，停下腳步，低頭觀察。

至此，姬夜叉終於有機會近距離看到它了。

它是一個不折不扣的異形。

雖然有兩條腿、兩隻手，頭也只有一顆，但它像人類的地方也就只有這些了。其他地方都跟人類有著明顯的不同。

它絕對不是人類，因為覆蓋在它身上的，是一層類似盔甲的東西。雖然像盔甲……但又不是真正的盔甲。

比起盔甲，更像是一件緊身衣，將它從頭到腳包得密不透風。

獨角仙的外形看起來像是披著一層盔甲，但那終究不是盔甲，而是獨角仙的一部分。同樣的，看起來像包覆在它身上的盔甲，其實也不是真的盔甲，而更像是它身體的一部分。

它的背上揹著一個箱形的物體，臉長得更是怪異至極，臉上長著一雙巨大的蒼蠅眼。那對蒼蠅眼還不是長在頭部的前面，而是長在較靠近左右兩側的地方。臉上看不到鼻子和嘴巴。

與其說是不知道它有沒有鼻子和嘴巴，還不如說人類會長鼻子和嘴巴的地方上，只有一個奇形怪狀、像碗一樣的紅色物體覆蓋著。

相當於碗底的地方有兩根管子似的東西往左右兩旁延伸，各自拉出一條大大的曲線，從左右兩側的肩頭繞向後方，接上它背後的箱子。

仔細觀察，在它的複眼和複眼之間，還長著密密麻麻的黑色毛髮。

姬夜叉繃緊神經，擺出隨時都可以採取行動的姿勢。

這時，姬夜叉第一次注意到一件事。

自己之所以會發現它的存在，並不是因為它不善於隱藏自己的氣息，而是它似乎壓根兒就沒有想到要隱藏或消除自己的氣息。

它完完整整地呈現出自己存在於這個世上的事實。

除此之外，它的腰部還掛著一個奇形怪狀的東西。

她記得有種東西的形狀就是這樣……

到底是什麼東西來著？

「鐵砲……」姬夜叉在嘴巴裡無聲唸出這個名詞。

不過那和姬夜叉印象中的鐵砲有點不太一樣，似乎比較小一點，構造也比較複雜一點。

一絲微弱的聲響喚回她飄走的思緒。

聲音是從浮在它頭上的球和背在它背上的箱子裡傳出來的。

宛如小蟲振翅的聲音。

嗡嗡嗡嗡嗡嗡嗡嗡嗡嗡嗡……

那是種只要聽過一次，就會烙印在耳膜上，久久無法忘懷的聲音。

它動了起來，彷彿在調查什麼，開始慢條斯理地在附近走來走去。

走了一圈之後，它又回到原來的火堆前，當場蹲了下去。用它那看不出有多少根手指頭的手，在那堆灰燼裡摸索半天，抓起某樣東西。

它沉默地凝視著自己手中的東西好一會兒，好像想通了什麼，又把那把東西扔回地上。

它站起來，慢慢往前走，踩在燒成灰燼的狗尾草上，仔仔細細檢視著地面。

浮在它頭上的金屬球，也一直配合它的動作，在半空中移動著。

終於，它停下腳步了，一動也不動地凝視著自己腳邊的地面。接著，它抬起頭來，看一眼浮在自己頭上的金屬球，往後退一步。

這次換金屬球不動了。

由於它往後退了一步，因此那顆金屬球此時此刻懸浮在比它還要前面一點的位置。

那顆金屬球開始從半空中緩緩地往下降，最後降至地面，靜止不動。

金屬球完全靜止不動後，它便往前一步，彎下腰來用手觸摸降落到地上的金屬球表面。

就在這個時候——

從那顆金屬球裡傳出些許絮語般的低沉聲響。

那顆金屬球的形狀開始一點一點出現變化，金屬球表面有一部分開始往兩旁滑開，其他部分往上，不然就是往旁邊延展。

延展，然後重疊。

動作突然停了下來。

一看到金屬球的變化突然停下來，它又摸了一下那個已經不成球狀的金屬球表面。

如此一來，那顆金屬球便再度開始動作，繼續改變形狀。

是人嗎……?!

姬夜叉默不作聲地在心裡自問自答。

那顆金屬球正在它的眼前逐漸變成人形。

金屬球長出類似腳的東西，站在地面上。

那形狀已經到讓人完全無法想像它原本是一個球體了。

手臂。身體。脖子。腦袋。

終於，在它面前，出現了一個形狀跟人類一模一樣的東西。

只不過，那個人形的臉上，沒有眼睛、鼻子、嘴巴，當然也無從分辨是男人還是女人。

只是一個幻化成人類形狀的金屬人形。

大小和它一樣……也就是跟成年人的身高差不多的意思。

金屬人形跪在地上。

所謂的跪在地上，當然是指以人類的膝蓋部分跪在地上，但是在金屬人形的腿上，並沒有類似膝蓋的關節。所以正確一點說，金屬人形只是將腳的正中央折彎而已。

金屬人形開始徒手挖掘起地面來。它始終以同樣的速度，不斷地把土挖出來，簡直是不知疲倦為何物。最後，人形在地上挖出一個大洞。

過了一會兒……金屬人形從土裡挖出一樣東西。

那是一具人類的屍體——頭部被砍成兩半的權三，以及一條右手的斷臂。

屍體上一絲不掛，看起來相當駭人。

屍體的左臂居然是一條熊掌！

不僅如此，從屍體的肚子上還長了一截野獸的脖子，而且是一截沒有頭、只有一堆毛的脖子。

如今那具屍體就躺在泥地上，在幽藍色月光的照耀下，散發出令人不寒而慄的氣息。

它似乎在思考些什麼。

不久後，它似乎下了某個決定，伸手拿起繫在腰間那把長得很像鐵砲的東西。

它突然把槍口對準姬夜叉藏身的那塊岩石。

「妳在這裡做什麼？」它問道。

不對，正確說來，那聲音是從它背在背上的箱子裡發出來的，而不是它口中。

還是被發現了嗎？

姬夜叉躲在岩石後面，思索著該如何面對這一劫。

要打嗎？還是要逃？

只花了一剎那的時間，姬夜叉便選擇了後者。

她把手伸入懷中，取出一顆小小的珠子，輕輕將它投向岩石的對面。

珠子落在岩石與它之間，炸出一聲巨響，噴出大量的濃煙。

原來是煙霧彈。

這時，姬夜叉拔腿就跑，全速往河邊奔去。

姬夜叉選擇逃進河裡。

飛奔而出的姬夜叉背後響起了一陣巨響，她剛才作為藏身之處的岩石已四分五裂。

只不過，姬夜叉這時早就已經不在那塊岩石後面了。

她跳進水裡，無法在不發出跳水聲的情況下入水。

就算她用煙霧彈來掩蓋自己的身影，還是會讓對方知道她已經逃進水裡。

要是還有其他的藏身之處，她可以躲到別的地方，再把石頭扔進河裡，假裝自己跳進河裡逃走。然而眼下的狀況讓她別無選擇。

她深深吸一口氣，把身體沉進水裡。

強大的水流把她的身體往下游的方向推。

她把自己的身體交給那股水流牽引，同時順流拚命往前游。

姬夜叉隨波往下游游去。雖然比跑的速度慢一點，但已經比走路的速度快多了。

她從頭到尾都沒有起來換氣。

姬夜叉靠一開始吸的那口氣在水中移動。

在這無邊無際的黑暗裡，雖然有朦朧的月光，但一般人的肉眼應該還是看不見人在水中移動時的正確位置。

況且姬夜叉能待在水中的時間又是正常人的三到五倍。

水流推動再加上自己游泳的部分，她移動的距離可能相當驚人。

姬夜叉終於從水裡探出頭來了。她一面放鬆身子隨波逐流，一面調整呼吸。

逃過一劫了嗎？

無論是岸邊，還是周圍，都沒有人追過來的感覺。

只不過，馬上就上岸還是太危險了。

慎重起見，為了不要浪費太多體力，還是先隨波逐流一陣子再上岸比較好——姬夜叉做出這樣的判斷。

於是姬夜叉把身體放鬆，轉身仰躺在水面上。

就在這個時候——

姬夜叉看見了。

那張長得跟蒼蠅沒什麼兩樣的臉，從正上方俯視著自己的臉……半空中浮著一朵宛如蓮座般的金屬。

那朵蓮座飄浮在半空中，在姬夜叉的上方移動，飛行速度和她的漂流速度相同。

它就坐在那朵蓮座般的金屬上，俯瞰著自己。

「妳在那裡做什麼？」它問道。

3

武藏繼續把氣蓄積在身體裡。為了不讓氣流失，他緩慢地深呼吸。

他的劍尖指向空丸，視線則緊盯著朝自己走過來的那個男人——柳生十兵衛三嚴。

「嘿！」

朝他走來的十兵衛似乎碰到一個看不見的磁場，在那裡停下腳步。

「哎呀，這真是……」十兵衛望向武藏。

一股熱氣圍繞在武藏的四周，彷彿一碰就會被燒焦。

「真是失敬、失敬。」十兵衛繼續往後退了半步，才終於站定。

十兵衛似乎忘了空丸和另外兩個人的存在，一瞬也不瞬地注視著武藏。

「剛才那邊那個男人一直叫您武藏，閣下該不會就是宮本武藏大人吧？」

武藏微微點了點下巴。

「久仰大名，早就聽聞您的氣場十分厲害，隨便進入可是會燙傷皮膚的呢。」十兵衛以十分敬佩的語氣說道。

「你這樣不會累嗎？」十兵衛問武藏的態度怡然自得，像是在閒話家常。

武藏默不作聲，他可沒那個閒情逸致陪他閒話家常。

他就只是無言地退了一步，和十兵衛、空丸之間都保持進可攻、退可守的距離。

武藏豐沛飽滿的氣場，一方面當然是他用意志控制出來的成果，另一方面也可以說是宮本武藏的人格特質造就的。

說是與生俱來的能力也不為過。

與生俱來的個人特質，再加上後天的修行，終於得到今日的成果。

而且那並不是簡單的修行，衣、食、住、行……所有的東西都要考慮進去，才有辦法走到今天這一步。

武藏可是花了將近四十多年的光陰……

換句話說，對於尋常的劍客來說，要把體內的氣場維持在高漲到不能再高漲的狀態，是一件非常不容易的事，但是對武藏而言，卻跟吃飯睡覺一樣容易。

對於武藏來說，那根本不是什麼累不累的問題。

當然他也可以直接回答一句：「並不累。」但武藏只是無言地往後退了一步。

見武藏沉默不語，十兵衛似乎想再問一次同樣的問題，但是馬上就明白這是個愚不可及的問題，於是又把視線往旁邊瞥去。

破顏坊和那個土蜘蛛的頭頭還站在原地。

「武藏大人，那邊那兩個人是您的敵人嗎？」十兵衛一面把視線投向黑暗裡，一面問了武藏這個問題。

武藏又往後退了半步，這次終於開口了。「大概是吧！」

簡短的四個字，把吐出去的氣控制在最小的範圍內。

「既然如此，那至少此時此刻，您和我並不是敵人呢！」

「難道是朋友嗎？」

「這個嘛……就要看事情接下來會怎麼發展了。」十兵衛從容自若地拔出來腰間的劍，將視線投向空丸。「你們為什麼要找我的麻煩？」

空丸沒有回答，就只是默默往後退。

但是他每退一步，十兵衛就往前逼近一步。

空丸繼續後退，十兵衛也繼續往前。

空丸又退，十兵衛又追……

不知不覺之間，空丸開始以非常驚人的速度往後退著。

十兵衛也以同樣驚人的速度追上去。

空丸的後方有一棵巨大的杉樹，儘管如此，空丸後退的速度仍舊一點都沒有慢下來。

反而更快了！

「喝！」

就在眾人都以為空丸即將撞上後方的樹幹時，空丸以倒退的方式，沿著樹幹往上爬了上去。緊跟在後的十兵衛也爬上那棵杉樹的樹幹。

「嘿！」空丸從樹幹上一跳跳到半空中。

「嘿！」十兵衛也尾隨在後，一腳蹬在樹幹上。

「唔！」

「哼！」兩人出聲的同時，黑暗中傳來銳利的金屬撞擊聲。

鏗鏘！

原來是空丸在半空中對十兵衛發動了攻擊，而十兵衛也在半空中用劍把他的攻擊擋了下來。

兩人再度回到地面上。

再度對峙。

「空丸……」在這之前，一直在旁邊冷眼旁觀著兩人過招的土蜘蛛頭頭，突然開口了。「我們先走一步囉！你自己好自為之。」

語聲未落，兩個人的身影已經離開地面。

兩道黑影縱身躍到半空中，往旁邊的樹幹一蹬，立刻就飛到更高的樹梢上了。

沙沙！

高高的樹梢上傳來枝葉摩擦的聲音，轉眼間，兩人的身影消失了，就連氣息也在黑暗中漸行漸遠。

「你不走嗎？」十兵衛問道。

「在這樣的距離內，我還沒有勇氣背對名滿天下的柳生呢！」空丸回答。「只不過，這麼一來，我也爭取到一點時間了，所以待會兒我也要逃啦。我的武藝還沒有高明到可以同時對付柳生和武藏呢！」

「爭取到什麼時間？」

「我施了一點小小的忍術。」

「喔？」十兵衛挑了挑眉。

就在那一瞬間——

空丸黑色的身影躍到半空中，對十兵衛發動奇襲。

然而，十兵衛連眼皮也不抬一下，反而朝正面往前衝。

因為乍看像跳到空中的空丸，人就好端端地站在那裡。

十兵衛舉起劍來，從空丸的頭上砍下去。

空丸一動也不動。

十兵衛的劍從空丸的腦門上把他的頭殼劈成兩半。

就在劍尖快要砍到地面上之前，十兵衛倏地止住劍勢。

一連串的動作宛如行雲流水，揮灑自若。

簡直就像切開枯葉一樣地容易……和武藏的招式如出一轍。

跳到半空中的空丸一回到地面，馬上背對十兵衛飛奔離去。

速度非常快。

十兵衛只是望著那個背影，沒有要追的意思。

「呿！」十兵衛啐了一聲。「居然敢矇我！」

空丸先朝十兵衛釋放出非常強烈的氣息，然後再隱藏起周身的氣息，往空中縱身一躍。所以十兵衛自然而然以為那個跳到半空中的空丸只是個「煙霧彈」，還待在地上那個才是本尊。

剛才武藏和空丸在打鬥的時候，十兵衛似乎一直躲在旁邊偷看。
「這玩意兒才是那小子的煙幕彈啊……」十兵衛握劍斜睨著某樣東西。
那是一層呈現出人形的皮。
空丸宛如金蟬脫殼般地褪掉一層皮了。
當然，那層皮並沒有穿衣服，跟人皮一模一樣，只是比較黑，比較乾。
空丸手裡還握著劍，就蛻下了那層皮。
「十兵衛大人……」萩走上前來。
「真是的，我居然被這種雕蟲小技給騙了……」十兵衛笑道。
笑容頓時凝結在他臉上。
因為他發現，武藏手裡還握著劍，戒備地望著自己。
武藏的氣場還是跟剛才一樣劍拔弩張。
他站在月光下，以銳利到彷彿要把人釘在牆上的目光望著十兵衛。
一束清冽的月光，從武藏頭上灑落下來。
從武藏的全身上下滿溢出來的氣場，讓月光像水珠一般自他身上滴落。
在月光的映照下，武藏的劍釋放出森森的寒光。
「柳生十兵衛三嚴大人……」武藏開口了。
咻。
前一刻還劍拔弩張的氣場，突然從武藏的體內消失了。
武藏的身體似乎開始變得透明，彷彿就要融在皎潔的月光裡了。
「您為什麼會出現在這種地方呢？」武藏問道。

轉章

1

「源九郎先生。」出聲的是才藏，原本走在下游岸邊的才藏，突然停下腳步，喚了源九郎一聲。「屍體在這裡。」

源九郎踏著河灘上的石頭快步跟上，來到才藏身邊。

在河岸上比較淺的地方，卡著一具臉朝上的男屍。

才藏進入水中，把那具屍體拖上岸邊。

那是一具失去了左手臂的屍體，致命傷應該是被快刀砍斷的頭部。

「是死手丸沒錯呢！」才藏確認之後說。

「舞呢？」

「沒看見。」

「看這切口這麼平整，到底是誰下的毒手……」

「會是小舞小姐嗎？」

「怎麼可能？如果是蘭的話，或許還有可能，但是舞，應該辦不到吧！」源九郎把手臂交疊於胸前，沉思著。

把那些伊賀下級忍者撂倒一大半之後，兩個人開始沿著下游尋找舞的下落，一路找到這裡來。

舞再怎麼說也是武家的女兒，雖然被保護得很周到，但也絕對不是深閨裡長大的溫室花朵。從飯要怎麼煮到劍要怎麼拿，舞基本上都有一些概念。

「小舞小姐也略諳水性。」才藏是這麼說的。
所以，如果只是掉到河裡，應該還不至於有生命的危險。
然而……
「我們在這附近再仔細找找吧！」才藏迅速採取行動。
因為不知道什麼時候還會有伊賀的忍者偷襲。
源九郎繼續沿著河灘往前走。
就在這個時候──源九郎發現了那個東西。
於是他停下腳步，叫住才藏。「才藏！」
才藏聞言，立刻走到源九郎身邊。
不用等源九郎開口，才藏就明白源九郎叫他過來的原因了。
源九郎面前立著一根竹竿，那是只要在河灘上漫走，就可以毫不費力撿到的普通竹竿。
但那根竹竿被切斷了，而且被切斷的比較短的那一端，還故意放在直立著的竹竿下。
更神奇的是那根直立著的竹竿高度，和源九郎的身高可以說是分毫不差。
「你也看見了嗎？」源九郎指著竹竿說道。
直立的竹竿尖端被垂直剖開，上頭夾著一塊布。
「看見了，這是小舞小姐的……」
那塊布是從舞的衣袖撕下來的一角，被掠過河面上的風吹動著。
「上頭好像還有寫字呢。」
才藏伸出手去，把那塊布拿下來，才看了一眼，就發出「喔」的一聲。
「給我看看。」源九郎把那塊布從才藏手裡搶過來。

我在飛驒恭候閣下。

那塊布上有疑似用血寫成的一行字。

「飛驒？」源九郎又把手臂交叉，抱在胸前沉思。

又所以會立著那根與源九郎一樣高的竹竿，就表示那個把舞帶走的人，留下這句話是指名要給源九郎的。

問題是……

「飛驒啊……」源九郎再一次吐出這個地名。

「你有什麼頭緒嗎？」

「沒有。」

到底是誰把舞從這裡帶走的呢？

不管是誰，對方肯定是在這裡撂倒死手丸，從死手丸手中把舞搶過去的吧！

能夠讓死手丸呈現那樣的死狀，對方肯定是個使劍高手。

如果那塊布上寫的是真的，那麼那個人就是要告訴源九郎，他將會把舞帶到飛驒去的意思。

所以才會叫源九郎去飛驒。

對方葫蘆裡到底賣的什麼藥？

唯一可以確定的是，對方肯定不是死手丸那個陣營的人。

不然的話，死手丸不可能曝屍在這裡，他們也沒有必要大費周章地把舞帶走，應該會直接在這裡把舞殺掉才是。

換句話說，舞應該還活著。

「嗯？」

才藏似乎又發現了什麼。他先是站在原地，往更靠近水邊的方向看，然後慢慢走過去。

「源九郎。」才藏把源九郎也叫過去。

源九郎走到才藏身邊，看著那個東西。

「這是……」

那是死手丸的左臂。

死手丸的左臂卡在河灘的石縫間，一動也不動。

然而，死手丸一動也不動的指尖前方，卻整整齊齊地排列著一堆小石頭。

那是一排文字。

好幾顆小石頭在那裡排列出兩個字。

那兩個字是——

牡丹。

2

高掛在火堆上的鍋子正咕嘟咕嘟地發出沸騰的聲響，烹煮味噌和肉的香味緩緩融入夜涼如水的空氣裡。

在火光的映照下，一幅異樣的光景隔著火堆呈現在壽泉面前。

那是祥雲。

祥雲的左手捧著木碗，右手拿著筷子，正一筷子、一筷子地夾起碗中的肉，放進嘴巴裡，發出豪爽的咀嚼聲。

接著又發出豪爽的聲音，啜飲湯汁，似乎真的覺得嘴裡的食物很美味。

祥雲把嘴唇抵在碗邊，不光是湯，肉啊蘿蔔之類的蔬菜也一併送進五臟廟。

那是狗的肉，壽泉也吃了那鍋狗肉。

每咬一口，肉汁就在嘴裡擴散開來，但是，壽泉實在是嚥不下去，卻又得強迫自己咀嚼，實在是很想吐！

壽泉強壓下這股想吐的感覺，硬逼自己把肉吞下去。

為什麼他非得忍受這種待遇不可呢？

壽泉的眼淚都快要飆出來了。

沒辦法，誰叫自己被魔王盯上了。

只能把這當作是自己的命運。

「怎麼樣？很好吃吧？」祥雲不懷好意地問道，臉上浮現出令人毛骨悚然的笑容。

「啊……好、好吃……」壽泉支支吾吾地回答。

才怪！這種東西怎麼可能會好吃？

祥雲明知道壽泉不可能會覺得這種東西好吃，還故意問他好不好吃，分明就是看準壽泉不敢說出「好吃」以外的答案。

看見壽泉這樣言不由衷的反應，祥雲似乎覺得很有趣。

啊啊！偏偏壽泉又不可能憤而離席。

要是能勇敢說出：「我才不要吃狗肉！」轉身回玄覺寺就好了，可壽泉就是說不出口。

因為他不敢。

某一次，壽泉曾經真的這麼說過，站起來就要打道回府。

但是，就在那個時候——

「小心一點喔，壽泉，」祥雲輕聲對壽泉發出警告。「夜路這麼黑，小心不要跌倒囉！跌倒的時候還要小心別讓樹枝戳進眼睛裡，萬一害眼睛看不見就糟了……不過，反正夜路這麼黑，看得見跟看不見也沒有什麼太大的差別……」

祥雲是這麼說的。

聽他這麼一說，壽泉想要回去的念頭完全打消了。

結果那次壽泉也吃了狗肉。

每當壽泉回答好吃的時候，祥雲就會露出心滿意足的笑容。

「好吃嗎？那就多吃一點。」祥雲用鍋杓舀起一大瓢肉和湯，放進壽泉手中的碗裡。

對壽泉來說，這簡直是酷刑。

壽泉也曾經受不了吐出來過。

問題是，即使他已經吐出來了，祥雲還是不放過他。

「怎麼全都吐出來了？那你一定覺得意猶未盡吧！沒關係，還有很多，你再吃一點，不要客氣。」硬是逼他繼續再吃。

結果還是跟酷刑沒兩樣。

壽泉已經不想再吃了，再吃下去，他一定會下地獄的！

對於壽泉來說，不管是身為一個和尚，還是身為一個人類，自己都已經墜入魔道了。

壽泉泫然欲泣地咀嚼著狗肉。

原本一直在欣賞壽泉反應的祥雲，突然抬起頭來望著天空，喃喃自語地說道：「差不多是時候了吧？」

什麼時候？什麼差不多了？

壽泉不解地看著祥雲。

只見祥雲歪著脖子，似乎是在天空中搜尋著什麼似的，自問自答：「嗯，差不多是時候了。」

然後他又從鍋子裡舀起一大碗狗肉，大口吃肉、大口喝湯。

冷不防，祥雲突然從碗裡抬起頭來，對壽泉說：「壽泉啊！真是太好了呢……」

什麼太好了？

壽泉完全不知道祥雲在說什麼。

「我是說……你可以遇到我真是太好了。如果你沒有遇到我，你這輩子可能就只會當一個普通的和尚，做不出任何貢獻，渾渾噩噩過完一生。但是因為你遇見了我，所以你也稍微有一點用處了。」

什麼用處？祥雲到底想說什麼？

「我的意思是說，再過不久，你就可以幫上我的忙了。」

「再過不久？」

「沒錯，時機就快來了。」祥雲說道。

壽泉依舊聽不懂祥雲在說些什麼。不過，那個時機的確就要來臨了。

只是，當時的壽泉渾然未覺。

他不知道飛驒高山和這座玄覺寺將會被捲進什麼樣的命運裡……

整個飛驒只有一個人，已經察覺到即將發生的未來，那就是祥雲。

但此時，祥雲就只是默默地大啖狗肉，大口喝著肉湯。

後記一——節錄自〈神魔咆哮篇〉

終於來到了這一天……《大帝之劍》終於寫到第三篇了！

為了撰寫時代小說，我發下宏願要做好功課、考據歷史，但是卻完全沒有進展，最後只靠源源不絕的激情把第三篇寫出來。

寫著寫著，「原則」這兩個字離我愈來愈遠，就連作者我本人，也完全不曉得這個故事再下去將會如何發展。接下來想要做的事、想要寫的東西，多到連我自己都不知道該怎麼辦才好，所以我完全不知道那些東西會在什麼時候、以什麼順序、從什麼地方跑出來。

唉……雖然我一直在抱怨這個、抱怨那個的，但那些其實都是騙人的，身為作者，我其實一點都不覺得困擾，反而覺得接下來會發生的狀況很有趣。

這個故事發展到現在，已經進入一個完全無法控制的瘋狂大混戰狀態！主角原本應該是萬源九郎的，可是一些實力跟他不相上下的難纏傢伙，卻一個接著一個冒了出來。

真是的，劇情到底會演變成什麼樣子呢？

雖然從頭到尾都是一大篇胡謅亂蓋、狗屁不通的東西，但是故事發展到現在，實在也不簡單。

我寫的是認真寫手絕對不會寫的東西——我發現這點後（我在第一篇也有提到），反而自暴自棄地告訴自己「我是一個白癡又無知的作者」，藉此開脫。

說得再白一點，唯一會讓我感到害怕的，其實只有截稿日期而已。

我本來打算在下一集才會寫到源九郎與權三對決的場面，同時也打算讓柳生一族在下一篇才會出現在故事裡。可是在這一篇，我就已經把這些東西全都寫出來了。

其實我從第一篇就很想發展這兩條支線，如今終於在第三篇完成這個心願，相信所有先看完本書再閱讀這篇後記的人，都已經看到這兩個場面了才對。

看到這裡，我想各位讀者應該都已經了解，為什麼這本書的標題要叫作《大帝之劍》了。

總而言之，我老實說吧：無論是長篇還是短篇，在我的寫作生涯裡，從來沒有一次是先決定好結局才開始寫的。

從我還只是個業餘寫手的時代開始，就已經是這樣了。我總是這個也想寫，那個也想寫，所以只要能夠讓我發現「可能發展成故事核心的著眼點」，我就會立刻往那方向寫去。之後，我就只會不斷盯著行事曆上的截稿日期，順從故事自己產生的動力。

問題在於著眼點的取捨。為了這個，我可以說是吃盡了苦頭。

在這個吃盡苦頭的過程中，一股氣勢會猛然成形，讓作者寫出東西。作者會如何讓這股氣勢盡情馳騁，如何適時駕馭呢？從這裡就能看出作者的本事和個性了，不是嗎？

那麼，接下來呢？

接下來，我們要到明年的十一月才能夠再見面了。

要大家再等上一整年，我也覺得很不好意思，但是由於我還有一大堆事情等著要解決，所以只好請大家體諒我一下了。

就這樣。接下來的劇情會變得愈來愈精采喔！但願我也能變得愈來愈沒有原則！

平成元年十月二十五日寫於小田原

夢枕獏

後記二——節錄自〈凶魔襲來篇〉

哎呀，大家好！

萬源九郎的故事，終於也堂堂邁入第四篇了。

距離上一篇〈神魔咆哮篇〉，其實已經隔了兩年，以我個人出書的速度來說，距離上一部作品也已經隔了一年半之久。我打算以重新提筆撰寫這部《大帝之劍》為開端，明年開始推動之前寫到一半就擱置的新書系列。

一九九二年的四月是《黃金宮》。至於七月……聽了可不要嚇到喔！七月會出版《新．魔獸狩獵》，而且我還打算在年中一口氣連出三本。

接下來是讓大家久等了的《餓狼傳》，還有還有，《在荒野裡痛哭》也排入今年度的出版計畫了，再加上這部《大帝之劍》的第五篇，一共是六本。

以上便是我在一九九二年的出版計畫。

至於在角川文庫那邊，春天會出版《幻獸少年金剛變》，《涅槃之王》也會重新發行成四部精裝本，另外還有兩本散文集。兩本和天野喜孝先生合作的畫冊、《仰天．文壇和歌集》、《純情漂流》、《空手道上班族俱樂部練馬支部》、《仰天．平成元年的手刀絕技》也都計畫在明年付梓。

如果一切順利的話，說不定在明年的十二月還會推出《獅子門》也說不定喔！再多透露一點好了，《沙門空海之唐國鬼宴》也預計在明年的後半年整理成上下兩集……

呼呼呼，這真是了不起啊！搞不好明年我會出二十本書也說不定呢！

就算沒有辦法在明年全部出完，我也會順其自然，在不勉強自己的情況下，達成以上的目標。真是太誇張了。

話又說回來，就算可能性再高，這計畫也不太可能實行，因為讀者會讀得很吃力。

總而言之，《大帝之劍》第四篇問世後，夢枕獏的新書系列也要華麗地復活了！

那麼，再回頭談談這本書吧。

《大帝之劍》的第一部〈天魔之章〉（我是這樣分的）將在第四篇〈凶魔襲來篇〉劃下一個句點。從下一篇，也就是第五篇開始，將進入以飛驒為舞台的第二部〈飛驒之章〉。

謎樣的和尚祥雲出現後，這個故事未來會如何發展呢？連我這個作者都不曉得了。

這真是太令人高興了！

連作者本人都搞不清楚自己在寫些什麼的作品也是一種作品，這點我不否認，不過我認為：《大帝之劍》這個故事，就是要寫到連作者本人都不知道自己在寫些什麼才是正確的。

正因為不知道自己在寫些什麼，所以才有意思。雖然不知道自己在寫些什麼，但我還是想要繼續寫下去。

因為想寫，所以會寫下去。故事本來就應該要將無以名狀的渾沌蘊含在自身內部才對。

只是有一點很對不起大家，那就是我居然讓這個故事停擺了兩年。

我總是這裡寫一點、那裡寫一點，所以可能有人在很多地方都有看到我的作品，不過這兩年實在是發生太多狀況了。還好我已經逃離那些泥淖，真是可喜可賀。

一年一本，大家請放心地等待吧！願眾神保佑我更瘋狂、更沒有原則……

平成三年十月二十九日　寫於小田原

夢枕獏

大帝の劍
大帝之劍
參
飛驒大亂篇·天魔望鄉篇
牡丹擄走小舞做為人質，引誘萬源九郎前往飛驒，讓他帶著伴天連魔王的「第三件神器」自己送上門來，更要一舉奪得飛驒的神器「黃金獨鈷杵」。想到魔王的力量即將到手，牡丹感受到體內的興奮就快要迸發……
但出乎意料的是，「黃金獨鈷杵」也正受到嚴密的監控，嗜吃狗肉的和尚祥雲將玄覺寺鬧得天翻地覆，但他卻暗中觀察著「黃金獨鈷杵」的動靜。祥雲交代玄覺寺的和尚壽泉，如果「黃金獨鈷杵」震動了就要立刻通知他，因為那就表示，巨大的危險即將來襲……
——2010年11月 震撼登場！

國家圖書館出版品預行編目資料

大帝之劍【貳】：神魔咆哮篇・凶魔襲來篇 / 夢枕獏著；緋華璃譯. -- 初版. -- 臺北市：皇冠, 2010.09
面；公分. -- (皇冠叢書；第4024種)（奇・怪；10)
譯自：大帝の剣2：神魔咆哮篇．凶魔襲来篇

ISBN 978-957-33-2699-1 (平裝)

861.57 99014447

皇冠叢書第4024種

奇・怪 10

大帝之劍【貳】

神魔咆哮篇・凶魔襲來篇

作　　者—夢枕獏
譯　　者—緋華璃
發 行 人—平雲
出版發行—皇冠文化出版有限公司
台北市敦化北路120巷50號
電話◎02-27168888
郵撥帳號◎15261516號
皇冠出版社(香港)有限公司
香港上環文咸東街50號寶恒商業中心
23樓2301-3室
電話◎2529-1778　傳真◎2527-0904
出版統籌—盧春旭
責任編輯—尹蘊雯
版權負責—莊靜君
外文編輯—黃鴻硯
美術設計—王瓊瑤
行銷企劃—林泓伸
印　　務—江宥廷
校　　對—邱薇靜・鮑秀珍・尹蘊雯
著作完成日期—2007年
初版一刷日期—2010年9月
法律顧問—王惠光律師

讀者服務傳真專線◎02-27150507
電腦編號◎512010
ISBN◎ 978-957-33-2699-1
Printed in Taiwan
本書定價◎新台幣250元/港幣83元